틈새로 본
그리스도인

토기장이가 빚은 질그릇 5

발행일   2021년 5월 28일

지은이   오승재
펴낸이   손형국
펴낸곳   (주)북랩
편집인   선일영   편집   정두철, 윤성아, 배진용, 김현아, 박준
디자인   이현수, 한수희, 김윤주, 허지혜   제작   박기성, 황동현, 구성우, 권태련
마케팅   김회란, 박진관
출판등록 2004. 12. 1(제2012-000051호)
주소   서울특별시 금천구 가산디지털 1로 168, 우림라이온스밸리 B동 B113~114호, C동 B101호
홈페이지 www.book.co.kr
전화번호 (02)2026-5777   팩스   (02)2026-5747

ISBN   979-11-6539-800-2 04810 (종이책)   979-11-6539-801-9 05810 (전자책)
ISBN   979-11-6539-802-6 04810 (세트)

(주)북랩 성공출판의 파트너

북랩 홈페이지와 패밀리 사이트에서 다양한 출판 솔루션을 만나 보세요!

홈페이지 book.co.kr   •   **블로그** blog.naver.com/essaybook   •   **출판문의** book@book.co.kr

작가 연락처 문의 ▸ ask.book.co.kr

작가 연락처는 개인정보이므로 북랩에서 알려드릴 수 없습니다.

오승재 문집 **5** 콩트

틈새로 본 그리스도인

토기장이가 빚은 질그릇

북랩 book Lab

머리말

　살다 보니 어언 90을 바라보는 나이가 되었습니다. 낙엽 질 때가 되면 인간은 누구나 이 세상을 떠날 날을 생각하며 나는 어떻게 살았는가? 하고 뒤돌아보게 됩니다. 하나님께서 나를 창조하시고 나에게 줄로 재어준 구역이 있었을 텐데 나는 그것을 '수학을 가르치며 글을 쓰고 살아라.'라는 것이었다고 믿습니다. 하지만, 이 세상과 제 삶을 회계(會計)하고 떠날 때 너무 하찮은 삶을 살지 않았나 하고 부끄럽습니다. 죽을 때 호랑이는 가죽을 남기고 사람은 이름을 남긴다는데 저는 이름을 남길 만한 업적이 없습니다. 그러나 업적을 남긴다는 생각 자체가 제가 하늘 높이 높아지겠다는 교만입니다. 저는 하나님이 진흙 한 덩이로 빚은 하나의 질그릇에 불과합니다. 천하게 쓰일 그릇으로 빚어졌다 할지라도 그분의 뜻을 따라 얼마나 성실하게 순종하며 살았느냐가 제가 세상과 회계하고 떠날 몫이라고 생각합니다.

　저는 바위틈이나 돌담 밑에 자기 생명력을 다해 피어 있는 제비꽃을 봅니다. 하나님이 만드시고 보시기에 아름답다고 칭찬한 야생화 중 하나입니다. 이 꽃의 다른 이름은 일야초(一夜草)라고 합니다. 발로 뭉개고 지나가면 그만인 꽃이지만 일본의 옛 시인 야마베노 아키히토(山部赤人)는 봄 들에 나와 제비꽃을 보고 너무 귀엽고 예뻐서 하룻밤을 새워 가며 바라보았다고 합니다. 그래서 제비꽃의 다른 이름은 일야초(一夜草)이고 이 제목으로 아키히토가 쓴 짧은 시, 와카(和歌)는 일본 나라(奈良)시대에 만든 망요슈(萬葉集)에 실려 있습니다.

저는 일야초 이야기에 힘입어 평생에 쓴 몇 편 안 되는 글을 모두 묶어 『토기장이가 빚은 질그릇』이라는 이름 아래 5권으로 묶어 출판하기로 하였습니다. 각 책을 차별화하기 위해 책등에 그 책에 알맞은 부제를 써넣었습니다.

하나님을 믿는다는 사람들과 섞여 살면서 갈등하고 때로 하나님을 원망했으나 이것은 제가 높아져서 세상을 내 뜻대로 재단(裁斷)하고 싶은 오만 때문이었습니다. 지금은 더 내려갈 수 없는 나락으로 떨어져 나를 살피다가 제 소명은 제가 펼치려고 제 뜻대로 내세울 수 있는 게 아님을 깨달았습니다. 비와 눈이 하늘로부터 내려서 그리로 돌아가지 아니하고 땅을 적셔서 소출을 내게 하는 게 하나님의 섭리입니다. 저도 주님 따라 순리대로 살 것입니다. 토기장이가 빚은 질그릇은 문집의 제목이라기보다 제 존재의식이자 신앙고백이라 말할 수 있습니다. 이 책의 출판을 흔쾌히 허락하신 출판사 사장님께 감사를 드립니다. 또한 디자인으로 도와준 오근재 화백, 그리고 북랩 편집팀 여러분의 수고에 감사합니다.

2021년

계룡산록(鷄龍山麓)에서

오승재

차례

 1부   삶

2부   성도

3부   기도

4부   교회

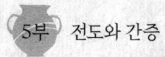 **5부** 전도와 간증

부록

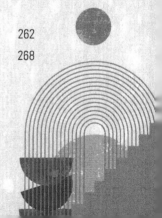

삶

칵테일 바에서 일어난 일

⋮

카우보이 풍으로 차려입은 건장한 사내 셋이 S 호텔의 칵테일 바 안으로 들어섰다. 앞 저고리를 조금씩 풀어 제친 채였다. 그들은 자리에 바로 가 앉지 않고 칵테일을 만들고 있는 스탠드 쪽으로 왔다.

"오늘은 웬일인가? 매니저께서 직접 칵테일을 만드시고."

그중에서 대장 격인 자가 시비조로 말했는데 그의 이름은 곤살레스, 스페인계 미국인이었다. 이 지역에서 이름나 있는 깡패였다.

"어서 오십시오. 무엇을 도와 드릴까요."

미스터 김이라고 불리는 매니저는 무표정하게 말했다.

"무엇 때문에 왔는지 알지 않소? 술 마시러 왔지, 술."

"어떻게 드릴까요?"

"우리도 오늘은 매니저가 만든 바로 그 칵테일로 마시겠소."

"앉아 계십시오. 바로 대접하겠습니다."

그러면서 미스터 김은 웨이터에게 눈짓해서 자리를 안내하게 했다.

홀에 있는 모든 사람이 그들을 쳐다보았다. 분위기가 갑자기 써늘해진 것 같았다. 곤살레스 일당은 난동을 부리고 경찰에 불려간 것도 여러 번이었다. 그러나 훈계를 듣고 나오면 또 마찬가지였다. 술은 값을 받지 않겠으니 조용히 앉아서 마시고 손님들이 불안해서 나가는 일은 없게 해달라고 사정했으나 그들은 듣지 않았다.

"우리가 언제 손님을 내쫓았나? 술값? 안 받는 것은 당신 자유야. 값을 원하면 주지. 그러나 우리 마음대로 마시겠다는데 뭐가 문제야?"

"이건 장사를 망치려는 것과 같습니다."

"그래 바로 말했다. 우리는 네가 여기 우리나라의 큰 호텔에서 매니저 노릇을 하는 것이 싫은 사람들이다."

"우리는 법적으로 정당하게 권리금을 주고 이 지역 연쇄점인 이 호텔을 운영하고 있으며 나도 색은 다르지만, 당신처럼 미국 시민입니다."

"시민 좋아하네. 끼리끼리 살면서 무슨 시민이야. 아무튼, 우리는 네가 싫어."

호텔을 운영하는데 나이트클럽은 필수였고 또 점잖고 조용한 분위기를 원하는 부부들에게 이 칵테일 바는 필수였다. 그런데 호텔의 크고 작은 문제들은 이 술을 파는 데서 일어났다. 예고도 없이 악사나 가수가 구멍을 내든지 칵테일 만드는 주방장이 안 나오든지 또 공연한 트집으로 싸움이 일어나는 일 등이었다. 이날도 주방장이 안 나와 매니저인 미스터 김이 칵테일 만드는 일을 대신에 하고 있었다. 미스터 김이 나가는 교회의 목사는 혁명적으로 술 파는 것을 없애보라고 말했다. 그러나 그것은 전국의 S 호텔 가맹점에서 허락할 수 없는 일이었다. 목사는 교회에서 집사의 직분을 가진 사람이 칵테일 바에서 술을 섞어 파는 것은 있을 수 없는 일이라고 분개하며 주방장이 안 나오면 그날만이라도 영업을 금하라고 말했었다. 그러나 미스터 김은 전국 S 호텔의 영업 방침을 어기고 싶지 않았다. 세상에는 기독교인만 사는 것이 아니었다. 또 기독교인이라 할지라도 이곳 미국에서 술을 마시는 사람은 많았다. 호텔은 다양한 취향을 가진 사람들이 편안하게 지낼 수 있는 분위기를 제공해야만 했다. 그런데 '술은 안 된다.'

이런 생각은 한국 기독교인들의 독선인 것 같아 거부감이 들었다. 그런데도 목사님 말 때문에 미스터 김은 칵테일을 만들면서 계속 께름칙한 느낌이었다.

"빨리 술 가져와."

구석에 앉아 있던 곤살레스 일당이 소리를 지르자 모두 놀라서 돌아보았다. 웨이터가 술을 가져가자 또 말했다.

"너희 매니저더러 가져오라고 해."

"그분은 지금 바쁘십니다."

"뭐? 바쁘다고? 그가 안 가져오면 우리는 안 마실 꺼야. 빨리 가져오라고 해."

그러면서 호주머니에서 잭나이프를 꺼내서 탁자를 땅땅 쳤다. 홀 내의 사람들은 한 사람 두 사람 눈치를 보며 사라져 갔다. 미스터 김은 월남전 때 태권도 교관으로 파병되어 미국 게릴라 특수부대인 그린베레에게 태권도를 가르쳤던 30여 년 전을 생각했다. 그들은 태권도를 신통하게 생각하지 않았다. 그리고 가지고 있는 단도로 그가 걸어 들어가는 자율식당 갓길 벽에 예고도 없이 휙휙 던졌다. 식당 벽은 그렇게 단도를 던지는 연습을 할 수 있도록 코르크 같은 것을 붙여 놓은 벽이었다. 그들은 단도를 던지는 선수들이었다. 그가 찔리지 않게 던지는 것이었지만 휙 지나가서 자기 옆에 꽂히는 단도를 보면 섬뜩했고 도저히 교관 노릇을 할 것 같지 않았다. 그러나 그 속에서 그는 배짱을 배웠다. 그리고 2년 이상 그들을 가르쳤다.

곤살레스쯤 무섭지는 않다. 그러나 이제는 나이가 들어 맞설 자신도 없었다.

"소란하게 해서 미안합니다."

미스터 김은 계속 밖으로 나가는 손님들에게 인사를 했다. 홀 안이 다 비었다. 그는 죽을힘을 다해 참으며 술잔을 받쳐서 그들에게 갖다 주었다. 막 잔을 주고 돌아서는데 곤살레스가 발을 걸었다. 넘어질 뻔했던 미스터 김은 화가 머리끝까지 치밀었다.

"야, 이 저주받은 자식아. 나가. 나 술 안 팔겠어."

"뭐라고?"

곤살레스가 눈을 부라리며 일어섰다. 오른손에는 잭나이프가 들려 있었다. 미스터 김은 일이 벌어졌다고 생각했다. 재빠르게 몸통지르기로 명치를 약간 피해 강하게 주먹을 뻗으며 곤살레스를 찔렀다. 그가 휘청거리는 것을 보자 몸 돌려차기로 다시 일격을 가했다. 그는 균형을 잃고 칼을 떨어뜨리며 쓰러졌다. 미스터 김은 순간 자기가 지금 무슨 일을 저질렀는지를 깨달았다. 그리고 곤살레스를 내려다보았다. 어설프게 맞으면 안 된다. 이렇게 된 바에 겁에 질릴 만큼 맞아야 한다. 그래서 그를 다시 일으켜서 옆차기로 다시 쓰러뜨렸다. 이제는 자기가 휘청거렸다. 세 놈 중 하나는 도망치고 나머지 하나가 떨어진 칼을 쥐어 들고 미스터 김을 겨냥하고 섰다. 미스터 김은 어지러웠다. 그러나 막기 자세를 취했다. 한순간 자제력을 잃고 싸움을 잘못 걸었다는 생각을 했으나 이제는 어쩔 수 없는 일이었다. 한창 겨루고 있는데 경찰이 왔다. 웨이터가 싸움이 시작했을 때 벌써 경찰에 연락한 것이다.

그들은 붙들려 갔다. 미스터 김도 불려가 심문을 받고 나왔다. 얼마 동안 호텔은 조용하였다. 아니 얼마 동안이 아니고 3개월 동안 폭력배 일당은 자취를 보이지 않았다. 그들은 완전히 힘의 위세에 눌린 듯했다. 그들에게는 힘의 위세를 보여야 한다는 생각이 들었다.

삼 개월이 지난 어느 추운 겨울밤이었다. 모든 문제가 해결되었다고 생각될 무렵 미스터 김은 화장실에서 시체로 발견되었다. 화장실에서 용무를 보고 있을 때 자객이 뒤에서 찌른 것이었다.

미국에서 흔히 있는 유색인종 차별이었다.

내가 진 십자가

"장로님, 저는 제가 진 십자가가 너무 무거워 힘들어요."

신 집사는 핼쑥해진 표정으로 이렇게 말했다.

"무슨 걱정이 있어요?"

"제가 시골에서 존경했던 목사님이 계셨다고 말했지요?"

그녀는 이렇게 말머리를 꺼냈다.

그 목사님은 몇 년 전 은퇴하여 시골에서 개척교회를 시작하셨다고 했다. 그곳에 개척교회를 시작한 지 얼마 만에 간신히 교회 건물을 하나 세웠는데 지붕에 네온사인으로 된 십자가를 달고 싶어하신다고 말했다. 그것을 신 집사가 맡아 주었으면 고맙겠다는 편지를 받았다는 것이었다.

"얼마나 되는데요?"

"오백만 원이요."

박 장로는 놀랐다. 그것은 쉽게 내놓을 수 있는 돈이 아니었다.

"아마 그 목사님이 신 집사가 얼마나 지금 어려운지 모르시는 모양이지요?"

피아노 학원을 하는 신 집사는 IMF 이후로 학생이 줄고 경영이 어려워 지금까지 적금해 온 것을 하나둘 깨지 않으면 안 되는 실정이었다. 건물을 빚으로 샀기 때문이었다.

"집사님, 돈을 주면 해결되어버리는 고통은 예수님이 집사님께 지어 준 십자가가 아닙니다. 그것을 자기가 진 십자가로 생각하고 고민하지 말고 빨리 짐을 풀어 버릴 생각을 하십시오."

"어떻게요?"

"최선을 다해 드릴 수 있는 만큼 헌금한 뒤에 짐을 벗고 자유롭게 되는 것입니다."

그녀는 그 대답에 만족할 수 없는 것 같았다.

두 주일 뒤 박 장로는 그 일이 궁금하여 신 집사에게 물었다. 그러나 아무런 진전이 없다는 이야기였다.

"집사님, 네온사인으로 된 십자가가 없어도 예수님은 그곳에 계시며, 그것으로 밤하늘을 밝히지 않아도 길 잃은 영혼들의 잠을 깨울 수 있습니다. 본질적이 아닌 것을 위해 고통받는 것은 예수님도 좋아하지 않으실 겁니다. 예수님은 '내가 진 십자가를 나눠서 지자'라고 말씀하지 아니하십니다. 그 십자가는 죄인인 우리가 결코 질 수 없는 십자가입니다. 죄 없으신 주께서 우리를 자유롭게 하려고 보혈을 흘리고 매달린 십자가입니다."

"저는 하나님을 사랑하셔서 더 좋은 것으로 교회의 건물을 마감하고 싶어하는 목사님의 마음을 알 수 있을 것 같아요. '내 주의 지신 십자가 우리는 안 질까…' 이런 찬송을 부르며 목사님께서 안타까워하셨을 그 심정을 나도 나누고 싶어요. 주변에 있는 여러 사람을 생각해 보셨겠지요. 그래서 최후로 부탁할 사람을 생각해 낸 것이 저 아니겠어요?"

"신 집사님, 주께서 우리에게 십자가를 지라고 하신 것은 십자가에서 나와 함께 죽고 이제는 구원받은 영생의 삶을 살라는 뜻입니다.

그렇게 변화된 삶을 사려면 십자가의 고난이 따른다는 말입니다. 신 집사가 진 십자가는 네온사인을 달기 위한 돈이 아니란 말입니다."

다시 두 주쯤 지난 뒤 안타까워진 박 장로는 신 집사를 만났다.

주님께서 원하시는 것은 십자가로 세상을 비추는 아름다운 교회가 아니다. 주님은 결코 아름다운 건물과 특별한 위치를 원하지 않으신다. 지금은 영과 진리로 예배할 때다. 부름을 받고 하나님의 백성이 된 우리는 우리 자신이 살아계시는 하나님의 성전이다. 우리는 그분의 백성이며 그분은 우리의 하나님이시다. 천국을 사는 주의 백성을 어떤 율법이나, 형식이나 의식으로 괴롭게 하지 말라. 주님은 말씀하신다. "수고하고 무거운 짐 진 자들아 다 내게로 오라. 내가 너희를 쉬게 하리라." 신 집사도 이제는 지붕 위의 십자가의 짐을 벗어버리라. 박 장로는 이렇게 신 집사를 설득하고 싶었던 것이다. 그런데 신 집사는 명랑한 표정으로 그를 맞았다.

"장로님 저 해결했어요."

"뭐, 해결해?"

박 장로는 깜짝 놀라 물었다. 자기가 암시한 대로 해결한 것일까? 아니면 무슨 수가 생긴 것일까?

"오백만 원 송금했어요. 계속 기도했더니 하나님께서 해결해 주셨어요."

은행 채무의 상환 기간이 연기되어 그렇게 할 수 있었다고 말했다.

"장로님의 뜻은 잘 알고 있었어요. 그래요. 돈으로 해결할 수 있는 것은 내게 주님이 주신 십자가가 아니지요. 저는 기도하는 가운데 제가 진 십자가는 네온사인으로 된 십자가를 만드는 돈이 아니었어요. 하나님께서 그 돈을 만들어 드리라는 끊임없는 명령이었어요. 이 명령에 순종하지 않으려고 몸부림치는 저 자신을 보는 고통이 제 십자가였어요."

"채무 상환이 연장된 것뿐이잖아요. 사시는 데 힘들지는 않겠어요?"

"하나님께서 채워주실 거예요."

그러면서 그녀는 말했다.

"그분은 제 아버지와 같은 분이었어요. 제가 시골에서 어렵게 살고 있을 때 첫 딸의 돌을 맞았거든요. 저는 그 애에게 좋은 옷을 입히고 싶었어요. 그러나 그렇게 못해 안타까웠습니다. 그런데 목사님이 옷을 사 오셨어요. 진열장의 예쁜 옷을 보자 제 딸 생각이 났다는 것이었어요. 좋은 옷이 없어도 제 딸은 잘 클 수가 있다는 것을 잘 알고 있어요. 그런데 어머니의 생각은 그것이 아니잖아요? 십자가의 네온사인이 구원과 무슨 상관이 있어요. 그러나 저는 목사님이 새로 건축한 교회에 네온사인의 십자가를 세우고 싶어하는 심정을 이해해요. 그분은 하나님을 사랑하시거든요."

개구리 잡창(雜唱)

⋮

비가 오고 갠 날 아침이었다. 왕두꺼비는 늘어지게 잠을 자고 있다
가 시끄러운 개구리 울음소리에 잠을 깼다. 문을 열자 버드나무가 늘
어진 널따란 연못가에선 더욱 시끄럽게 개구리 울음소리가 들려왔다.

"밖에 누구 없느냐? 저것들이 웬 소란이냐?"

그러자 충성스러운 개구리 심복들이 잽싸게 달려와 아뢰었다.

"자기들이 자기들을 다스릴 지도자를 뽑겠다고 그럽니다. 민주주의
를 한답시고 저 야단인데 아무리 타일러도 듣지를 않습니다."

"지금까지는 아무 일도 없지 않았냐. 그런데 왜 갑자기 저 야단이야."

"대왕께서 나이가 드셔서 후계자를 물색 중인 것을 알고 이번 후계
자는 자기네 손으로 민주적인 지도자를 뽑겠다는 것입니다."

"미친 것들. 내 아들 말고 이 왕국을 맡을 사람이 누가 또 있느냐?
고얀 것들." 그러면서 "그 주동자가 누군지 알아보아라."라고 심복들에
게 말하였다. 심복들은 주동자를 찾아 색출하다가 다음과 같은 보고
를 하였다.

"주로 이 왕국에서 혜택을 받지 못하는 민초들입니다. 그런데 그들
의 주장은 계층마다 다르고 집단 이기적이어서 도대체 종잡을 수가
없습니다."

"민초들이 무슨 목소리를 내겠어? 필사적으로 그들을 선동하는 꾼

들이 있을 것이 아니야?"

"그런데 그 꾼들이 대왕을 옹립했던 그런 사람이 끼어 있어서 문제입니다."

"그놈들을 잡아 와! 이들이 내 수법을 써서 민중을 선동하고 세상을 뒤집으려고 하는 것이 아니겠어?"

"아닙니다. 그들은 결코 혁명을 일으킬 수는 없습니다. 어떻게 민주적인 지도자를 뽑겠다면서 독재자를 뽑을 수 있겠습니까? 언어도단이고 모순이지요. 만일 뽑았다 하더라도 대왕을 대적하지는 못할 것입니다. 평화와 평등을 기치로 내세운 그들이 막강한 군사력을 가지고 있는 대왕을 감히 대적할 수 있겠습니까?"

"너희들은 나를 독재자라고 부르는 것이냐?"

"죄송합니다. 대왕님, 하지만, 후계자를 내세우는 것은 독재 체제지요. 그러나 우리는 막강한 군사력을 가지고 반대자를 숙청하고 이 체제를 유지하는 대왕님을 존경하고 숭배하는 신하들입니다."

그러나 왕두꺼비는 개구리들이 반기를 들고 혁명을 꾀하는 뿌리는 자기의 지시가 아닐 때는 초창기부터 박살 내야 한다고 말하며 군중들을 방죽 광장에 모이게 하였다. 그리고 그들 앞으로 나가 입이 찢어지게 하품을 한 뒤 개구리 합창단을 불러 먼저 대왕을 찬양하는 노래를 하게 하였다. 그는 언제나 연설에 앞서 합창을 시켰는데 이 찬가야말로 군중을 사로잡고 강연에 심취토록 하는 최고의 마약이었다.

"너희들은 지도자가 얼마나 외로운 줄 아느냐? 나는 이 왕국이 작은 무리였을 때부터 지금 이 큰 왕국을 이룩할 때까지 모든 어려움을 한 어깨에 짊어지고 걸어온 왕이다. 너희는 어려움을 나에게 호소하면 되었지만 나는 누구에게 했겠느냐? 내 이 고독한 외로움을 누가 알아줄꼬?"

　개구리들은 무슨 말을 하려고 저런 서두를 꺼내는지 알 수가 없어 서로 얼굴만 바라보며 눈을 끔벅거리고 있었다.

　"또 나는 홀로 부당한 비판을 받아왔다. 왕이 아니면 비판받을 것도 없을 것이야. 주는 것이나 받아먹고, 하고 싶은 노래나 부르고, 착한 일을 하면 상이나 받고… 그러면 되는 것이지. 그러나 나는 누가 상을 주었어? 비판이나 받았지."

　충성스러운 가신들이 옳다는 뜻으로 소리를 맞추어 울어댔다. 왕 두꺼비는 조용히 하라고 지시한 뒤 말을 계속했다.

　"너희들 중에 이 큰 왕국을 다스릴 만한 놈이 있으면 어디 나와 봐. 왕은 아무나 되는 것이 아니야. 왕권이란 신이 내려 준 것이야. 이제 얼마 있으면 내 아들이 유학에서 돌아올 것이니 너희들이 그때 잘 판단해서 결정하도록 해. 나는 왕 중에서도 너희들이 거룩한 혁명으로 이룬, 그리고 너희들의 주장을 대변해 준 민주적인 왕인 것을 몰랐나? 섣불리 조무래기가 나라를 맡겠다고 나서면 나라만 분열되는 것을 모르느냐? 신중하게 해야 한다. 다시는 이 일로 시끄럽게 하지 말고 내 아들이 오기까지 기다려. 알겠느냐?"

　온 방죽은 쥐 죽은 듯이 고요하였다. 그러나 이번만큼은 개구리들도 만만치 않았다. 좀 발언권이 있는 개구리가 말했다.

　"대왕이여! 이 왕국은 대왕 개인의 것이 아닙니다. 또 대왕 혼자서 만든 것도 아닙니다. 그런데 어찌 개인의 재산처럼 아들에게 물려줄 수가 있습니까? 이 왕국을 평화롭게 하는 것도 우리 책임이며, 이 왕국을 지키는 것도 우리 책임입니다. 대왕께서 왕권은 신이 내려 주시는 것이라고 잘 말씀하셨는데 신은 왕권을 왕의 가족에게 대대로 물려주도록 신권을 주신 것이 아니며, 약한 자에게도 기름을 부으셔서 신의 뜻을 펴시는 것을 모르십니까?"

왕두꺼비는 세상이 많이 변했다고 생각했다. 자기가 나이가 좀 들었다기로서니 이 조무래기들이 이렇게 대들 줄이야 상상도 못 한 일이었다. 그는 큰 소리로 말했다.

"왜 이렇게 평화로운 나라를 시끄럽게 만드는 거야. 우리나라 같은 이런 왕국을 신정왕국이라고 하는데 이런 곳에서는 민주주의가 있을 수 없는 곳이야. 신의 뜻이 다수결로 결정되는 것 보았어? 신의 은총으로 복 받고 살면 그것으로 만족할 줄 알아야 해. 너희는 이것을 알겠느냐?"

이때 버들잎 뒤에서 가냘픈 소리가 들려왔다.

"대왕님, 우리는 대왕님을 우리 동족으로 생각하지 않습니다. 대왕께서는 우리처럼 낭랑한 목소리로 개굴개굴 소리를 낼 수 있습니까?"

왕 두꺼비는 머리끝까지 화를 내며 소리쳤다.

"왜 내가 너의 동족이 아니야? 내 눈이나 코나 입이나 생김새 모두가 너희보다 크고 위엄 있게 생긴 것밖에 근본적으로 다른 게 뭐야? 나는 태어날 때부터 왕으로 태어난 것이야. 또 설령 너희의 가까운 동족이 아니라 할지라도 너희의 왕이 되어 복을 나누어주는데 나쁠 게 뭐 있어?"

"대왕님, 그러나 대왕께서 모르고 계시는 것이 하나 있사옵니다."

청개구리는 대담하게 말했다.

"그게 뭔데?"

"대왕께서는 신이 우리에게 내리시는 복을 다 가로막고 독점하셔서 우리에게 적당히 나누어 주시며 선심을 쓰셨는데 신은 우리가 잘못할 때 우리에게 큰 심판도 내리신다는 것도 아셔야 합니다. 이제 모든 것을 독점하시는 대왕께서는 그 심판도 독점해서 받으셔야 할 것입니다."

"뭐라고?"

왕 두꺼비는 노발대발하여 탁자를 쾅 쳤다. 그러자 탁자는 두 동강이가 났다. 그뿐 아니라 버드나무 가지에 앉았던 청개구리는 혼비백산하여 오줌을 싸며 땅에 떨어져 기절했다. 이 광경을 본 모든 개구리는 소리를 높여 일제히 울어대기 시작했다. 합창이 아닌 잡창(雜唱)이었다. 너무나 다른 요란한 소리를 냈기 때문에 그들은 왕두꺼비의 왕권 세습문제를 받아들이겠다는 것인지 결사반대하겠다는 뜻인지 분간할 수가 없었다. 기고만장한 독재자의 위엄은 최후의 심판처럼 무서운 것이었다. 이 잡창은 온 밤을, 그리고 다음 날 아침까지 계속되었다.

오래 살면 뭘 해

⋮

신 권사는 시간을 내어 친구인 박 권사를 방문하였다. 박 권사는 삼 년 전 쓰러져서 중풍을 앓고 있는데 지금도 한방병원에 입원해서 치료 중이었다. 처음에는 영영 의식을 회복하지 못할 줄 알았는데 날이 갈수록 호전되어 부축을 받고 조금씩 거동할 수 있게 되었다. 그러나 반신불수가 된 이후로 말도 어눌하였다. 신 권사는 침대에 누워 있는 박 권사의 손을 잡았다.

"세상 살기 힘들제? 하나님께 빨리 데려가 달라고 기도해."

신 권사는 좀 안되었다는 생각을 하면서도 자기의 솔직한 심정을 이야기했다. 그런데 박 권사는 고개를 끄덕이기는커녕 바라보는 눈길이 곱지 않았다. 자기는 어떻게든지 다시 건강을 회복하겠다고 노력하고 있는 것을 모르겠느냐고 힐난하는 그런 눈초리였다. 박 권사는 평소 자기가 오래 살게 해 달라고 하나님께 기도하고 있다고 말한 적이 있었다. 그녀는 오래 살면서 좋은 것 다 구경하고 죽겠다는 것이었다. 실제로 아들딸들을 졸라서 성지 순례, 유럽 여행, 미국 여행, 캐나다 여행, 호주 여행 등 안 간 곳이 없었다. 그뿐 아니라 교회에서 가는 관광 여행에는 빠진 적이 없었다. 또 건강을 유지하기 위해 비싼 생식을 했고, 팔순이 넘은 나이로 버스를 타고 다니며 등산을 했다. 그녀는 패물을 좋아해서 자녀들이 해외여행에서 돌아오면 무슨 패물을 사 오나 고대하다가 시원찮은 것을 사 오면 눈에 보이게 서운해하기도 했다. 그러던 어느 날 날씨가 갑자기 추워진 초겨울이었다. 등산하다가 다리에 힘이 빠지더니 산길에서 쓰러졌다. 그것이 이내 중풍이 되어 거의 말을 못 하고 걷지도 못하게 된 것이었다.

"늙은 사람은 빨리 죽어야지. 자녀들 못 할 일이야. 오래 사는 것도 좋은데 쓸모도 없이 오래 살기만 하면 뭘 해."

이렇게 말하면 박 권사는

"살고 죽는 것은 하나님이 하실 일이고, 건강히 살아 있는 동안은 재미있게 살아야지. 안 그래, 신 권사? 나는 오래 살게 해달라고 하나님께 기도할 거야."

평소에 그러던 박 권사가 오래 살고는 있지만, 입원비 외에도 한 달에 백만 원이 넘은 간병인을 두고 병원 신세였다. 모르긴 해도 이렇게 몇 년만 더 있으면 박 권사는 가족의 사랑을 몽땅 잃고 세상을 뜰지도 모를 일이었다. 나라에 노인 인구가 많아져서 좋을 리가 없었다. 그렇지 않아도 의술이 발달하여 장수하게 되었는데 산으로, 들로, 헬스센터로, 건강식 식당으로 다니며 사회에서는 바라지도 않는 목숨을 부지하려고 애쓰고 있는 노인들을 보면 신 권사는 자기 자신이나 노인들이 한심스러울 뿐이었다. 신 권사는 박 권사의 손을 잡고 떠날 때 다시 말했다.

"권사님. 나도 이번 방문이 마지막이 될지도 몰라요. 지금 90이 다 되어가지 않소? 거동하기 힘들어요. 권사님 잘 죽게 해 달라고 기도하세요. 죽음은 미리 기도하고 준비해야 해요. 잘 죽는 것이 하나님의 축복입니다."

간병인이 말했다.

"이 권사님은 아직 멀었어요. 식욕이 떨어져야 하는데 식욕은 지금도 왕성하신데요, 뭐."

신 권사는 자기 모습이 저와 같이 되지 말게 해 달라고 기도하며 병원을 떠났다. 집에는 수능 고사를 치러야 하는 손자가 있었다. 그녀는 그 손자를 위해 기도하고 그 녀석이 좋은 점수를 받고 기뻐하는 모습을 보면서 눈을 감으리라 생각했다. 그러나 추운 겨울은 피해야 할 것이기 때문에 자기는 이 해가 지나고 다음 해 해동하면 죽을 것이라고 가족들에게 말했다. 그런데 다음 해 해동하자 정말 신 권사는 시름시름 아파서 누워 있을 때가 많아졌다.

"어머니 왜 그러세요. 아예 돌아가시기로 작정하신 분 같아요. 병원에 있는 친구분은 아직도 식욕을 잃지 않고 계시지 않아요?"

"사람은 하나님께서 주신 사명이 끝나면 가야 한다."

"어머니, 어머니는 가정을 위해 나라를 위해 기도할 사명이 있으시지 않아요? 올해는 특히 가도에 벚꽃이 더 아름답게 피었어요. 한번 안 가보시겠어요? 여러 교회에서 경로 관광을 시켜 드린다고 할아버지 할머니들을 많이 모시고 나온답니다."

"애들아, 내가 날씨 좋은 이때 죽으려고 했는데 아직 때가 아닌 모양이다. 이 바쁜 환락 철이 지나고 거리가 한산해질 때 죽어야겠다."

"왜 돌아가신다는 말씀만 하십니까? 병원에 있는 친구분은 지금도 살아야겠다는 의욕에 넘쳐 있다고 하지 않습니까?"

"그 친구는 오래 살게 해달라고 기도했기에 어디 오래 살아 봐라, 하고 하나님께서 병원에 눕혀 두고 생명을 거두지 않으시는 거야. 나는 하나님께서 진즉 부르셨는데 이 벚꽃 시절만 지나게 해달라고 기도해서 연명해 주시는 거야."

그런데 정말 벚꽃이 지고 거리가 한산해 졌을 때 신 권사는 하나님의 부르심을 받았다. 발인 예배 때 박 권사의 가족이 문상을 왔었다. 신 권사의 딸을 박 권사의 딸이 붙들고 말했다.

"참 복도 많으십니다."

"아니 상갓집에 와서 무슨 그런 말을."

그러자 박 권사의 딸이 한숨을 쉬며 말했다.

"우리 어머님은 힘이 없어 호스를 넣고 음식을 넘기시는데 지금도 건강하시답니다."

정직하게 살게 하소서

:

"여보세요." 듣지 못하던 목소리였다. "여보세요."

"나다. 나. 못 알아보겠어? 나 김정직이야."

"김정직? 그래 너 웬일이냐?"

몇 년 동안 연락이 끊겼던 대학 동창의 전화였다.

"내가 지금 기독교 학교에 교사로 취직되었다는 게 아니냐. 너 안 놀래?"

"너 그동안에 교회 다녔었어?"

"교회는 무슨. 그냥 들어온 거지."

"세례증도 없이 받아 주었어?"

"그거야 하나 만들었지. 이 세상이 그러고 그렇잖냐?"

"너 그게 얼마나 큰 죄악인 줄 알아?"

기독교 학교에 사기꾼이 들어갔다는 것은 천국에 마귀가 들어갔다는 말과 같았다.

"그러지 말고, 너 기도문이나 하나 써 주라. 들어오기는 들어 왔는데 기도를 할 줄 알아야지."

이런 자식은 빨리 들켜서 쫓겨나야 하는데… 그런 생각을 하면서도 전화기를 붙들고 어찌나 간절히 부탁하는지 그냥 끊을 것 같지 않았다. 여러 사람을 대표해서 기도한다면 경우가 각각 다를 것이었다.

박 집사는 성경을 많이 읽으라고 말했다. 성경을 읽다가 감명을 받은 구절이 있으면 깊이 명상해라. 또 네가 누군가를 위해 기도할 때 그 구절이 떠오르면 그때 명상했던 내용을 생각하며 하나님께 기도하면 그것이 바로 좋은 기도가 될 수 있다고 말했다. 그러면서 덧붙였다.

"너는 국어 선생이니까 잘할 수 있을 거야"

잊어버리고 있는데 새해가 되니까 또 전화가 왔다.

"야, 내가 올해부터는 서리 집사가 되었다. 또 이 학교에서 운영하는 교회가 있는데 거기서 성경을 가르치는 교사가 되어야 한대. 그런데 내가 아는 것이 있어야지. 이럴 때 네가 옆에 있으면 얼마나 좋겠냐?"

박 집사는 가슴이 답답해졌다. 연약한 심령에 마귀가 역사하면 어떻게 될 것인가?

"야 너, 그거 못 하겠다고 그래. 네가 뭘 안다고 가르친다고 그래?"

"그렇지만 가짜가 들통나면 어떻게 하냐? 어떻게 얻은 직장인데. 모른 것 있으면 전화할게, 좀 가르쳐 주라."

그는 교사직을 그만둘 것 같지 않았다. 그래서 교회에서 나누어 준 교재를 잘 읽고 지시한 성경 구절을 찾아 써 놓을 뿐 아니라 애들에게 사기 치지 말고 성경에 써진 대로만 이야기를 해 주라고 말했다.

크리스마스 때 또 전화가 왔다.

"내가 아무래도 세례를 받아야 하겠다. 성찬식 때 포도주를 마셨는데 목사님이 죄를 들이마시는 것이라고 해서 가슴이 뜨끔했다. 이번 방학 때 느네 교회 목사님께 말해서 세례 좀 받게 안 해 줄래?"

"무슨 소리야. 교회도 안 다닌 너에게 어떻게 세례를 주니. 차라리 네가 다니는 교회 목사님께 고백하고 세례를 받아라."

"너 미쳤니? 우리 교회 목사님이 학교 이사님이라는 것을 몰라?"

"느네 학교 교목은 어때?"

"안 되지. 여기서 먼 곳이라야 해. 내가 너밖에 부탁할 사람이 또 어디 있니?"

"나는 못 한다. 나는 솔직히 네가 쫓겨나기를 바라는 사람이야. 너는 지금 죄가 죄를 낳고, 또 죄가 죄를 낳아서 진실이라고는 하나도 없는 사기 덩어리만 남아 있는 거야."

"인정한다. 그러나 여기까지 왔는데 어떻게 하냐? 네가 한 번만 좀 봐 주라."

"안 된다고 했지. 네가 죄를 덜 지으려면 옛날 사기 세례증 만든 교회에 가봐. 죄를 고백하고 세례를 받게 해달라고 부탁해봐."

박 집사는 전화를 끊었다. 그때 너무 심했는지 다시는 전화가 오지 않았다. 10여 년이 흐른 뒤였다. 교회 주보를 보고 있는데 헌신예배 강사로 김정직이라는 이름이 쓰여 있는 것이 눈에 들어왔다. 목사님께 물었더니 필리핀 선교사인데 귀국 보고를 하고 다니는데 교회에 설교 요청이 있어 허락했다는 것이었다. 동명이인일 것이라는 생각을 하면서도 호기심을 가지고 기다리고 있는데 정말 대학 동창인 김정직 그 사람이었다. 교인들은 모두 은혜스러운 간증이었다고 침이 마르게 칭찬하고 있었다.

예배 후 단둘이 만났다.

"너, 또 선교사라고 사기친 거야?"

"넌 하나님께서는 사랑하는 아들이 지은 옛날 죄는 다 잊어버리신다는 것을 모르니?"

그는 담대한 그를 보자 기가 질렸다.

"너, 정말 변했구나. 어떻게 이렇게 변했어?"

"사도행전의 아나니아와 삽비라의 이야기를 읽을 때 내 어두운 곳을 감추고 성령을 속이고 살아온 나를 회개하고 그때 나는 그들과 함께 엎드러져 죽었다."

박 집사는 정말 거듭난 김정직을 다시 쳐다보았다.

"평생 사람과 하나님을 속이지 않고 정직하게 살겠다고 결심했다. 너도 우리나라 사람들이 다 정직하게 살게 해달라고 기도해라. 이 나라가 살길은 그것밖에 없다."

박 집사는 한 대 얻어맞은 기분이었다. 기도문 써 달라던 친구가 언제 이렇게 변했는가? 그리고 우리나라 삶들의 부정부패를 그렇게 눈앞에 보고 있으면서도 자기는 그런 기도를 하지 못했던 것이 부끄러웠다.

어떻게 담배를 끊었는가

⋮

5월 31일 밤 김 장로의 지하실에 7, 8명의 사람이 모였다. 김 장로는 의과 대학교수로 이 지하 방을 성경공부와 기도실로 꾸며서 매주 본인이 주도하는 성경공부 모임을 할 뿐 아니라 어떤 단체든 기도나 성경공부 모임, 또는 다른 유익한 모임에는 예약만 하면 빌려주고 있었다. 이날 밤의 모임은 특별한 것이었다. "금연서클"이라는 이름을 가진 모임이었다. 이날이 세계 금연의 날이기 때문에 서클에 있는 사람들이 모여 "금연 성공담", "금연 일기"를 발표하기도 하고 또 금연을 희망하는 사람들의 고충을 듣기도 하는 모임이었다. 그들은 청소년 금연을 위한 금연 운동 지부를 만들고 싶었지만 그러려면 금연 운동 실적서를 첨부해야 했고, 회장, 부회장, 운영위원 등 조직이 있어야 했을 뿐 아니라 회원들이 다 자금을 조달해야 하는 부담이 따랐는데 그럴 능력도 없었다. 그래서 주변 친구 중 금연하고 싶은 사람이 있으면 이 자리에 불러서 흡연의 해독을 알리는 테이프 녹음도 들려주고, 흡연자의 질문에 응하기도 하고, 금연 성공담 등을 들려주기도 하는 편한 자리로 모였다.

윤 집사는 이 모임의 회장 격인 박 집사의 권유로 처음 참석했다. 비디오테이프로 각종 질환을 보는 것은 괴로웠다. 안구 혈관의 손상, 동맥경화, 폐기종, 폐암, 종양이 생긴 척추, 간암, 후두암, 위궤양, 뇌종

양, 잇몸에 생긴 궤양, 방광암 등등…. 이루 눈으로 보기 끔찍한 장면들이 많았으며 실제 흡연이 그렇게 많은 병을 유발한다는 것은 생각도 못 했던 일이었다. 특히 흡연이 방광암까지 유발한다는 것은 충격적이었다. 윤 집사는 회사에 근무하다가 너무 배가 아파 종합검사를 받았는데 방광에 종양이 있다는 진찰을 받았기 때문이었다. 그는 집사가 되었어도 담배를 끊지 못하고 있었다. 성가대를 하고 있었는데 교회 갈 때만 되면 연거푸 담배를 피워야 했다. 몇 시간 동안 금연을 해야 했기 때문이었다. 그리고 성가대석에 앉을 때는 은단이나 껌을 입에 물고 있었다.

한 젊은이가 말했다. 자기는 금연을 시작한 지 십 일이 되었는데 지금은 참고 이겨낸 날짜가 아까워 계속 금연 중이라고 말했다. 첫날 저녁밥을 먹고 나서 어떻게 피우고 싶은지 거의 미칠 지경이었다고 말했다. 그래서 밖으로 뛰어나와 병원을 달려가서 니코스탑이라는 것을 사서 붙이고 참았다고 말했다. 그리고 피우고 싶으면 이를 악물고 참았는데 옆에서 친구가 피우는 것을 보면 더 견딜 수 없었다고 했다.

다음은 20일째 금연을 한 다른 한 사람의 이야기다. 첫날에는 저녁을 먹고 나서 너무 피우고 싶어 밖으로 나와 쓰레기통을 뒤져 꽁초를 찾아 피웠다. 다음날은 자기가 거지 같은 생각이 들어 반성하고 참고 있는데 직장에서 친구가 피우고 있어 한 개비를 얻어 피웠다. 흡연은 유혹이다. 20분만 잘 참으면 그 유혹은 사라진다. 이렇게 20일을 금연하고 나니까 참고 견디었던 시간이 아까워 피울 수가 없었다. 십년 만에 끊은 것인데 어떻게 될지 아직은 장담을 못 하겠다.

윤 집사는 이들이 다 자기와 똑같은 경험을 하고 있다고 생각했다.

자기의 흡연습관도 지금 15년째였다. 군대에 가서 피우기 시작한 것이 계속되고 있다. 끊어야겠다고 생각한 것이 몇 번인지 알 수가 없다. 새해만 되면 끊겠다고 결심하는데 며칠 계속되지 못했다. 두 갑을 한 갑으로, 한 갑을 반 갑으로 다시 하루에 두 개비로……. 그러나 그 이상 내려가지 않았다. 아예 담배라는 것을 사면 안 된다고 생각하고 담배 가게를 지나쳤다. 그러나 식사 후나, 스트레스가 쌓이거나, 곁에서 피우는 것을 보면, 그리고 그런 일이 비록 없을지라도, 안 피운 지 30분이 지나면 문득문득 담배 생각이 났다. 담배 피우는 친구를 찾아갔다. 한 대만 얻어 피우고 앞으로는 안 피우리라. 그러나 또 찾아가게 되었다. 여러 번 이런 일이 있고 나면 염치가 없어져서 담배를 사게 된다. 한 대만 피우고 나머지는 담뱃갑 채 빚진 친구에게 주어야지……. 그러나 산 것이 잘못이다. 모든 것은 무너지고 다시 피우게 되었다. 윤 집사는 자기의 흡연습관이 분명 방광염을 가져오게 되었으리라고 생각했다. 이러다간 자기가 죽게 된다고 생각했다. 그래서 이제는 꼭 금연해야 한다고 생각하고 자기의 흡연습관을 털어놓고 금연에 대한 자문을 구했다.

"조금씩 끊지 말고 무조건 그냥 끊으십시오."

"가족과 자녀를 생각하십시오. 저는 제 아내가 나와 입 맞추는 것은 굴뚝과 입 맞추게 되는 것이라는 생각을 하자 끔찍해서 그만두었습니다."

이때 회장이 권사라고 소개했던 한 부인이 말했다.

"윤 집사라고 했지요? 집사님은 지금 어딘가 몸이 불편하지요?"

뚫어지도록 쳐다보고 하는 말에 박 집사는 뜨끔하였다.

"그렇습니다. 방광에 염증이 있습니다."

"담배를 끊으시오."

단호한 말에 윤 집사는 깜짝 놀라 가슴이 떨렸다.

"당신은 담배를 끊어야겠다고 결심하는데 기회가 있을 때마다 마귀가 피워도 된다, 피워도 된다고 하고 유혹하는 것 같지 않습니까?"

윤 집사는 마귀가 유혹한다고는 생각지 못했다. 그러나 그렇게 해석할 수도 있을 것 같았다.

"네. 그런 생각도 듭니다."

나이 든 권사는 윤 집사 앞으로 걸어 나왔다. 그리고 머리에 손을 대고 소리쳤다.

"담배 귀신아 나오너라. 주 예수 그리스도의 이름으로 명하노니 담배 귀신아 물러나라!"

그 소리가 어떻게 우렁찬지 윤 집사는 기절 직전이었다. 그는 정신이 혼미해져서 어떻게 집으로 돌아왔는지 알 수가 없었다. 그런데 신기한 것은 그 순간 이후 담배를 피우고 싶은 생각이 깡그리 사라져 버린 것이다. 담배를 피운 친구가 가까이 오면 얼마나 역겨운 냄새가 나는지 혐오감이 생겼다. 자기가 앉았을 때 옆 성가대원이 자기를 얼마나 싫어했을까 하는 생각이 들었다.

정말 담배 마귀가 있을까? 그러나 자기 옆에서 자기를 유혹하며, 계속 죽음으로 몰고 가는 마귀가 있는 것이 분명하다는 생각이 들었다. 그리고 금연을 시작하자 윤 집사는 방광염까지 곧 치유될 것 같은 생각이 들면서 날아갈 것 같이 기뻤다.

내 사랑스러운 싼타모

· · ·

소한이 가까워지니 날씨가 매섭게 쌀쌀해졌다. 어린이 미술 방을 경영하는 이 집사는 주말 오후반을 마치고 집으로 가기 위해 버스 정류소에 서 있었다. 함께 보조로 그림지도를 하는 김 양도 같이 있었다. 그런데 자기네 앞을 지나쳐서 가는 새로 출시한 승용차 싼타모에 꼭 이 집사의 남편 같은 사람이 타고 있었다. 자기네 차는 분명 대우 프린스의 흰 차였다. 김 양이 말했다.

"선생님 아까 싼타모에 사장님이 타고 계시지 않았어요?"

"너도 그렇게 봤니? 분명했어?"

아무리 생각해도 이상한 일이었다. 집에 들어와 보니 남편이 주말 인데 빨리 돌아와 있었다.

"당신 오늘 웬일이에요?"

"엉, 나 오늘 차 바꿨다."

"뭐예요? 당신 혼자 마음대로 차를 바꾸었어요?"

"나 혼자 타는 차 아닌가? 뭐 잘못됐나? 이 싼타모는 경유가 되가 기름값이 덜 든다. 그리고, 세금도 싸다 아이가?"

"아니 어쩌면 그렇게 나에게는 한마디 말도 없이 그럴 수가 있어요? 나는 이 집에서 뭐예요?"

아무리 생각해도 이해할 수 없는 일이었다. 이 집사는 방으로 들어가 이불을 쓰고 드러누웠다. 남편은 사장이라고 하면서 한 번도 생활비를 갖다 준 적이 없었다. 그림 방에서 자기가 번 돈으로 살고 있었다. 경상도 남자는 부인에게 무심하다고 하지만 결혼 생활 25년에 한 집에 살고 있을 뿐 생각 따로 삶 따로였다. 하기야 차 하나쯤 자기 마음대로 못 바꿀 위인도 아니었다. 그런데 갑자기 서운하고 억울하였다. 자기는 밥 해주고, 빨래 해주고, 잠자는 사람에 불과하다는 말인가? 집안에 벽화와 같은 존재여서 떼어 내버리면 그만인 존재 같았다. 속 썩이며 누워 있는데 남편의 음성이 들려 왔다.

"와, 밥 안 묵을 끼가?"

뭘 잘했다고 밥을 먹어? 뺨 한 대 때려놓고 밥 먹자는 격이었다. 그러나 그녀는 일어나서 밥을 했다. 성경에 오른편 뺨을 치거든 왼편도 돌려 대라고 하는 구절이 생각났기 때문이었다. 전에 같으면 말도 하지 않고 밥도 짓지 않았겠지만, 그것이 오히려 자기를 비참하게 하는 것이라는 것을 체험으로 알고 있었다. 언제까지 밥하는 것을 거부할 수 있겠는가? 그가 원하는 것 이상을 해 줄 생각이었다. 아무 말 없이 저녁을 먹었다. 미국 이모 집에 놀러 간 딸이 있었으면 또 상황은 달랐을 것이다.

"나 약속이 있어 나가 볼란다. 너무 걱정 마라. 빨리 돌아올 끼다. 내 혼자서 마음대로 차를 사가 미안타."

남편은 밥을 먹자 휭 나가버렸다. 25년을 이렇게 살아왔다. 말이라는 것이 얼마나 무력한가 하는 것을 알 것 같았다. 지금까지 많은 말을 했지만, 남편이 들어 준 말이라고는 하나도 없었다. 차라리 말 못하는 벙어리로 몸으로 말하는 자가 되는 것이 나을 뻔했다는 생각이었다. 언제나 말만 무성히 했지 밀려서 따라 사는 자기였다.

남편은 정말 술도 먹지 않고 빨리 돌아왔다. 비디오를 빌려왔으니 같이 보고 차도 마시자고 했다. 그러나 그녀는 말없이 침실로 들어와 책을 읽었다. 이내 남편이 몸을 씻고 들어오더니 자기를 달랠 때 늘 하던 식으로 끌어안고 입을 맞추는 귀찮은 일을 시작했다. 획 돌아눕고 뿌리치며 거부해야 했는데 그녀는 그냥 그가 하는 대로 맡겨 놓고 있었다. 속옷을 가지고자 하는 자에게 겉옷까지도 주는 심정이었다. 남편은 아내인 자기를 기쁘게 해 주자고 시작하는 짓이겠지만 자기가 좋으면 끝이었다. 언제쯤 자기가 잘못하고 있다는 것을 깨달을는지…. 그는 곧 가는 코를 골며 잤다.

다음날은 주일이었다. 남편은 아침을 먹으면서 부인의 얼굴을 물끄러미 쳐다보았다. 방학에 딸도 미국에 가버리고, 단둘인데 말을 않고 있는 부인이 마음에 걸렸던 모양이었다.

"날씨도 추분데 교회까지 데려다 줄꼬마. 시승식도 해야 안 되겠나?"

교회라면 넌더리를 내며 싫어하던 남편이 웬일인지 알 수가 없었다. 그녀는 못 이긴 듯이 입을 뗐다.

"나 오늘 안내라 좀 빨리 가야 하는데."

"개않다. 언제 갈긴데. 오늘은 하루 종일 봉사 할구만."

그들은 아침 예배 30분 전에 도착했다.

"여기서 내려 줄까?"

"교회까지 들어가요."

교회 안 주차장이 좀 빨라서인지 비어 있었다. 내리는데 새 신자를 맡은 극성스러운 박 장로와 신 권사가 반가운 얼굴로 다가왔다.

"오늘은 남편을 모시고 나왔네요."

이 집사는 남편을 소개하고 자기는 안내를 하러 가야 한다고 빠져

나왔다. 박 장로와 신 권사는 문전 박대하는 생판 모른 사람 집에 가서도 새 교인을 전도해 교회로 끌고 나오는 그런 분들이었다. 남편이 어망에 걸려든 것이다. 어쩐지 이 집사는 기분이 너무 좋았다. 늘 끌려다니다가 기선을 제압하고 이제는 남편을 끌고 가는 자리에 선 것 같은 기분이었다. 오른편 뺨을 맞을 때까지는 종이 주인에게 당하는 위치였다. 그러나 왼편 뺨을 돌려댈 때는 이제는 주인이 하인에게 끌려가는 그런 상태가 되는 게 아닐까? 예수님의 가르침은 "너희가 끌고 가라" 그런 가르침이라는 생각이 드는 것이었다. 예배 시간에 박 장로는 이 집사가 앉아 있는 자리 옆으로 남편을 데려왔다. 이렇게 남편 전도가 되는구나, 생각하니 너무 기뻤다. 예배가 끝나자 신 권사는 그냥 있지 않았다. 남편을 식당으로 끌고 가서 점심을 대접했다. 그리고 다시 새 가족 성경공부반에 그를 안내했다. 남편은 말을 잘 들었는데 남편에게는 의외로 그런 점이 있었다. 순진해서 자기에게 잘해 주는 사람에게는 그만큼 무엇인가를 해 주어야지 뿌리칠 수 없다는 그런 단순한 생각을 하고 있었다. 오후 예배까지를 마치고 돌아오는데 이 집사는 이제는 완전히 앞뒤가 바뀌어서 자기가 경상도 여자가 되고 남편이 충청도 남자가 된 것 같은 착각에 빠졌다. 차를 타고 돌아오는데 새로 바꾼 싼타모가 그렇게 사랑스러울 수가 없었다. 운전하는 남편의 한쪽 손을 잡으며 미소했다. 그녀는 오늘 밤에는 자기가 남편을 껴안고 귀찮게 해야겠다고 생각하는 것이었다.

건망증

•••

    어느 교회에나 선교회가 있는데 이 교회에도 '노아선교회'라는 것이 있었다. 교회에서 제일 연장자들로 구성된 모임이었다. 자격은 70세 이상의 남자로 몇 사람 되지 않았다. 노령화 시대에 교회에 70세 이상이 왜 없을까마는 당뇨, 고혈압, 요통, 관절염, 난청, 난시 등으로 활동이 불편하여 다 빠져버렸다. 또 용돈도 넉넉하지 않은데 월 회비를 내서 선교 활동을 한다고 하니 부담이 되는 것이다. 그래서 5, 6년간 인원은 늘지 않고 오히려 소천한 사람이 있어 회원은 줄어져 가는 형편이었다. 회장은 74세가 된 김 장로였다. 그는 4년 동안 계속 회장을 하고 있다. 나이 많은 사람들이 다 회장을 사양했기 때문이다. 나이가 많아지니 건망증으로 기도도 하기 어렵다고 했다. 행동이 둔해져서 생각과 행동이 일치하지 않고 어떤 때는 얼굴이 차에서 안 빠졌는데도 다 나왔다고 생각하고 문을 닫다가 목을 다치기도 하고 문을 열었다고 생각하고 얼굴을 들이밀다가 유리창에 부딪쳐 코가 깨지기도 한다는 것이었다.

    김 장로는 회원이 9명밖에 되지 않지만, 선교는 해야 한다고 주장하여 이 해에는 여자 교도소에 가서 함께 예배하는 일을 하자고 결정하였다. 교도소에서 2월에 와 주었으면 좋겠다는 전갈이 와서 그렇게 결정했는데 김 장로는 그때 공교롭게 미국 방문을 하게 되어 나이 많은 노 장로에게 이 일을 부탁하고 떠나게 되었다. 그런데 문제는 귀국한 뒤 9월에 생겼다. 교회 선교부는 교도소 선교 행사비 전액을 선부담해서 행사를 치렀는데 노아선교회는 아직도 교회가 부담한 행사비를 안 내고 있다는 것이다.

회장은 회계 집사에게 물었다. 회계는 분명 그때 부담금을 냈으며 장부에도 그렇게 기록이 되어 있다는 것이었다. 그런데 교회 선교부는 받은 일이 없다는 것이었다. 교회 선교부 회계 장부에는 수입이 잡혀 있지 않았고 지출은 영수증까지 잘 보관되어 있었다. 그럼 돈은 어디로 가버린 것일까? 혹 교도소 예배 때 헌금을 했을지도 모른다는 생각으로 같이 따라갔던 중창단 대표 집사를 만나 물어보았다. 그러나 그녀도 요즘은 생각이 가물가물해서 하루만 지난 일도 제대로 기억하지 못한다고 말했다.

책임은 회계가 질 수밖에 없다고 생각하고 있는데 다음 주일 회계 집사가 분명 교도소 방문 책임을 맡은 나이 든 노 장로에게 그 돈을 주었다는 것이었다. 증인이 있다고 몇 사람을 데려왔는데 노 장로가 정말 받은 것을 보았느냐고 다그치자 증인도 생각이 가물거려서 분명하지 않다는 것이었다. 왜 영수증을 받고 건네지 그렇게 했느냐고 안타까워했더니 다 아는 사이에 어떻게 영수증을 주고받느냐고 했다.

회장인 김 장로는 나이 든 노 장로에 물었다.

"장로님, 전혀 돈을 받은 것 같다는 생각이 안 나십니까?"

나이가 90이 된 노 장로는 눈을 껌벅거리면 말했다.

"받았으면 어딘가에 있을 턴디. 아무 데도 없어. 또 썼다면 적지 않은 돈인디 그것을 왜 모르것어? 수술한 뒤로 깜박깜박 잊어버리기는 해도 그런 일은 전혀 없었어."

노 장로의 말이었다.

장부에 적어 놓고 돈을 주었다는데 회계에 책임을 물을 수도 없고 안 받았다는데 노 장로에게 그 책임을 물을 수도 없었다.

"장로님 혹 받아서 다른 사람을 준 기억은 없으십니까? 그래도 한 번 잘 생각해 보십시오. 참 난감한 일입니다."

나이가 많아지면 뇌세포가 감소하고 뇌에 들어오는 정보는 많아져서 이를 차단하기 위한 수단으로 일시적으로 기억장애가 생기지만 시간이 지나면 기억력이 살아난다는데 오리무중이 되어버리니 답답한 일이었다. 요즘은 회장 자신의 기억력도 믿을 수가 없었다. 더 조사해 봐야겠지만 끝까지 나오지 않으면 자기가 반을 부담하고 선교회에서 반을 부담하든지 아니면 자기가 전액이라도 부담해야지 책임을 회계나 노 장로에게 떠맡기면 그들이 필경 선교회를 떠날 것이 분명했다. 이제 회원은 7명으로 줄어드는 것이다.

나에게는 무슨 돈이 있는가? 아내에게 생돈을 물어넣게 되었다고 하면 당장 회장을 그만두라고 할 것이 뻔했다. 회장을 그만두면 이제 노아선교회는 6명이 남을 뿐 아니라 해괴한 소문과 함께 붕괴될 수밖에 없는 일이었다. 회장도 없고 기억력도 없는 6명이 무엇을 하겠는가?

그런데 그다음 주일 노 장로는 싱글벙글거리며 회장을 찾아왔다.

"김 장로, 그 돈 생각해 보니 내가 분명 받았어."

"그래요? 참 잘 되었네요. 집에 있었어요?"

"아니야. 내가 그때 그 돈을 김 장로에게 주었잖이여?"

진지한 표정으로 말하는데 회장은 어이가 없어 노 장로를 뻔히 쳐다보았다. 자기가 건망증이 있다는 것을 모르면 그것은 치매 증상이라고 하더니 노 장로도 이젠 치매 초기가 아닌가 하고 쳐다보았다.

그는 계속했다.

"그때 그 돈을 어디다 주어야 할지 몰라서 가지고 있다가 김 장로가 미국을 오자 바로 주었어."

회장은 정말 받은 기억이 없었다. 한 가지 생각을 오래 하고 있으면 그것이 근심되고 그 근심을 풀어주려면 무의식 속에서 이 일을 해결하려고 2차 가공을 하여 말을 맞춘다는 프로이트의 설이 있는데 이것은 분명 소설이었다. 그러나 그런 말을 듣자 회장 자신도 머리가 멍해지며 기억력이 깜박거리는 것을 의식했다. 기억력 싸움인데 이게 정말 무슨 꼴인가? 정말 받았다면 어떻게 할 것인가? 그것은 적지 않은 돈인데 그 돈이 어디에 있다는 말인가? 공은 자기에게 넘어왔는데 귀국 후 7개월 동안 노 장로와 만난 시기를 다 기억해 내서 안 받았다는 것을 증명하는 것도, 또 자기가 누군가 준 사람을 기억해 내는 것도 회장 자신의 뇌세포의 역량으로는 도저히 불가능한 일이었다. 자기 뇌세포는 자기는 그 돈을 받지 않았고, 가지고 있지 않다는 것으로 다 정리해 버린 뒤의 일이었다.

오! 노아선교회여! 늙은 사람들이여! 건망증이여!

내 새끼

∶

　지금이 어떤 세상인데 학교에서 체벌하다니. 이것은 말이 안 돼. IMF 시대에 집에 들어앉아 아기 보고 싶어 장이 뒤집혔나? 금지옥엽 기른 외아들인 내 새끼가 맞고 왔다는 것은 있을 수 없는 일이다. 정식 선생도 아닌 주제에 영어를 가르치는 임시교사가 나도 아까워 손을 못 대는 내 새끼 뺨을 때리다니. 그래 때릴 데가 없어 뺨을 때리냐? 그것도 귀밑이 퍼렇게 멍이 들었으니 고막이 성한지 알 수 없는 일이다. "이걸 그냥" 내가 진단서를 떼서 이 가시나를 그만두나 봐라. 그래, 담임은 무얼 하고 있었어. 그것을 보고만 있었나? 담임이라는 게 무얼 하는 존재야? 이렇게 내 새끼가 맞고 왔는데 저는 무사할 수 있나 보자. 내가 시 교육청에 진정서를 제출하여 이 못된 버릇들을 깡그리 고쳐놓고 말 거야.

　신 집사는 숨소리를 씩씩거리며 전화기를 들었다. 그리고는 초등학교 4학년짜리 아들을 돌아보았다.

　"네가 정말 맞을 짓을 한 게 아니야?"

　"아냐. 말대꾸한다고 때렸어."

　"무슨 말대꾸를 했는데?"

　"영어 하기 싫다고 그랬어요."

　"왜 하기 싫은데?"

　"그냥 하기 싫어요."

"공부하기 싫어하면 되나?"

"그래도 하기 싫은데 자꾸 하라고 그랬어요."

맞을 일을 했구먼. 그래도 때리면 되나? 때리더라도 다른 곳을 때리든지. 그래, 얼굴을 때려? 아무튼, 이것은 그냥 넘어갈 수 없는 문제야. 신 집사는 전화로 영어 선생이라는 사람을 불러냈다. 그러나 그녀는 퇴근하고 없었다. 마침 담임이 있어서 전화를 받았다.

"진성 어머니. 정말 잘못했습니다. 제 불찰이에요. 용서해 주세요. 어린 선생이 돼서 경험도 없고 철이 없어요."

담임은 신 집사가 말하기도 전에 싹싹 비는 말을 하였다.

"그래, 미안하다고만 하면 끝나는 일입니까? 나 이 문제 그냥 넘어갈 수 없어요. 지금 집에 와 보세요. 애가 열이 나서 누워 있어요. 고막은 성한지 병원에 가 봐야겠어요. 나는 그 선생이 학교를 물러날 때까지는 모든 조치를 다 취할 겁니다. 누가 또 맞고 올지 알겠어요?"

"진성 어머니. 정말 좀 참으세요. 이 문제가 확대되면 모두가 어려워집니다. 제가 이렇게 빕니다. 제발 용서해 주세요."

"그 어린 영어 선생이 그곳에 남아 있는 동안 나는 그만둘 수가 없어요. 내일 진단서를 끊어 학교에 갈 겁니다. 교장 선생님께 보고를 드리고, 또 시 교육청에 진정서를 낼 겁니다. 그뿐 아니라 나는 그 선생 뺨을 퍼렇게 물들도록 때려 주고 올 거예요. 두고 보세요. 내일 점심시간에 가겠습니다. 그 선생 꼼짝도 못 하게 붙들어 놓으세요."

그날은 금요일이었다. 그녀는 마음을 진정시키고 구역 성경공부에 나갔다. 그날의 공부 내용은 하나님의 영이 사울을 떠나자 사울에게 악신이 내려 다윗을 질투하게 하므로 다윗이 평소처럼 사울의 악신을 쫓기 위해 수금을 타고 있었는데 그런 동안에도 질투심이 치솟아

다윗을 죽이려고 창을 던졌다는 내용이었다.

명상 가운데 여러 가지 말이 나왔다. 하나님의 영이 함께 하시면 마음이 상쾌해지며 영이 떠나면 우울해진다. 햇빛을 오랫동안 못 보는 화초는 시든다. 부정적인 생각을 하는 사람과 함께 있으면 그쪽으로 내 기(氣)를 다 빼앗기며, 긍정적이며 하나님을 찬양하는 사람과 교제를 하고 있으면 그 사람의 기(氣)가 옮겨와 내 마음도 상쾌해진다. 열두 해를 혈루증으로 앓던 사람이 예수님의 옷자락을 만졌을 때 예수님의 능력이 그에게로 옮겨가 온전한 몸이 되었다. 우리는 사울처럼 되지 않기 위하여 하나님의 영이 떠나지 않도록 노력해야 한다.

신 집사는 마음이 찜찜하였다. 내 마음에서 하나님의 영이 떠난 것이 아닐까? 그녀는 토요일 점심시간에 그 영어 선생을 만나러 가기로 했지만, 발이 잘 떨어지질 않았다. 가서 뺨을 때려 주고 끝내? 교장 선생에게 보고하고 시 교육청에 진정서를 내서 이런 일이 다시는 일어나지 않도록 끝장을 봐?

그녀는 학교에 가지 않을 생각이었다. 발이 떨어지지 않았다. 어제 충분히 말했기 때문에 학교에서 합당한 조처를 하면 그녀는 그것에 만족할 생각이었다. 그런데 점심시간이 훨씬 지나도 진성이는 돌아오지 않았다. 불안해져서 학교로 전화를 했더니 지금 모두 대기 상태로 그녀를 기다리고 있다는 것이었다. 미안하고 불안한 마음으로 급하게 교무실로 들어서자 곧바로 교장실로 안내되었다. 모두 거기에 있었다. 진성이, 영어 선생, 담임, 교무 주임, 교감, 그리고 교장 선생이 엄숙하게 앉아 있었다. 교장 선생이 말했다.

"제 불찰로 여러 가지 불미스러운 일이 생기게 돼서 미안합니다."

그러면서 영어 선생을 향하여 정식으로 사죄하라고 말했다.

"죄송합니다. 저는 공부를 도저히 진행할 수가 없어서 제 감정을 못이기고 때리게 되었습니다."

어리고 퍽 앳된 선생이었다. 그러나 끝까지 자기변명을 하는 것이 얄미웠다. 교장 선생이 다시 계속했다.

"진성이 어머니께서 원하시는 대로 다음 주부터 이 영어 선생은 학교를 그만두기로 했습니다. 그렇지 않아도 이 선생은 내년 봄에 결혼하면 그만두게 할 생각이었습니다. 자기 나름대로 조금이라도 결혼 비용에 보탬이 될까 해서 가르치고 있었는데 좀 빨리 그만둔 것뿐이지요. 이제 노염을 푸십시오."

순간 신 집사는 자기 말을 이렇게 잘 들어주는 학교 처사에 놀랐다. 꼭 그렇게 되지 않아도 불평하지 않을 생각이었다. 담임선생이 다시 말을 이었다.

"이 선생도 기독교 가정에서 자라서 퍽 마음이 고운 사람이랍니다. 그런데 애들이 순한 선생이라 더 말을 안 들었던 것 같아요. 이제는 마음을 푸시고 더는 문제를 확대하지 말았으면 합니다."

신 집사는 아들을 데리고 교무실을 나오는데 도무지 마음이 개운치 않았다. 진성이가 한마디 했다.

"엄마 그 선생 안됐지?"

"그래, 왜 약을 올렸어?"

신 집사는 혼잣말을 하였다.

(하나님의 영이 나에게서 떠난 것이 아닐까? 왜 이렇게 마음이 무겁지? 내가 왜 이렇게 경솔했지?)

"성령보다 앞서지 말고, 기도보다 앞서지 말라!"라는 말이 있는데 신 집사는 기도도 하지도 않고 너무 화냈던 것이 부끄러워졌다.

아들이 안겨준 행복

⋮

　여호수아가 다섯 살쯤 되었을 때의 일이다. 김 교수 부부는 공동묘지가 있는 구릉 샛길을 걸어 700미터쯤 떨어진 그의 할아버지 댁을 문안차 방문하였다. 저녁을 먹고 이야기를 하는 동안 여호수아는 잠들었기 때문에 깨워서 데려올 수가 없어 그냥 눕혀 두고 집으로 돌아왔다. 새벽 2시쯤 되어서였다. 요란한 벨 소리로 눈을 떴다. 다섯 살짜리 여호수아가 가쁜 숨을 몰아쉬며 밖에 서 있었다. 집안으로 데리고 와서 보니 신발에 못이 꽂혀 발바닥에서 피가 나고 있었는데 그것도 모르고 그냥 달려온 것이었다. 늦둥이 막내가 되어서인지 여호수아는 어머니 떨어지기를 그렇게 싫어했다. 바로 위 형과는 여섯 살 터울이었다.

　형들이 소풍 갈 때면 그는 그것이 부러워서 어쩔 줄 몰라 했다. 형들에게는 김밥과 과자 등 군것질할 것을 가방에 싸주는 것이 너무 부러웠던 모양이다. 여호수아의 어머니는 그에게도 똑같이 가방을 챙겨주었다 그러면 그는 점심때에 앞집 솔밭으로 터벅터벅 혼자 걸어갔다. 앞집은 꽤 큰 저택이었는데 그 정원은 자연 동산을 그대로 이용하여 조경했기 때문에 소나무와 다른 잡목들이 우거져 있었다. 김 교수 부인은 그 애가 어떻게 하나 몰래 가서 훔쳐보곤 했는데 김밥부터 꺼내서 외롭지도 않은지 큰애들처럼 잘 먹었다. 어머니는 그런 여호수아가 귀여워서 어쩔 줄 몰랐다. 형제 간도 너무 터울이 지면 외로울 것이 틀림없었다. 초등학교에 다닐 때는 책보를 던져두고 밖에 나가 친구들과 늦게까지 놀다 와서는 저녁을 먹으면 곧 잠들었다. 그리고는 아침에 일어나면 숙제를 못 했다고 울었고 그럴 때는 형들에게 혼나곤 했었다.

초등학교 사 학년 때 그는 김 교수 부부를 따라 미국에 갔었다. 형들은 할아버지와 함께 살면서 중·고등학교에 다녀야 했는데 그는 너무 어려서 떼어놓을 수가 없어 유학하고 있는 아버지를 따라서 온 것이었다. 흔히 학교에서는 영어를 못해 억울한 일을 당하고 집에까지 울고 온 일이 많았는데 어떨 때는 축구를 잘해서 골인을 몇 번 시켰다고 자랑스럽게 돌아오기도 했다. 결국, 그는 부모와 떨어지지 않고 제일 가까이 오래 살았던 아들이었다.

그런 여호수아가 지금은 댈러스에서 직장을 갖고 행복한 가정을 이루고 있다. 김 교수 부부는 배웅 나온 여호수아와 이야기를 하다가 공항에서 한국을 향해 떠나는 비행기에 좀 늦게 탑승했다. 그냥 집에 가도 된다고 몇 번 말해도 그는 떠나지 않고 옆에 앉아 있었다. 비행기에 탑승하려고 표를 점검하는 출입구를 막 지나려 할 때 그는 어머니에게 봉투를 전해 주었다.

"한국 가면 이걸로 냉장고 사세요."

그들은 15년도 넘은 냉장고를 쓰고 있어서 고장이 잦았다. 그러나 늘 고쳐 써서 별문제는 없다고 말했다. 그러나 여호수아는 신경 쓰지 않게 새것을 사 주고 싶었던 모양이었다. 트랩에 오르기 전에 봉투를 쥐어준 것은 어머니가 사양을 못 하게 하기 위해서였으리라.

(어리디어린 아이가 어느새 커서 부모를 돕게 되었는가? 벌써 자녀의 보살핌을 받을 나이가 되었다는 말인가?)

그는 컴퓨터의 소프트웨어를 개발하는 큰 회사에서 대우를 받으면서 잘 일하고 있었다. 김 교수 부인은 창가에 앉아 눈을 감고 기도를 하고 있었다. 언제나 비행기를 타면 먼저 기도를 해서 그것이 안전한 이륙을 위한 것이었는지 막내가 커서 어머니를 돕게 된 것이 감격스러워서 하나님께 감사하는 것인지 알 수 없었지만, 어쩌면 그 둘 다일 것이라고 김 교수는 생각했다. 이내 한 한국 여자 손님이 바로 뒤따라와 옆자리에 앉으며 말했다.

"아드님이세요?"

"누가요?"

"키 큰 젊은이가 떠나지 않고 계속 비행기 쪽을 바라보고 혼자 서 있던데요."

그것은 여호수아임이 틀림없었다.

"어떻게 우리 앤지 아세요?"

"제가 두 분 뒤에 타면서 서로 인사하는 것을 보고 있었거든요."

김 교수는 가슴이 뜨끔하였다. 그들은 뒤도 돌아보지 않고 비행기에 올랐는데 그는 가지 않고 부모의 뒷모습을 지켜보고 있었던 모양이었다.

김 교수는 행복감이 발끝에서 머리 정수리까지 타고 올라가는 것이 느껴졌다. 부모를 죽이고 싶은 자식이 많은 이 세상에….

구원의 소나기

:

    초여름의 일이다. 박 교수는 차를 빌려서 캐나다의 동북부에 있는 연해(沿海) 3주를 여행하기로 했다. 대서양에 접해 있는 세 개의 주(州)인 '뉴브런즈윅', '프린스에드워드아일랜드' 그리고 '노바스코샤'는 박 교수가 평소에 한번 가보고 싶었던 곳이었다. 특히 '프린스에드워드섬'은 캐나다의 열 개 주중에 제일 작은 주지만 한국에서는 '빨강머리 앤'으로 잘 알려진 소녀가 활동하던 배경이 되는 곳으로 그 소설의 작가 몽고메리 여사의 고향이기도 해서 보고 싶었다.

    보스턴에 있는 아들이 이 세 주를 돌려면 5,000㎞ 이상을 운전해야 하는데 칠순의 중반에 있는 나이로 무리가 될 것 같으니 자기가 휴가를 낼 수 있을 때 같이 가는 것이 어떠냐고 만류했지만, 또 아들이 한가해지기까지 기다릴 수가 없어 뭐 별일 있겠느냐는 생각으로 여행을 떠났다. 자기가 예상한 대로 박 교수는 아무 탈 없이 미국의 보스턴에서 출발하여 캐나다의 '뉴브런즈윅', '프린스에드워드섬', 그리고 '노바스코샤'의 북단에 있는 케이프브레턴섬 공원을 완주했다. 날씨도 좋았고 운전도 순조로워서 만세를 큰 소리로 부르고 싶은 심정이었다. 프린스에드워드섬의 북단에 있는 캐번디시 촌에는 앤의 집 모형이 만들어져서 방문객들이 각 방을 돌아볼 수 있게 하고 있었다. 박 교수는 몽고메리 여사가 걷던 산책길을 부인과 함께 걸으니 작품을 구상하며 걸었을 작가의 모습이 그려져 감개가 무량했다. 자기와 아내의 친구 중에는 벌써 세상을 하직한 사람이 많다. 또 그렇지 않다고 하더라도 고혈압이나 당뇨로 고생하는 아내를 간호하고 사는 친구도 있다. 그런데 건강하게 또 낯선 외국 땅을 운전하며 다닐 수 있다는 것은 너무나 감사하고 미안한 일이었다.

인간은 한 치 앞을 알 수가 없다. 그러면서도 오 년 뒤에, 또 내일을 무슨 일을 하리라고 담대하게 계획을 세우며 사는 것을 보면 이것은 어쩌면 무모하고 아찔한 일일지도 모른다. 그러나 누구나 자기에게는 아무 일도 생기지 않을 것이라고 장담하며 살고 있다.

공항 근처의 호텔에 숙소를 정하고 노바스코샤의 주도인 핼리팩스를 관광한 뒤 돌아오는 길이었다. 일반 도로에서 고속도로로 진입하는 로터리에서 우회전할까 말까 주저하다가 오른쪽으로 급선회를 했는데 램프의 좀 높은 턱에 걸려 바퀴가 펑크 났다. 차를 세우고 침착하자, 침착하자고 정신을 가다듬었다. 그때 생각난 것이 911(한국의 119)이었다. 전화를 걸었더니 서투른 영어를 알아듣고 위치를 물었다. 박 교수는 그곳이 어디인지 정신이 멍해서 아무 생각이 나지 않았다. 핼리팩스 도심에서 공항으로 가는 고속도로상이라고 했더니 다시 이 전화번호로 연락하겠다고 상대방은 전화를 끊었다. 어쩌면 이 전화는 911에 해당하지 않은 사고인지도 몰랐다. 그렇게 사고가 나니까 박 교수는 아무도 아는 사람이 없고, 연락할 친구도 없고, 도움을 요청할 사람도 없는 외딴곳에 덩그마니 서 있다는 생각을 했다. 아들에게 알린다고 하더라도 그가 회사에서 얼마나 바쁠지 알 수 없는 일이었고 또 전화를 받았다 할지라도 그가 그 먼 곳에서 어떻게 하겠는가?

우선 차 트렁크를 열고 깜빡이를 켠 후 교통정리를 했다. 그러자 지나가던 한 운전자가 차를 세우고 도움이 필요하냐고 묻는 것이었다. 박 교수는 한국에서는 그런 광경을 보면 '또 사고가 났구나. 곧 경찰차가 오겠지.'하고 지나치는 것이 보통이었다. 그런데 고속도로 진입로 상에서 멈추어 어찌 되었느냐고 물어준다는 것이 얼마나 고맙고 위로가 되었는지 너무 고마워서 인사를 하고 구급차에 연락하고 기다리고 있다고 했다. 그러자 그는 기다리면 된다고 안심시키고 지나갔다. 이런 것이 사람 사는 정이 아니겠는가?

캐나다는 인구가 적어서인지 고속도로를 빼고는 차도 별로 없고 길이 한산했다. 얼마가 지나자 이제는 경찰이 연락해 왔다. 정확한 위치가 어디냐는 것이었다. 박 교수는 정확한 위치가 어디인지 알 수가 없었다. 망연자실해지고 있는데 한 여성이 차를 세우고 또 도움이 필요 하느냐고 말했다. 꼭 필요할 때 웬 도움인가 하고 고마워서 그녀에게 전화를 돌려주며 위치를 좀 일러 주라고 말했다. 그녀는 어느 회사에서 차를 빌렸는지 또 어느 회사 보험인지 묻고 경찰에게 연락한 뒤 떠나갔다. 하나님께서 항상 동행하신다는 것이 무슨 뜻인지 알 수 있을 것 같았다.

경찰을 기다리고 있는데 이제는 한 청년이 차로 다가왔다. 어떻게 되었느냐고 묻고 펑크 난 것을 보자 거침없이 트렁크에서 도구를 끌어내더니 차를 들어 올리고 바퀴를 교환하기 시작했다. 수호천사나 되는 것 같았다. 이때 경찰이 왔다. 그들은 젊은이가 차를 고치고 있는 것을 보고 그에게 사고 난 경위를 묻고 회사가 가입한 보험회사를 묻더니 여기저기 전화를 해본 뒤 우선 타이어를 갈아 끼우고 보험 청구를 하라고 말한 뒤 떠나갔다. 접촉사고도 아니요, 인명 피해도 없어서 경찰은 별 할일이 없는 것 같았다. 젊은이와 이야기하는 가운데 박 교수는 자기는 한국 사람이라고 말했더니 어쩐지 그런 것 같았다고 말하며 그 젊은이는 즐거운 표정으로 잘 도와주었다.

젊은이의 도움으로 스페어타이어를 갈아 끼웠지만, 이날이 주말이 되어 어디로 가서 정식 타이어를 갈아 끼울지 막연하였다. 그런데 그 젊은이는 자기를 따라오라고 말하며 정비소로 데리고 갔다. 그러나 주말이어서 그 정비소는 더는 손님을 받을 수가 없다는 것이었다. 박 교수는 다시 막막해졌다. 그 젊은이가 자기는 바쁘니 이제 가보라고 하면 어쩔까 하고 걱정이 되었다. 그런데 그는 괜찮다면서 다른 곳을 수소문해서 찾아갔다. 드디어 주말에도 일하는 한 정비소를 찾아 타이어를 갈아 끼울 수 있었다.

도대체 이 젊은이는 누구인가? 또 소나기처럼 계속 쏟아지는 구원(도움)은 어디서 오는 것일까? 박 교수는 너무 고마워 젊은이의 손을 잡았다. "당신은 하나님께서 나에게 보내주신 천사입니다." 그때 박 교수는 "그가 너를 위하여 그의 천사들을 명령하사 네 모든 길에서 너를 지키게 하심이라"(시 91:11)라는 시편 말씀을 갑자기 생각해 냈기 때문이었다. 이 시편은 911에 1자가 더 붙은 91:11로 외우기 쉬운 장절이었다. 그러자 그는 자기 아내가 한국의 광주에서 영어를 가르치고 있다고 말했다. 그러니 자기의 친절을 너무 의외로 생각하지 말라고 했다. '광주?' 광주라면 자기가 퇴직하던 대학이 있는 곳이었다. '이런 우연이.' 그렇다 하더라도 그 순간에 하나님께서는 어떻게 자기에게 꼭 필요한 그런 청년을 보내주실 수 있었는지 너무 감사할 뿐이었다. 이렇게 소나기처럼 쏟아지는 구원의 손길은 인간의 지각을 뛰어넘는 형용할 수 없는 감동이었다. 후에 아내는 박 교수가 그렇게 당황하는 동안 차 안에서 계속 기도하고 있었다고 고백했다.

반년이 지난 뒤 한국으로 돌아와서였다. 한 고속도로상에서 보닛을
열고 서 있는 차를 발견했다.

"우리 가까이 가서 왜 그러는지 물어봐야 하지 않을까?"

아내가 대답했다.

"당신이 힘이 있어요, 기술이 있어요? 아무것도 없으면서."

"그래도 무슨 도움이 될 만한 일이 있지 않을까?"

"빨리 가기나 해요. 뒤에서 빵빵거리는 소리 들리지 않아요?"

그러는 사이에 우리 차는 멀리 멀어져 가고 있었다.

박 교수는 바쁘고 바쁜 세상에 한국에서는 사람 사는 냄새가 없어
져 간다고 생각했다.

남성 호르몬

∙
∙
∙

박 장로는 주일 아침, 맨 오른쪽 차선을 따라 교회를 향해 달리고 있었다. 아내인 신 권사가 손가락을 왼쪽으로 지시했다. 차선을 왼쪽으로 바꾸라는 뜻이었다. 차선을 옮기려는데 또 말했다.

"속도를 줄이세요."

"뒷차가 달려오는데 속도를 줄이면서 어떻게 끼어들어? 차를 태워 주면 기사를 믿고 앉아 있어야지, 이렇게 시시콜콜 리모컨으로 운전 사를 조종하면 나는 로봇이오?"

"자기 위해서 하는 말인데 왜 화는 내는 거요? 오른쪽 차선은 언제나 주차장이고 가끔 택시가 급정차해서 미리 옮기라는 것 아니오."

"아무튼, 나는 당신 지시를 듣기 싫단 말이오."

"뭐가 지신데요."

"정장을 하고 교회에 가려 하면, 당신은 넥타이를 바꾸어 매라고 하지 않아요?"

"너무 엉뚱하고 패션 감각이 없기 때문이죠."

"넥타이를 바꾸면 이젠 와이셔츠를 바꿔라. 아예 옷을 다른 것으로 갈아입어라. 구두도 바꿔라. 얼마나 신경질이 나고 시간이 없어지는지 알아요?"

"그것이 나를 위해서요? 다 당신을 위해서 하는 거잖아요?"

"좀 나대로하고 살게 놔둘 수는 없어요?"

"그래요, 어떻게든지 하고 사세요. 꼴 좀 보게. 왜 따라 하고는 불평은 해요?"

박 장로는 자기가 은퇴를 한 뒤 아내의 잔소리가 더욱 심해졌다고 생각했다. 자기의 삶은 없고 아내의 장난감으로 사는 기분이었다.

"듣는 것이 평화를 위해 좋으니까 그렇지요."

"말을 들으니 자기에게도 좋아서 그런 것이 아니구요?"

"나는 정말 끌려 사는 것이 싫어요. 집에서 책이라도 보고 있으면 자기가 백화점에 있다고 점심 먹으러 나오라고 하는 것도 명령이지요. 내가 운전기사요?"

"점심 먹고 어떻게 했는데요."

"양복 사기 싫었는데 입어보라고 했잖아요?"

"그래요. 다른 것은 내 마음대로 살 수 있지만, 당신 양복은 당신이 입어보고 마음에 들어야 하기 때문이에요. 시간이 없을까 봐 매장을 다 돌아본 뒤 점심도 먹고 옷을 입어보라는데 그게 그렇게 불만이에요?"

"나는 옷 많이 있지 않소? 그리고 우리는 이제 절약할 때가 되었다고 하는데 당신은 막무가내요. 이것은 대폭 세일이다. 무이자 할부다. 그러면서 세일이면 마구 사지 않아요? 할부면 그 돈 다 안 냅니까?"

"그것이 알뜰하게 사는 지혜지요. 당신도 그때 산 옷 잘 입고 있지 않아요?"

"샀는데 입어야죠. 다투는 것도 싫고"

"늙을수록 말끔하게 입어야 하는 거예요."

그래도 박 장로는 자기의 삶은 없고 아내에게 끌려 사는 것 같은 기분을 떨쳐버릴 수가 없었다.

"내가 컴퓨터 앞에 앉았으면 여전도회 보고 할 것이 있으니 컴퓨터에 입력한 뒤 복사해 달라고 그러지요, 애들 생일이니 생일카드 보내라고 그러지요. 애들에게 전자 우편이 오면 빨리빨리 복사해서 자기에게 보여 달라고 그러지요. 이건 완전히 나를 비서 취급하는 거 아니오?"

"그러면 나에게 컴퓨터를 가르쳐 주면 되지 않아요?"

"타자도 싫어하고 '따닥'하고 더블클릭하는 것도 못 하는데 쥐뿔도 모르는 당신에게 무슨 컴퓨터."

"당신의 못된 버릇은 사람을 무시하는 것이고, 그때그때 이야기하지 않고 불평을 쌓아 두었다가 단번에 쏟아 놓아 사람 속 긁어 놓는 일이에요. 이 기회에 하고 싶은 이야기가 있으면 다 털어놓으세요."

"당신은 내가 하는 일에는 사사건건 부정적인 말을 해서 의욕을 꺾어 놓는 사람이오."

"내가 무엇에 그리 부정적이었단 말이오."

"내가 무슨 모임에 나가려면 이제 은퇴했으니 그만 나가고 자중해라. 결혼 주례라도 맡으면 젊고 박력 있는 사람 많은데, 늙어서 왜 주책없이 그런 일을 덥석 맡느냐?. 교회 대표기도를 왜 서론을 길게 하고 군소리가 많으냐? 그러니까 '아멘' 소리가 안 나오지 않느냐…? 등등, 난 그런 잔소리 듣고 기분이 좋겠어요? 정말 간섭 없이 한번 살아 보고 싶어요."

"그 말이 무슨 말이요? 내가 없어졌으면 좋겠다는 말이오?"

그들의 대화는 교회에 도착할 즈음에는 극도로 심해져서 문에서 내릴 때는 결혼 생활 파탄 직전이었다. 작은 차선 문제 하나가 이렇게 비화할 줄은 꿈에도 생각하지 못했다.

"나는 절대 이 차 안 탈 테니 그리 아세요. 나는 행여 교인들이 겉만 보고 당신이 훌륭한 장로라 할까 봐 그것이 염려되네요."

신 권사는 화가 머리끝까지 치밀어 문을 꽝 닫고 나가 버렸다.

그날 설교는 아내 사랑하기를 제 몸같이 하라는 내용이었다."자기네 부부 생활이 얼마나 만족스러운가? 가장 불행하다는 1부터 가장 행복하다는 10까지 번호를 매겨보라"라고 했다. 박 장로는 과연 자기네 부부 생활은 몇 번 정도나 될까 하고 생각해 봤다. 이렇게 싸우고 은혜받을 자세도 아닌 상태에서 설교를 듣고 앉았지만 자기 부부 생활은 결코 불행한 것은 아니라고 생각했다. 굳이 번호를 찍으라면 9번이나 10번이 분명하다고 생각했다. 그런데 왜 이렇게 사소한 일로 싸웠을까 후회스러웠다. 아내는 과연 몇 점이나 줄까? 이 설교로 회개를 하면 좋겠지만 오히려 이 설교를 듣고 남편이 회개해야 한다고 기고만장해지지 않을까 걱정이 되었다. 젊어서는 안 그랬는데 왜 늙어갈수록 이렇게 되는 것일까?

교회가 끝나고 아내를 찾고 있는데 아내는 어느새 사라지고 보이지 않았다. 이 기회에 자기 버릇을 깡그리 고쳐놓을 생각인 것 같았다. 힘없이 차를 몰고 나오려는데 몇 년 전 은퇴한 정 장로가 오고 있었다. 홀아비 장론데 가는 방향이 같았다.

"집에 가려면 타고 가시지요"

"왜 신 권사는 어디 가셨소?"

"급한 연락이 와서 먼저 떠났습니다."

그러나 차를 타고 가는 동안 아내와의 말다툼을 이야기 안 할 수 없었다. 그러자 정 장로는 말했다. 잔소리하는 아내가 옆에 살아있다

는 게 얼마나 행복한 일인 줄 아느냐고 말했다. 자기는 누워 있기만
한 아내라도 있었으면 좋겠다고 했다. 그리고 내리면서 박 장로의 어
깨를 두들겼다.

"여자는 늙으면 남성 호르몬이 나오고 남자는 늙으면 여성 호르몬
이 나온다는 말을 모르시오? 행복한 사랑싸움입니다."

2부

성도

잃어버린 한 마리 양

신 집사는 구역예배에 참석해서 고개를 들지 못하고 있었다. 언제나 당당했던 그녀였는데 지난번 한 번 빠진 것 때문에 그렇게 풀이 죽어 있는 것 같았다. 그녀는 '주말부부'였다. 아니 '이 주말부부' 또 어쩌면 '한 달 부부'였다. 그러나 그녀는 주말보다는 주중을 택해서 만났다. 주일에는 교회를 나가야 하는데 자기가 남편을 보러 올라가면 교회를 빠지게 되고 또 남편이 내려와도 교회를 나오기가 어려웠다. 남편은 교회를 안 나가기 때문이었다. 여러 번 남편을 권해서 교회에 가자고 해보았지만 허사였다. 가진 아양을 다 떨어 어쩌다 교회에 데리고 나오면 성경 말씀이 마음에 안 든다고 했다. "살인하지 말라"는 설교를 살인하지 않은 사람들을 앉혀 놓고 그렇게 큰 목소리로 목사가 외쳐댈 것이 뭐냐고 말했다. 형제에게 화내는 사람, 욕하는 사람, '미련한 놈'이라고 말하는 사람도 다 살인한 사람과 같기 때문이라고 설명을 해주면 그런 억지소리가 어디에 있느냐고 말했다. "간음하지 말라"는 말을 들으면 자기가 언제 간음했느냐고 말한다. 여자를 보고 음욕을 품은 자도 간음한 자와 같다고 설명해주면 세상에는 간음한 남자들만 살고 있겠다고 비웃는다. 모든 면에 사랑스러운 남편이 왜 그러는지 알 수가 없어 그녀는 울며 혼자서 기도할 뿐이었다. 그런데 지난주에는 금요일에 갑자기 남편이 내려오겠다는 연락을 해온 것이다. 구역장인 신 집사는 구역원들에게 한 사람 한 사람 꼭 나와야 한다고 신신당부를 해 놓고 정작 자기는 빠질 수밖에 없어서 부끄러웠다.

이날은 누가복음 15장의 잃은 양의 비유를 공부하는 날이었다. 구역원 중 어떤 사람은 목자가 한 마리 잃은 양을 찾으려다가 아흔아홉 마리를 잃으면 어쩔 뻔했느냐고 말했다. 무리를 이루고 있는 양은 잘 흩어지지 않기 때문에 잃은 양, 하나를 찾으러 나섰을 것이라고 말했다. 신 집사는 사실은 자기가 한 마리의 잃은 양이라고 생각했다. 자기가 구역예배에 빠지지만, 하나님께서는 자기를 사랑하신다고 생각하고 싶었기 때문이었다. 자기들은 결코, 잃은 양이 아니라고 당당히 생각하고 있는 바리새인과 서기관들을 향해 예수님은 이 비유를 말씀하셨다고 말했다.

신 집사는 자기의 판단과 행동이 언제나 옳다고 생각하는 남편을 생각했다. 바리새인과 똑같은 행동이었다. 결국, 믿음이 없이는 바른 판단을 할 수가 없다. 사실은 훌륭한 구역장인 체하면서 남편만 만나면 빠지고 나오지 못한 자기가 죄인이라고 생각했다.

인도자인 오 장로가 구역장인 신 집사에게 물었다.

"지난 금요일에는 남편이 오셨다지요?"

"장로님 죄송해요."

신 집사는 얼굴을 붉혔다.

"늦게 오신 모양이지요?"

이 구역예배는 모두가 바쁘고 직장이 있어 좀 늦은 저녁 8시에 모이고 있었다.

"아니에요. 일곱 시에 왔어요"

빨리 밥을 먹었으면 올 수 있었겠네, 늦겠으면 밥을 차려 놓고 와도 되지 않았어? 소위 구역장이 그럴 수 있어? 밤은 긴데 모임 후에 만나지…… 이렇게 모두 생각하는 것 같았다.

　"밥도 해 놓았는데, 꼭 밖에 나가 먹자고 해서요."

　그녀는 묻지도 않은 말을 했다.

　"오랜만에 만났으니 분위기 잡고 먹었겠네."

　한 구역원은 부럽다는 듯 말했다.

　"분위기는 무슨. 그 사람은 자기 하고 싶은 대로 하는 사람이야."

　"구역예배 때문에 신경이 쓰였겠군요?"

　인도자가 말했다.

　"처음에는 그랬어요. 그런데 8시가 넘고 나니까 구역 생각은 다 없어지더라고요. 술을 마시고 있는 남편을 보고 있으니 혼자 오랫동안 외로웠겠다고 불쌍한 생각이 들기까지 해서 그냥 잘 해주고 싶었어요. 또 그렇게 해주지 않으면 밤 내내 말도 하지 않고 떠날 거거든요. 그럼 너무 찜찜해서 어떡해요. 장로님 참 죄송해요. 제가 이래요."

　구역원들은 오 장로가 따끔하게 한마디 하리라고 생각했다. 이런 상황을 용서하면 모두 구역예배에 빠질 사람이 수두룩할 것이기 때문이었다. 그런데 인도자인 오 장로는 말했다.

　"신 집사님, 하나님은 열심히 모인 구역원도 사랑하시지만, 길을 벗어난 한 마리 양도 사랑하신답니다. 제자리를 찾아 돌아오도록 찾으며, 찾으면 안고 오십니다."

　신 집사에게 그것은 큰 위로가 되었다.

두 주인을 섬길 수 없다

⋮

김 노인은 아들들이 자기 초상을 치르고 있는 일이 매우 대견스러웠다. 자기가 세상에서 살아 있는 동안에는 형제 간에 종교 문제 때문에 티격태격했는데 죽고 난 지금 초상 날엔 그렇게 사이가 좋을 수가 없다.

예수를 안 믿는 상주인 큰아들은 상복을 입고 있었고 예수를 믿는 둘째는 검은 양복을 입고 삼베 리본을 달았다. 안 믿는 사람이 문상을 오면 큰아들은 곡을 했고 영정에 인사가 끝나면 우두커니 서 있던 동생과 함께 문상객과 맞절을 하였다. 또 믿는 사람이 찾아오면 문상객이 기도하는 동안 형은 묵묵히 있다가 또 동생과 함께 문상객과 맞절을 하였다.

육체를 떠난 김 노인의 혼은 공중을 맴돌며 자유를 만끽했다. 원래 혼과 육체는 따로였다. 혼과 육체가 하나가 되어 살던 세상에서는 갈등이 심하더니 육체를 떠나니 그렇게 홀가분할 수가 없었다. 김 노인은 만족스러웠다. 아내를 따라 최근에 교회에 나가기는 했지만, 교회 다닌다는 사람의 외고집이 마음에 들지 않았다. 왜 교회만 성스럽고 세상일은 악한가? 왜 아름다운 풍습이고 고유의 전통인 제사를 지내서는 안 되는가? 왜 돌아가신 조상 앞에 가서 절하면 안 되는가? 왜 술 마시면 안 되는가? 왜 유행가를 부르거나 고스톱을 치는 것이 부끄러운 행위인가? 왜 십일조 헌금을 안 하면 나쁜가? 왜 새벽기도회에 안 나가면 나쁜가? 구역예배에 안 나가면 나쁜 신자인가? 예배만 드리고 가면 날라리 신자인가?

육체를 떠나버리니 이제는 그런 갈등과 괴로움이 없다. 누가 나를 탓하랴? 교회 나가기 때문에 세상에서 할 일 못 하고 눈치를 봐야 할 일이 무엇이 있는가? 초상집의 모습들이 아름답게만 보인다. 믿는 사람들과 안 믿는 사람들이 아주 잘 어우러져 있다. 교인들이 꽃상여를 메고 발을 맞춰 걸어가는 연습을 하고 있다. 큰애가 워낙 주변머리가 없어 친구도 없고 계꾼도 없어 교인들이 상여를 메는 연습을 하는 것이다. 아마 이런 일은 한 번도 해보지 않았을지도 모르고 또 어처구니없는 일일지도 모른다. 그뿐 아니라 교인들은 밤새우는 사람들과 어울려 술도 한 잔씩하고 얼굴이 벌그레해서 고스톱을 치고 있다. 김 노인이 육신을 붙이고 있었다면 아내 눈치, 둘째 아들 눈치, 목사님 눈치를 보느라고 안절부절못했을 것이었다. 그런데 이 모든 모습이 편안하고 아름답게만 보인 것이다. 교회와 세상은 물과 기름 같이 별개의 것이 아니다. 교회에도 가증(可憎)한 사람이 많고 세상에서도 하나님을 찾는 사람이 많다.

한쪽 구석에서 문상을 온 한 젊은 부부가 싸우고 있는 것이 보였다. 남편은 이런 모습이 아름답다고 말하며 제사를 거부했던 아내를 꾸짖고 있다. 남편은 교회를 안 나가는 것이 분명했다. 아내는 이 초상집은 말도 안 되는 일을 하고 있다고 말했다. 어떻게 애곡(哀哭)과 찬송이 있는 곳에서 입관 예배를 드리며 어떻게 상여를 매고 가서 하관 예배를 드리느냐는 것이었다. 이것은 한 사람이 두 주인을 섬기는 것과 같고 재물과 하나님을 함께 섬기는 것과 같다고 말했다.

"한 주인만 사랑하고 다른 주인을 미워하거나, 하나님만 사랑하고 돈을 증오하는 것은 위선일 뿐 아니라 큰 잘못이야. 세상의 모든 것은 흑백 논리로 해결되지 않는단 말이야. 사고의 균형을 잃으면 맹신자가 돼. 알았어? 이 병신아."

남편은 크게 화가 난 모양이었다. 평소에 억압받던 울분이 또 터진 듯하였다.

김 노인은 그러나 자기 초상이 기독교 일변도로 되지 않은 것이 기뻤다. 조상들은 다 믿지 않았는데 조상들이 묻힌 선산에 갈 때 전통적인 의식에 따라 장례가 치러졌다는 것이 떳떳하고 좋았다. 앞으로 둘째는 제사를 안 지낸다고 할지라도 큰아들은 자기의 제사도 모실 것이 분명했다. 그래야 제삿밥을 먹으러 올 때 혼자만 외롭지 않아서 좋을 것 같았다. 그러나 더 좋은 것은 예수를 믿는 작은아들 때문이었다. 큰아들만 있었다면 자기의 장례는 얼마나 쓸쓸했겠는가? 대부분 손님은 둘째와 아내가 다니는 교회의 교인들이었다. 아무튼, 잘된 일이었다. 이건 분명 믿는 사람들이나 안 믿는 사람들이 다 만족할 수 있는 훌륭한 장례였다. 또 이건 본이 될 만한 장례식이라고 생각되었다.

갑자기 우박이 쏟아지는 것 같은 요란한 소리가 들려 돌아보니 하관을 하고 관 위에 흙을 쏟아 넣고 있는 것이었다. 김 노인은 이제는 완전히 육체를 하직할 때가 되었다고 생각했다. 혼이 영원히 머물 집을 찾아갈 때가 된 것이다. 그는 공중으로 높이 올라가다가 자기보다 먼저 세상을 떠났던 친구를 만났다. 그래서 너무 반가운 나머지 길을 같이 가자고 청하였다. 그러나 그는 고개를 돌리고 자기를 바라보지도 않았다.

"자네는 교회를 다녔기 때문에 아무도 받아 주지 않을걸. 다른 쪽으로 가 보게. 우리네는 교회 다니는 사람들과 상극이야."

그렇다. 그는 교회 근처에도 안 가봤던 친구였다. 그리고 얼마나 교인들을 증오했던가?

"여보게. 나는 좀 달라. 이 세상과 세상에 있는 것들도 사랑하고 지냈다네. 자네가 좀 더 살았더라면 알 수 있었을 것인데…."

그러나 그는 돌아보지도 않고 멀리 사라졌다. 김 노인은 자기의 갈 곳은 늘 찬송가로 불렀던 요단강 건너에 있는 천국이라는 생각이 들었다. 그는 걸음을 빨리해서 천국 문 앞에 섰다. 그러자 이번에는 문지기가 나오더니 자기를 도무지 모르는 사람이라고 말하며 문을 꽝 닫고 들어가 버리는 것이었다. 거절당한 노인의 혼은 이제 갈 곳이 없었다. 여기서 거절당하면 바로 옆에 또 갈 곳이 있어야 하는데 영혼의 세계에서는 왜 두 주인이 동이 서에서 먼 것처럼 그렇게 멀리 떨어져 있는지 알 수가 없었다. 세상에서 살 때는 두 자식 사이를 왔다 갔다 할 수가 있었는데 천국은 그러지 않은 것 같았다.

결혼 주례

십 분쯤 지난 정오에 예배가 끝났으므로 나는 도중에 빠져나오는 난처한 짓을 하지 않고 밖으로 나올 수가 있었다. 밖에는 비가 내리고 있었다. 이십 분이면 충분하다고 생각되는 거리였지만 교통이 막히는 일이 있을지 또는 주차가 제대로 될지 걱정이 되어 차를 몰고 교회를 떠나 주례를 해야 할 예식장으로 향했다. 주례를 싫어하는 어떤 친구는 '나는 결혼 주례를 못 하는 사람'이라고 면전에서 거절해 버린다고 한다. 독한 마음을 먹고 몇 번 거절하고 나면 소문이 나서 부탁하지 않게 된다는 것이었다. 사실 이름도 기억이 되지 않은 학생이 나타나서 주례 부탁을 하면 난감할 때도 적지 않다. 그러나 일생에 한 번 있는 중대한 결혼의 주례를 부탁해 오는데 독한 마음마저 먹을 수 없는 일이었다.

"교수님 내일 주례 안 잊어버리셨지요?"

와이퍼로 빗물을 씻으며 달리는 차 창에 행복으로 들뜬 목소리의 주인공인 신랑의 얼굴이 떠올랐다.

"비 온다던데 걱정이다."라고 했더니

"아닙니다. 소나기가 지나간답니다."

하고 극구 부정하던 목소리가 미소를 자아내게 했다. 어젯밤엔 어떤 주례사를 할까 하고 잠을 설치었다. 주례사는 두세 개 만들어 놓고 돌려가며 하면 된다지만 하나님이 각각 뜻이 있어 다르게 창조해 놓은 신랑 신부에게 어떻게 똑같은 말을 할 수가 있단 말인가? 그뿐 아니라 지난번에 축하하러 왔던 학생이 똑같은 주례사를 들으면 또 재탕하신다고 뒤에 앉아 냉소할 것 같아 기분도 좋지 않았다. 또 그럴 수도 없는 일이었다. 나는 평소에 결혼 주례는 목사나 판사가 단정하게 가운을 입고해야 한다고 생각하고 있는 사람 중의 하나다. 결혼 서약은 너무나 중요한 것이기 때문이다. 요즘은 우리나라도 이혼율이 45%를 넘어서서 세계 2위를 달리고 있다. 이는 결혼을 대수롭지 않게 생각하기 때문이다. 부부의 성격 차를 극복하기 위한다는 구실로 혼전 동거하는 사람이 많아지고 또 결혼한 부부도 엽기적인 취미로 아내를 서로 교환하는 스와프 파티까지 해서 가정을 파괴하고 있다. 이런 일을 없애려면 먼저 결혼식을 엄숙히 거행해야 한다는 것이 내 소신이었다. 그래서 나는 결혼 주례 때 결혼의 신성함을 신혼 부부들에게 깨닫게 해줘야 한다는 사명감까지 가지고 있는 터였다.

따라서 어느 때고 꼭 해 주고 싶은 말은 "결혼은 하나님이 짝지어 준 것이며 결코 사람이 갈라놓을 수 없다"라는 말이었다.

결혼식은 12시 50분이었다. 왜 반이면 반, 열두 시면 열두 시지 외우기 어렵게 50분이냐고 물었더니 40분씩 자르다 보니 그런 숫자가 나온다는 것이었다. 되도록 많이 결혼을 시켜야 수지타산이 맞는 예식장의 상혼에 알맞은 시간표였다. 예식장이 가까워지자 사람도 사람이려니와 길 양옆으로 차들이 가득 주차되어 있었다. 간신히 주차하고 우산을 받고 걷기 시작했다. "새 생명을 독촉하는 봄비는 신랑 신부의 새 출발을 축복하는 비입니다." 이런 서두로 주례사를 시작할까 하고 문을 들어서는데 사람에 막혀 거의 움직일 수가 없었다. 일층에 두 군데, 이층에 두 군데, 모두 네 곳에서 예식이 진행되고 삼층 식당에서는 피로연이 있으므로 사람들 틈에서 신랑을 찾을 길도 없었다. 두리번거리고 있는데 꽃을 꽂은 신랑이 찾아왔다.

"일찍 오셨구먼요. 감사합니다. 그런데 하객들에게 연락이 제대로 안 되어서 한 시부터 시작할까 합니다. 사십 분이나 남았는데요. 먼저 식사부터 하고 오시지요. 요즘은 선후가 없습니다."

옆에 친구가 또 한마디 거들었다.

"그렇게 하시지요. 요즘은 축의금 내고 아예 밥 먹고 가버린 사람도 많습니다."

나는 배가 고프지 않았다. 다만 이 난장판 속에서 어떻게 주례사를 하고 갈 것인가가 심란할 뿐이었다. 이들이 난장판 속에서 결혼하고 또 난장판 세상에서 이혼해 버리는 것이 아닐까 버럭 걱정이 앞서기도 했다. 나는 식장 내의 빈 의자에 앉아 있었다. 앞 시간 커플들이 사진을 찍느라고 요란하였다. 벌써 신랑 신부의 사진은 끝났고 친구들이 나와 사진을 찍는 차례였다. 거슬러 올라가 계산해 보면 결혼식은 20분도 채 안 걸렸다는 말이 되었다. 비디오카메라와 앨범 사진이 끝난 뒤도 짓궂은 친구들이 신랑 신부에게 갖가지 포즈를 취하게 하여 사진을 찍고 있었는데 이는 새로운 하객으로 바뀐 뒤도 계속되어서 여러 가지 장면으로 관람객들을 기쁘게 해 주고 있었다. 하긴 졸업식도 사진 찍기 위해 나오는 판인데 결혼식이라고 그러지 말란 법이 없다. 사진만 남기면 결혼식을 마쳤다는 증거가 되는 것이 아닐까?

이 예식장을 맡은 아가씨는 분주하게 다음 쌍을 맞을 준비를 하고 나를 찾아내자 주례석에 앉혀놓았다.

"떠나지 말고 꼭 여기 앉아 계셔요. 한 시 전에 시작해야 합니다. 그렇지 않으면 사진 찍을 시간이 없어 다음 사람과 싸우게 돼요."

그리고는 헐레벌떡 뛰어가 사회자를 데리고 왔다. 그렇지. 사진을 제대로 찍어야 결혼식이지.

사회자는 오자마자 나에게 물었다.

"주례사를 한마디로 요약하면 무슨 말이 되겠습니까?"

"그건 또 왜 묻지?"

나는 어리둥절해서 되물었다.

"제가 사회자인데 주례사가 끝난 뒤 하객들에게 요약해서 한마디 말해 주려고 그럽니다."

"그럼 들어보면 될 게 아니야."

"저는 사회를 많이 봤는데요. 소란할 때는 주례사를 잘 알아들을 수가 없거든요."

"사회도 못 알아듣는 주례사는 뭣 하러 하나?"

"다 요식행위지요 뭐. 졸업식 때 총장 권설 같은 거지요. 누가 듣기나 하나요. 시간도 없는데 간단히 해 주세요."

이는 명령조였다. 그는 사회석으로 가서 마이크를 잡았다.

"내빈 여러분, 이제 자리에 앉아 주십시오. 곧 결혼 예식을 시작하겠습니다. 여러분 앉아 주십시오. 오늘 주례를 맡으신 분을 소개합니다."

그는 사회 베테랑이었다. 나는 사회자에게 밀리다시피 단상에 섰다. 결혼은 엄숙한 서약이며, 이곳에 온 분들은 서약의 증인들이며 신랑의 장래를 축복할 하객들이 아니던가? 그런데 장내는 그런 분위기가 아니었다. 뒷문은 열려서 시장 바닥처럼 사람들로 붐비었고 아직도 서로 만나서 인사하는 소리로 요란하였다.

"신랑 입장."

신랑은 소란한 사람들 사이를 비집고 걸어 나오고 있었다. 이렇게 해서 소위 엄숙한 결혼식은 시작되었다. 나는 정신없는 소음 때문에 목소리를 크게 높였지만, 그 소리는 잡담하고, 떠들고, 웃는 소리 속으로 사라져 버렸다. 나는 너무 신경이 날카로워지고 그만두고 떠나고 싶다는 생각에 사로잡혀 착실히 준비한 주례사는 다 잊어버리고 "결혼은 하나님이 짝지어준 것이며 결코 사람이 갈라놓을 수 없다"라는 말만 되풀이할 뿐이었다. 왜 조용히, 차분히, 천천히 새로 태어나는 신혼부부에게 꼭 필요한 말로 타이를 수 없는가? 정신없이 악을 쓰는 이유는 그들이 눈을 가리고 귀를 막고 듣지 않으려 하기 때문이다. 7분 동안 횡설수설하고 주례사는 끝났다. 예식이 끝나자 사회자가 나에게 다가와 말했다.

"선생님. 아주 짧게 명주례사를 하셨습니다."

이렇게 해서 한 쌍의 부부가 태어났다. 그들은 내가 악을 써서 한 말을 들었다 할지라도 예식장 밖을 나갈 때는 썰물처럼 빠져나가는 인파 속에서 깡그리 잊어버릴 것이다. 아무리 타일러도 삶의 질이 변하지 않는 것이 인간들이기 때문이다.

낙태는 안 돼요

∶

서 교수는 연구실 창밖으로 곱게 물들어가는 단풍을 보고 있었다. 나무들은 서서히 양분을 빨아올리는 것을 중단하고 겨울맞이 준비를 하고 있다. 이 나무는 내년 봄에 다시 야들야들한 초록색 새싹을 내기 시작할 것이다. 서 교수는 자기의 정년이 가까워지고 있는 것을 깨달았다. 인생의 낙조도 저렇게 아름다울 수가 있을까? "그렇게 작은 생명이 그렇게 큰 기쁨을 갖다 주는 것은 너무나 놀라운 일"이라고 벌써 몇 번째 손자를 본 친구가 전자메일로 써 보내 준 것이 생각났다. 한 세대가 지나고 새로운 세대가 시작되는 것을 보는 것은 행복한 일이다. 왜 오늘따라 친구의 행복을 부러워하는 것일까 하고 생각했다. 자기에게는 왜 그런 손자가 없을까? 갑자기 자기는 세상을 헛산 것 같은 생각이 들었다. 자기도 결혼하고 싶었었다. 학위를 받고, 대학교수가 되고, 논문을 써서 발표하고 책도 번역하고…. 이러다 보니 영영 기회를 놓친 것이다. 정말 자기는 독신주의자가 아니었다. 애들을 너무나 좋아해서 양자를 두고 싶은 생각까지 했었다. 그러나 처녀가 입양한다는 것도 주위 시선이 곱지 않지만 혼자 길러낼 자신이 없었다. 그녀는 자꾸만 생각하게 되었다. 무슨 지식을 쌓았느냐가 중요하지 않고 어떻게 살았느냐가 더 중요한데 그녀는 자기 한 사람만을 위해 산 것 같다는 생각이었다. 혼자 사는 집이 무슨 소용인가?

쌓아 놓은 책은 휴지가 된 정보 더미 아닌가? 평범하게 한 남자를 보살피며 살았더라면……. 새 생명이 태어나 자라는 신비에 놀라며 그들에게 시달리며 살다가 오히려 늙어버렸더라면…….

이때 방문을 노크하고 자기에게 수강하고 있는 한 여학생이 들어왔다. 생각과 행동이 엉뚱한 4학년 여학생이었다.

"교수님, 시간 좀 내주실 수 있으세요?"

"왜?"

"인생 상담 좀 하러 왔습니다."

"나는 그런 거창한 상담 못 하는데. 왜 그래?"

"저는 빨리 늙어버리고 싶습니다."

"아직 결혼도 않은 젊은 애가 늙기는 왜 늙어?"

"젊은 저희에게 세상에는 유혹이 너무 많습니다. 유혹에 시달려서 빨리 늙어 이 유혹에서 자유롭고 싶습니다. 교수님은 그런 일이 없으시지요?"

"하고 싶은 말이 있어서 온 모양인데, 할 말부터 해봐."

"아닙니다. 저는 교수님처럼 나이 드시면 성적인 유혹 같은 것은 초월할 수 있는지 먼저 알고 싶습니다."

서 교수는 얼굴을 붉혔다. 평생 애써 무관심하려 했던 부분을 찔린 것 같은 느낌이었다. 그러나 이 무례한 학생 앞에서 당황할 수 없었다. 태연하게 말했다.

"그래, 너는 지금 어떤 성적인 유혹에 시달리고 있니?"

"처음에는 호기심도 있었습니다. 그러나 지금은 정말 싫습니다. 그 남학생도 싫고 이렇게 끌고 가는 사회도 싫습니다."

"무슨 일이 있었구나?"

"우리는 러브호텔에 갔습니다."

"결혼도 안 한 애가 거기는 또 왜 가?"

"아닙니다. 그 남학생은 산이나 들이나 어디서든 저를 추행하려 했습니다. 그래서 우리만의 칸 막힌 방이 필요했습니다."

"좋아하니?"

"네, 저는 놓치고 싶지 않았습니다."

"그래서 어떻게 되었어?"

"그것이 문젭니다. 졸업을 앞두고 2학기 중간쯤 되었는데 제가 학교를 나올 수가 없습니다."

"무슨 뜻이야?"

"임신했는데 점차 배가 불러와서 친구들 부끄러워 나올 수가 없습니다."

뭐라고? 그게 침 뱉듯이 그렇게 함부로 할 수 있는 말인가? 부끄럽지도 않게. 한 생명을 잉태한다는 것이 그렇게 하찮은 일이 될 수 있는가? 그녀는 이 여학생이 자기 딸이 아닌데도 그 뻔뻔스러운 태도에 화가 났고 무책임한 행동에 치욕을 느꼈다.

"그래서?"

"교수님, 저를 불쌍히 생각하셔서 앞으로 결석을 해도 학점 좀 주세요."

"휴학하지 그래."

"교수님 안 됩니다. 이번에 졸업해야 결혼을 합니다. 올해 졸업하고 결혼하기로 허락을 받았거든요."

"그럼 왜 그렇게 무책임한 짓을 해."

"교수님 그게 그렇게 마음대로 되지 않습니다. 사실 저 같은 애가 우리 주변에도 꽤 있습니다. 다 중절 수술을 해서 안 나타나는 거지요."

세상이 왜 이렇게 변하고 있는가? 서 교수는 이런 혼란한 가운데 삶은 가르치지 못하고 몇 가지 지식을 그것도 관심도 없는 지식을 가르친 자기가 한심스럽기도 했다. 사실 자기도 인터넷을 통해 선정적인 성인 광고로 괴롭힘을 당하고 있었다. 윈도95를 쓸 때였는데 전자 메일도 못 하는 교수가 어디 있느냐고 친구가 메일 계정을 하나 열어 주었는데, 편지는 어쩌다 한두 통이고 대부분이 광고와 홍보와 성인 광고였다. "저랑 미팅하실래요?", "오빠 잘 지냈어?", "야시시한 길, 맛 있는 길", "성인이세요? 제 홈페이지를 구경해 보세요. ~ 끝내줍니다." 등등 또한 저속하고 노골적인 글 "Wet Pussy" 같은 것도 있었다. 이런 내용을 보고자란 애들의 품행이 방정할 리가 없었다. 메일에서 "수신 거부"를 했지만, 그것과는 상관없이 음란물이 넘쳐났다. 친구에게 통사정했더니

"신경과민이잖아? 즐기고 지워버리면 되지. 어차피 경건하게 살기는 어려운 세상인데."

그러나 "아웃룩 익스프레스"에 계정을 하나 더 열어주고 그곳 메시지 규칙에 메일 제목 중 [광고], [홍보], [성인 광고] 이런 제목이 있는 것은 아예 서버에서 제거하도록 해 주었다. 그러나 [광^^고], [광'고], [광고], [.광.고] 이런 글들은 안 지워지는 것이었다. 내 성화에 못 이겨 친구는 저속한 성인 광고를 배제하는 "인터넷 파랑새" 프로그램을 깔아 주었다. 이렇게까지 하여 전자메일을 받는 자들이 몇이나 될까? 정말 빈틈 하나하나를 비집고 들어오는 성에 대한 유혹은 너무나 집요하다는 생각을 안 하는 것도 아니었다. "너희 몸은 성령이 거하시는 하

나님의 전이다."라고 아무리 가르쳐도 지킬 수 없는 세상이다.

"너는 다른 사람처럼 왜 하지 않니?"

"낙태요?"

"아니 꼭 그렇다기보다는…."

서 교수는 얼버무렸다.

"저는 안 됩니다."

"왜?"

이 애는 뻔뻔스럽고 자기 뜻대로 하겠다는 것이 너무 많다고 생각하며 물었다.

"저는 벌써 두 번이나 중절 수술을 했어요. 일 년에 세 번을 하면 생명까지도 위험하며 혹 성공해도 불임이 될 가능성이 크답니다."

서 교수는 학생을 물끄러미 쳐다보았다. 이래도 정말 생명이 고귀한가? 빨리 늙은 것이 다행인가?

예쁘게 온 치매

∴

김 장로는 양로원에 있는 박 전도사를 심방하기 위해 아내와 함께 차를 몰았다. 박 전도사가 치매 증상이 심해져 간다는 말을 들었지만 바쁘다는 핑계로 차일피일 심방을 연기하고 있었다. 어떻게 그렇게 곱고 깨끗하고 티 없는 훌륭한 전도사에게 치매가 오는 것인지 알 수가 없었다. 그런 분은 끝까지 추한 모습을 보이지 않고 깨끗하게 하나님의 부르심을 받아야 하는 것이 아닌가?

치매가 어디 사람을 가리고, 기독교인을 가리고 오겠는가? 김 장로는 자기도 그렇게 되면 어쩌나 하는 걱정이 앞섰다. 요즘은 기억력이 점점 감퇴하기 때문이다. 친구의 이름이 생각나지 않으면 건망증이고 가족이나 아이들 이름이 생각나지 않으면 치매라고 한다. 물건을 놔두고 어디에 둔 지 모르거나 방에 들어왔는데 왜 들어왔는지 모르면 치매 초기라고 한다. 김 장로도 그런 일이 있었다. 밤늦게 들어오면서 주차 공간이 없어 아파트를 몇 바퀴 돌다가 주차하고 집에 왔는데 다음 날 아침 차를 찾지 못해 소란을 피운 일이 있었다.

반년 전에 김 장로가 박 전도사를 찾아갔더니 그분은 김 장로를 붙들고 울었다. 미국에 이민 가버린 줄 알았다는 것이었다. 박 전도사는 그가 미국에 아들들이 다 이민 가서 사는 것을 알고 있었다. 그래서 그가 은퇴했으니 이제 아들 찾아간 것이 틀림없다고 생각했던 모양이었다.

"장로님, 날 두고 가면 안 돼요. 내가 날마다 장로님과 가족을 위해서 한 사람 한 사람 이름을 들어가면서 기도하는 것을 잊었습니까?"

그것은 사실일 것이었다. 교회에서 전도사로 있을 때 불편한 몸(그녀는 의족을 하고 있었다. 이북에서 혈혈단신으로 월남하면서 다리를 하나 잃었다고 했다.)을 이끌고 심방할 때에도 그 가정의 사정을 속속들이 알고 하나님 약속의 말씀을 의지해 기도할 때에는 모두 은혜를 받고 눈물을 흘리며 아멘 했었다. 그분이야말로 기독교인의 표본이라고 생각하고 있었다. 김 장로도 자기가 집사였을 때 그 전도사를 보고 자기는 기독교인이 되면 저분같이 되리라고 우러러보고 있었다. 그래선지 은퇴하여 교단에서 운영하는 양로원(양로원과는 달라서 원로원이라고 했다)에 들어오자 박 전도사를 사모하여 심방 오는 사람들이 많았다. 과일이나 먹을 것을 들고 오면 원로원의 모든 할머니는 다 불러 잔치를 하였다. 이런 일이 계속되자 이제는 초청하지 않아도 방문객이 떠나면 할머니들이 몰려들었다. 그런데 어느 날부터인가 이분의 기억력이 희미해지기 시작했다. 뇌세포가 죽고 엉키고 해서 기능을 제대로 할 수 없게 된 것이다. 마치 컴퓨터에 디스크정리나 디스크 조각모음을 제대로 하지 않았을 때 손상된 디스크들이 여기저기 널려서 기억한 것을 짧은 시간에 뱉어낼 수 없는 것이나 마찬가지 현상이었다.

찾아온 사람을 의심하기 시작했다. 자꾸 물건이 없어진다고 했다. 또 열쇠를 잠그고 나갔는데 와 보면 누군가가 분명 자고 간 흔적이 있다고 말하기 시작했다. 그녀는 여기에서는 사람을 믿을 수 없어 다른 곳에 가서 살아야 한다고 말했다. 그러나 수녀처럼 홀로 깨끗이 늙은 그녀를 누가 돌볼 수 있다는 말인가? 나이도 팔십이 넘었다. 김 장로가 은퇴할 때가 되었으니 그리될 수 밖에 없다. 김 장로는 착잡한 생각으로 박 전도사의 방문을 두들겼다. 그러나 아무 기척이 없었다. 사무실에 가서 물었더니 다른 할머니 방에 있을 것이라고 안내를 해 주었다.

고상하고 깨끗하던 옛날의 모습은 살아지고 야위고 비쩍 마른 할머니가 방바닥에 시체처럼 누워 있었다. 김 장로는 사실 이런 모습을 보기 싫어 차일피일 방문을 늦추고 있었던 것이다. 처음에는 전도사를 알아보지 못했다. 그녀도 김 장로 내외를 몰라본 듯이 휑한 눈으로 쳐다보고 있었다.

"전도사님!"

하고 김 장로 부인인 윤 권사가 부르자

"누구시오?"

하고 물었다.

"김 장로의 아내 윤 권삽니다"

"윤 권사? 아니 왜 그렇게 늙었소?"

김 장로 내외는 박 전도사를 양편에서 붙들고 겨우 박 전도사의 방으로 모셔왔다. 방에 요를 깔고 앉게 하려 했는데 사무를 보는 총무가 안 된다고 말했다. 그냥 방바닥에 앉히라는 것이었다. 요실금증 때문에 젖은 요를 침대 위에서 말리고 있었다. 이제 박 전도사는 완전히 치매 환자 취급을 받고 있었다.

"아침 먹었소?"

박 전도사는 물었다.

"저희는 점심까지 먹고 왔습니다. 전도사님은 점심 드셨습니까?"

총무가 그녀는 시간을 알지 못하며 아침도 점심도 챙겨 먹을 줄을 모른다고 했다. 총무가 떠난 뒤 가지고 간 두유에 빨대를 꽂아 드리고 마시라고 했다. 그녀는 두유를 나누어주며 같이 마시자고 했다. 그러면서 마시라고 권하자 끝까지 마셨다. 누군가 챙겨 주는 사람이 있어야 할 것인데 없으니 식사를 못 하는 것 같아 측은하고 안타까운 마음이 가슴을 아프게 했다. 곡기를 끊으면 가죽만 남아 죽게 되는 법이다. 기독교인으로 김 장로도 박 전도사처럼 늙겠다고 했는데 하나님께서는 왜 이런 모습을 보여 주시는가? 전도사는 이 방에서 어떤 부부가 자고 간다는 이야기, 어머니를 만나 보았다는 이야기…… 이렇게 횡설수설하는 이야기를 했는데 김 장로 내외는 고개를 끄덕이며 듣고 앉아 있었다.

(하나님 어떻게 해야 합니까?)

그들은 답답한 심정으로 앉아 있다가 어쩔 수 없어, 기도하고 떠나기로 했다.

김 장로는 박 전도사의 손을 잡고 복받치는 감정을 억제하며 하나님께서 이분을 더 추해지지 않게 지켜주시고 예비한 천국에 불러 주시라고 기도했다. 뇌세포가 마비되어 가는 데 그것밖에는 간구할 것이 없었다. 기도를 마치자 박 전도사는 뜻밖에 "연이어 기도합니다." 하고 기도를 시작했다. 그런데 웬일인가? 기억력이 말짱했다. 미국에 있는 김 장로 아들들의 이름과 손자 손녀들의 이름까지 들어 간절히 복을 비는 것이 아닌가? 김 장로는 너무 놀랐다. 하직하고 나와서 사무실의 총무를 만나 이 이야기를 했더니 총무는 그분은 이 원로원에서는 예쁘게 치매가 온 분이라고 말했다. 기억을 잃었어도 찬송가 몇 편과 주기도문은 틀리지 않게 잘 기억한다는 것이었다. 다리를 못 쓰는데 돕는 간병인이 있어야 하지 않겠느냐고 물었더니 못 걸으니 그것도 복이라고 했다. 그렇지 않으면 나가서 길을 잃을 때도 많고, 세탁한다고 화장실에 가서 변기 안의 물을 퍼내서 엉망을 만들기도 한다고 말했다. 깔끔한 분인데 방에 거울을 넣어 드리면 도움이 되지 않겠느냐고 했더니 거울을 보고 어머니가 왔다고 울어서 치웠다고도 말했다.

치매는 누구에게나 온다. 나에게도 온다. 내게 온다면 내가 마지막까지 기억하고 있는 것은 무엇이 될까? 예쁜 치매가 있을 수 있을까?

김 장로는 귀가하는 차 속에서 박 전도사의 뇌세포 속에 있는 메모리칩들을 찾아 헤매고 있었다. 그 속에 자기 자녀의 이름들이 아직도 남아 있다는 것은 얼마나 신기하고 감사한 일인가? 그런 전도사의 기도로 하나님께서 김 장로의 자녀들을 지켜 주셨던 것이다. 그는 가슴이 아려왔다. 그러면서 더 자주 박 전도사를 찾아야겠다고 마음으로 다짐하고 있었다.

권사가 된다고

:::

장로교단의 이웃 교회들이 권사를 뽑기 시작하더니 드디어 방 집사가 다니는 교회도 권사를 뽑기로 당회의 결정이 났다. 자그마치 20명의 권사를 뽑기로 한 것이다. 현재 권사까지 합하면 30여 명이 되어 전교인 권사화 운동으로 번지는 것이 아닌지 모르겠다는 생각이 들었다. 16대 국회의원 선거 때보다 투표율이 떨어져서 아마 출석 세례 교인의 40%나 참여하는 것이 아닐지 걱정이었다. 권사의 자격이 40세에서 30세로 크게 내려갔고 공동의회에서 투표수의 3분의 2에서 반으로 줄었기 때문에 교회 내에 어떤 지각변동이 일어날지 알 수 없는 일이었다. 일할 수 있는 젊은 세대의 집사들이 대거 진출할 것인지 아니면 2, 30년씩 한 교회에 출석해온 나이 든 여 집사들이 권사 이름 한번 듣고 싶다고 이번 기회를 노리게 될지 알 수 없는 일이었다.

방 집사는 벌써, 걱정이었다. 권사로서 피선자 명단에 자기 이름이 오르면 득표수가 적어도 부끄러울 일이고 또 권사로 뽑혀도 큰일이었다. 자기는 권사로서 자격이 없다고 생각하고 있었다. 목사님이 선교지를 돌아보고 오겠다고 선교헌금을 좀 내 달라고 하면 드릴 수는 있다. 또 교회가 부흥회를 하는데 강사 목사님 접대를 해주면 어떻겠냐고 하면 도와 드릴 수는 있다. 그러나 권사라는 이름으로 활동하기에는 자기는 심히 덕스럽지 못한 존재라고 생각하고 있었다. 첫째 가정에서 남편 구원도 못 하는 주재였다. 회사에서 상무로 있는 남편은 주일을 제대로 지킬 수가 없었다. 그리고 그의 성격은 한번 시작하면 무엇이든 철저히 하는 편이었다. 따라서 나갔다 안 나갔다 하는 교회 생활은 아예 시작할 수가 없다는 지론이었다. 그렇게 보면 자기도 큰 차이가 없었다. 직장 때문에 부득이 빠지는 경우가 많았다.

새벽 기도는 어떤가? 철야 기도는 어떤가? 수요일 밤 예배는 어떤가? 거의 안 나가고 있는 형편이었다. 그런 사람이 권사라는 이름으로 앉아 있다면 하나님 나라도 돈 있어야 들어간다고 비아냥거리지 않겠는가? 권사가 되면 목사님을 수행하고 심방을 다녀야 하는데 방 집사는 줄줄이 한 분대원이 넘는 심방 대원이 힘든 가정을 방문해서 심방 헌금을 받고, 음식 대접을 받고, 시간 빼앗고 하는 일들을 보는 것이 평소에 못마땅했는데 자기가 그 속에 낀다는 것은 정말 싫은 일이었다. 어렸을 때 한 권사님은 수시로 자기 집을 방문하여 집안 형편을 보살피고 가정 일을 돌봐 주곤 해서 방 집사는 자기도 나이 들면 저런 권사님처럼 되고 싶다고 생각했었다. 그런데 자기는 이제 나이 40이 갓 넘었고 신앙이 몸에 배지 않아서 그런 권사님 모습같이 되기는 어림없다고 생각했다. 그녀가 어렸을 때 바라본 그 권사님은 정말 예수님이 함께하신 것 같은 그런 삶의 모습이었다.

하루는 목사님이 사모님을 대동하고 방 집사 집으로 심방을 왔다.

"방 집사님, 이번에는 우리 교회 권사님이 되어 봉사를 해주십시오. 우리 내외는 매일 그렇게 기도하고 있습니다."

"안 됩니다. 그건 얼토당토않은 말씀입니다."

방 집사는 가슴이 쿵쿵 울리기 시작했다. 목사가 기도한다고 권사가 되는 것은 아니다. 그러나 만일 권사로 뽑힌다면 그것은 자기가 물질이 좀 풍족하다는 이유 때문일 것이었다. 그것은 교회에서 있을 수 없는 일이다. 자기는 돈이 많아 거드름을 피우는 권사를 싫어했다. 교회에서 궂은일하는 집사님들이 얼마나 많은가? 돈 있는 사람은 언제나 돈을 좀 내놓고 아무 일도 하지 않고 거드름을 피우게 되어 있다. 국회의원을 뽑을 때 왜 농민은 될 수 없는가? 돈이 없고 농사일이 너무 바쁘기 때문이다. 그 농촌에서 국회의원이 되겠다고 하는 사람은 그 고장에서 태어나 일찍 이 고장을 떠나고 서울에서 돈을 벌어 부자가 된 사람이다. 농사에 대해 체험한 바가 하나도 없으면서 여러분을 위해 좋은 일을 해주겠다고 표를 달라고 한다. 그런 사람을 순진한 사람은 표를 찍어 당선시킨다. 이와 똑같은 일을 교회도 하는 것이 아닐까? 소외된 사람들을 찾아가서 치유해 주신 예수님이 이 되어 가는 꼴을 기뻐하실까? 적어도 자기는 아니라고 방 집사는 딱 잡아떼었다.

"권사는 목회자를 도와 궁핍한 자와 환난 겪은 교우를 심방하는 일입니다. 방 집사님이 우리 교회를 위해 그런 일을 해 주셔야지 누가 하겠습니까?"

"목사님 저는 직장 때문에 심방도 제대로 할 수가 없습니다."

"교인들은 신앙 경력에 걸맞은 명칭을 가지고 있어야 합니다. 그저 권사란 이름만 가지고 계십시오. 심방은 다른 권사들이 해도 됩니다."

방 집사는 이 기회에 목사님께 한마디 하고 싶어졌다.

"참 목사님, 심방은 꼭 그렇게 무리 지어서 다녀야 합니까? 어려운 사람에겐 그것이 너무 부담된다고 생각하지 않으십니까?"

"저도 처음에는 그런 생각을 했습니다. 그래서 돈 봉투를 가지고 가기도 했습니다. 그러나 그것은 하나님께서 그 집에 주고 싶은 축복을 내가 준 적은 돈으로 제한해 버린 것이 되어 잘못이라는 것을 알게 되었어요. 그 뒤로는 하나님의 종을 위한 모든 대접을 받기로 했으며 하나님께 드리는 심방 헌금도 받기로 했습니다. 다만 내가 그 집을 떠날 때 한껏 축복기도를 하고 떠나는 것입니다. 나는 그렇게 해서 복 받지 못한 가정을 보지 못했어요"

그렇게 믿는 사람이 몇이나 될지. 어떻든 방 집사는 권사가 되고 싶지 않았다.

"목사님, 저는 지금 준비가 되지 않았구요. 정말 권사가 되고 싶지 않습니다. 그런데 목사님께서 기도하시면 그렇게 되는 걸까요?"

"내 뜻이 아니고 하나님의 뜻입니다. 두고 보시면 압니다. 그리고 성직은 세상의 직업과 달라서 그렇게 거절하는 것이 아닙니다. 간절히 사모해야 합니다. 전에 우리 교회의 권사 선거가 있을 때 어떤 분은 저금통장을 만들어 은행에 넣어 놓고 간절히 권사가 되게 해 달라고 기도했습니다."

방 집사는 깜짝 놀랐다.

"아니 권사가 되려면 돈을 저축해서 은행에 넣어 두어야 합니까?"

"그게 아니고. 주님의 몸된 교회에 봉헌하기 위해 미리 물질을 준비해 놓고 그렇게 정성껏 기도했다는 뜻입니다."

방 집사는 생각했다. 그렇다면 더더욱 권사가 될 자격이 없는데. 그러나 이런 분위기가 자기를 권사로 만들어버리는 것이 아닐까 하는 이상한 육감 때문에 앞이 캄캄해졌다.

믿지 않을 때가 더 행복했다

:::

이신자 자매와 김동식 형제는 새 신자였다. 그러나 그들은 교회의 새 신자 공부에도 빠지지 않았으며 구역예배에도 충실하게 참석했으므로 신앙이 눈에 뜨이게 좋아졌다. 그런데 이신자 자매의 고민은 다른 사람만큼 유창하게 기도가 안 된다는 것이었다. 집에서 기도해도 5분 이상할 내용이 없었고, 또 자기가 하는 기도는 무엇인가 어긋나서 하나님께 상달 될 것 같지가 않다는 것이었다. 기도를 잘할 수 있게 해달라는 것이 그녀의 기도 제목이었다.

이것을 알게 된 박 권사가 그녀를 기도원으로 데리고 갔다. 거기서 간절히 기도 훈련을 시키기 위해서였다. 기도원장의 간단한 말씀 중거가 끝나자 원장은 찬송가 338장을 부르자고 말했다. 모두 두 손을 들고 찬송을 부르기 시작했다.

천부여 의지 없어서 손들고 옵니다. / 주 나를 박대하시면 나 어디 가리까? /
내 죄를 씻기 위하여 피 흘려주시니 / 곧 회개하는 맘으로 주 앞에 옵니다……

그들은 찬송을 부를 때 손을 들고 열정적으로 불렀다. 3절까지 찬송이 끝나자 이제는 모두 손을 든 채 "주여! 주여! 주여!"하고 3창을 했다. 다음에는 통성 기도가 시작되었다. 이 자매는 이런 일이 처음이었기 때문에 머리칼이 쭈뼛쭈뼛 일어서고 가슴이 마구 떨렸다. 이러다가 신들린 사람처럼 되는 것이 아닐까?

그러나 기도를 잘해보려고 마음먹고 온 것이었기 때문에 정신이 아찔한 가운데 무슨 말을 하는지도 모르고 덩달아 소리를 내며 기도를 시작하였다. 그러다가 자기도 알 수 없는 소리를 내는 것을 알게 되었다. 옆에서 기도하고 있던 박 권사가 이 자매는 방언하고 있다고 말했다. 그것은 누구에게나 주어지지 않는 하나님의 은사라는 것이었다. 그 뒤로 그녀는 방언 기도를 하게 되었다. 이신자 자매가 방언을 받았다는 소문이 교회 내에서 한 사람 두 사람씩 알려지게 되자 그녀를 만나는 사람마다 부러운 눈초리로 그녀를 바라보기 시작했다. 그녀는 자기가 방언을 하게 되었다는 것이 믿어지지 않았다. 그러나 방언이 정말 하나님의 은사인 모양이었다. 이제는 기도하는 것이 부끄럽고 두려운 것이 아니라 오히려 시도 때도 없이 기도가 하고 싶어졌다. 시간만 나면 기도하고 싶어져 어떤 골방이든 찾아가 기도를 했다. 나를 위해, 남편을 위해, 친구를 위해, 교회를 위해……. 누군가가 자기에게 기도 부탁을 해주었으면 하고 안달이 났다.

하루는 남편에게 말했다.

"나 교회의 철야 기도회에 나가면 안 될까? 금요일 밤인데 12시까지는 돌아올 수 있대."

남편은 잠이 부족하여 괜찮겠냐고 걱정했지만 허락하였다. 그런데 한 달쯤 되자 이 자매는 자기가 건의해서 화요일 낮 10시부터 두 시간 동안 교회에서 기도회원 모임을 하자고 했는데 허락해 달라고 당회장께 말했다. 이 모임은 각 선교사의 기도 제목, 또는 교인들의 기도 제목, 대학 진학할 학부모들의 기도 제목 등을 다 모아 응답을 받기까지 기도로 돕는 모임이라고 했다.

"학생들은 어떻게 하고?"

그녀는 탁아소 원장이었다.

"하루 두 시간인데 직원에게 맡기지요, 뭐. 그것은 나의 일이요, 기도는 하나님의 일이잖아요?"

"무슨 일을 하든지 마음을 다하여 주께 하듯 하라고 했는데 하나님께서 당신에 맡긴 어린애들을 그렇게 버려두어도 되는 거요?"

아내를 늘 잘 이해하고 돕던 남편도 뭔가 좀 불안해졌다. 그러나 이 신자 집사는 매주 새 신자 인도를 하는 장로 내외처럼 교회에서 무슨 일이나 상담하고 싶고 든든한 의지가 되는, 그리고 평범하면서도 삶 전체가 하나님께 바쳐진 것 같은 그런 신자로 살 수 없을까 하고 생각했다.

기도 모임을 시작한 지 한 달 만에 아내는 날마다 새벽 기도를 나가고 싶다고 말했다. 좀 잠을 덜 자기만 하면 새벽 기도 끝내고도 가정 일을 다 할 수 있다는 것이었다. 남편이 말했다.

"나는 점차 당신이 하는 것을 이해하지 못하겠어. 성경을 묵상하는 시간도 없으면서 그렇게 기도에만 정신없이 바쁘게 살아도 되는 거야?"

"나는 안타까워요. 당신도 정말 구원을 받으려면 기도해야 해요."

아내는 막무가내로 새벽 기도에 나가기 시작했다. 이 자매에게 몸의 피로가 쌓이는 것이 역력하게 나타났다. 탁아소 학생들은 줄어들기 시작했다. 남편도 사업에 의욕을 잃기 시작했다. 남편과 만나는 시간과 대화하는 시간도 줄었다. 그러자 그녀는 더 하나님께 매달리기 시작했다. 자기 기도에 영력이 떨어졌다는 것이었다. 그리고 기도원에 가는 일이 추가되었다.

남편이 하루는 출근 시간을 늦추고 아내와 마주 앉았다.

"여보. 나는 참 기독교인의 삶이 어떠해야 하는지 알고 싶어. 정말 하나님의 일이란 무엇일까? 내 육감은 우리가 믿지 않았을 때가 더 행복했다고 생각하는데 당신의 생각은 어때?"

이렇게 진지하게 말하며 아내를 쳐다보니 식탁에 마주 앉았던 아내는 잠이 부족한지 고개를 꾸벅하며 졸고 있었다.

설 선물

⋮

"송구영신 예배 때 "복 많이 받으십시오"하고 교인들로부터 많은 인사를 받았는데 설(구정)이 다가오니 또 그 인사를 받게 되었다. '복 받으라'라는 인사는 새해에만 하고 일 년 내내 하지 않기 때문에 두 차례라도 많이 받아 두는 것이 좋기는 하겠지만 설이 다가오니 박 장로는 목사님께 어떤 선물을 해야 할까 하고 걱정이 앞섰다. 이런 일은 아내가 알아서 해주었으면 좋겠는데 아내는 짜증을 부렸다. 우리는 뇌물을 보내는 것이 아니고 선물을 보내는 것인데 그것도 대단치 않은 것이 되어 고마워하지도 않을뿐더러 오히려 먹고 싶지 않은 음식, 마음에 안 드는 장식품 등으로 받는 사람은 처치 곤란하게 되고 보내는 사람은 싸고 괜찮게 보이는 것을 사려고 공연히 시간만 낭비한다는 것이었다.

상품권을 사면 어떨까? 그러나 상품권은 작은 액수는 안 된다. 목사와 부목사는 차이를 둘 것인가? 또 전도사는 어떤가? 사찰 집사와 직원은 어떤가?

박 장로 내외는 명절마다 힘들었다. 왜 이 비본질적인 문제 때문에 고민해야 하는가? 그러나 교인들이 목사님, 목사님, 하고 명절만 되면 물질로 사랑을 표현하고 싶어 견딜 수 없어 하는데 소위 장로가 되어 아무 성의를 표시하지 않으면 명절 후 교회에서 목사님께 인사하는 것이 부끄러웠다. 박 장로네는 하나의 원칙을 세웠다. 명절마다 선물로 인사를 하기로 한다. 단 목사님으로부터 교회의 사찰과 직원까지 같은 것으로 한다. 아래로 갈수록 생활이 어려운데 선물까지 차별해서 준다는 것은 옳지 않다. 또한, 명절에는 상대적 빈곤을 느끼는 때다. 사찰 집 건너뛰어 목사님 댁에만 선물을 드린다면 교회 일을 도맡아 하는 사찰은 어떤 느낌이 들겠는가? 몇 해 동안은 그 원칙을 지켰다. 그런데 똑같은 선물을 보낸다는 것이 쉬운 일이 아니었다. 작년에 보낸 것을 올해에 또 보낸다면 또 단골 메뉴가 왔구나! 할 것이었다. 또한, 가정마다 구성원이 다른데 똑같은 내용이 다 맞는다고 볼 수도 없는 일이었다. 결국, 액수를 일정하게 고정하고 그것에 따라 다른 내용을 고르는 것이다. 그렇게 되자 내용을 고른다는 힘든 일이 또 따라왔다. 박 장로의 아내인 윤 권사가 이번에는 색다른 의견을 냈다.

"우리 이번에는 용기를 내서 고정관념을 깹시다."

"아니, 깨다니. 어떻게 하겠다는 거요?"

"아예 선물을 하나도 안 보내기로 하는 거예요."

윤 권사는 그럴싸한 이유를 들었다.

첫째, 교인마다, 명절마다 교역자를 다 챙겨야 할 이유가 없다. 이런 버릇은, 드리지 못한 사람과 드리는 사람 사이에 이화 감을 조성하며, 적게 드린 교인들은 늘 비참한 생각에 시달리게 된다.

둘째, 교회는 크리스마스라는 명절이 하나 더 끼어 있고 또 크리스마스보다 부활절이 더 큰 명절이라고 강조하고 있어서 교인들이 이 모든 명절을 챙기려면, 신정, 구정, 부활절, 추석, 크리스마스…. 이렇게 많아서 이때마다 돈도 문제려니와 가치 없는 걱정으로 시간을 보내는 것은 마땅하지 않다.

이러면서 대안을 제시했다. 있는 자와 없는 자가 교역자를 대우하고 싶은 마음은 같다. 다만 없다는 것뿐이다. 따라서 교역자들을 돕는 것은 교인들이 원하는 바임으로 명절에 감사를 표시할 예산을 세워 교회에서 모든 교인을 대신해서 드리는 것이 마땅하다는 것이었다.

"지금도 교회에서는 그러고 있지요. 그뿐 아니라 각 여전도회에서 또 드리지 않아요?"

윤 권사는 이제 각 여전도회에서 드리는 것도 금하고, 개인이 보내는 것도 금하고, 교회 예산을 대폭 인상하여 교역자에게는 다 평등하게 드리는 게 하나님 보시기기에 마땅하다고 했다.

"교회 예산은 결의해서 인상할 수 있겠지요. 그러나 기관이나 개인이 교역자에게 사랑을 표시하겠다는 것을 막겠다는 것은 말도 안 되지요. 이건 없는 사람의 심술 아니겠소? 쪼다 같은 생각이라고 핀잔만 먹을 걸요."

"왜 쪼다 같은 생각이에요? 고정관념을 깨는 대담한 생각이지요."

그들은 이야기는 이렇게 했지만, 돈이 아까워서 하는 궁색한 생각 같아서 얼굴을 붉혔다. 그러나 아내의 생각이 전혀 그른 것은 아니어서 남이야 어떻게 생각하든 자기들은 이 해 구정부터 일체 선물은 않기로 했다. 다만 근하신년 카드를 사지 않고 정성껏 만들어서 보내기로 하였다.

애들은 다 외지로 보내고 두 내외만 사는 박 장로는 구정 벽두에 생각을 정리하고 편안한 마음으로 연휴 전날 TV를 즐기고 있는데 한낮에 벨 소리가 났다. 나가보니 주례를 서 준 일이 있던 먼 시골에 사는 중학교 선생이었다. 애가 벌써 커서 아장아장 걷고 있었는데 그 애를 데리고 미리 세배를 온 것이었다. 너무 오래 문안을 못 드려 죄송했다고 하면서 시골에서 재배한 육쪽마늘도 들고 왔다. 어머님께서 주례를 서 주셔서 늘 감사하다고 말씀하시며 갖다 드리라고 했다는 것이었다. 시골이어서 하룻밤 거기서 자고 주례하고 돌아왔었다. 그들이 떠난 뒤 아내가 말했다.

"전에도 좋은 마늘을 보내 주셨는데…… . 보내줄 줄 알았으면 안 살걸."

한때는 마늘은 보내줄 줄 알고 안 사고 기다리던 때도 있었다. 저녁을 먹고 앉아 있는데 또 벨 소리가 났다. 문을 열어보니 교회 사찰 집사였다. 가슴이 뜨끔하였다. 웬일이야, 올해에는 아무것도 안 보내기로 했는데…… .

그러자 그는 깔끔하게 싼 선물 꾸러미 하나를 내밀었다.

"이게 뭡니까?"

"네, 목사님이 갖다 드리라고요."

"목사님이요?"

사찰 집사는 급하게 사라졌다.

"왜 하필 올해에…."

박 장로 부부는 어안이 벙벙해서 서로 쳐다보았다.

병원에서 맞는 설

⋮

　우리나라는 양력설보다는 음력설을 전통명절로 정하고 있다. 무엇보다도 오랜만에 헤어져 지내던 가족들이 만나 부모님께 세배도 드리고 조상을 섬기는 차례도 지내고, 한복을 곱게 입고 나들이를 나가고, 즐거운 행사에 참여하기도 한다. 이때 빠지지 않는 건 떡국이다.

　나와 아내는 최근 35년간 둘이서 살면서 자녀들을 기다리고 즐기는 시간을 갖지 못했다. 아들 셋이 외국에서 공부하고, 그곳에서 직장을 갖고, 자녀들을 낳고 사는 동안 설날에 우리를 찾아올 수가 없어서이다. 또 딸은 서울에 살지만, 그것은 최근 일이고 전엔 유학생 남편을 따라 외국에 살면서 거기서 애를 셋이나 낳았다. 따라서 내가 직장에 있는 동안에는 아내가 혼자 미국에 가서 출장 조산원 노릇을 해야 했다. 그래도 새해에는 어김없이 한 주먹 정도의 떡국을 끓여 몇 가지 전을 부치고 둘이서 감사기도를 드리며 지냈다. 그런 세월이 35년이다. 그런데 이번에는 그럴 수가 없게 되었다. 아내가 늘 다니던 시장에 갔다가 1월 중순, 돌부리에 걸려 넘어져 골절했기 때문에 병원에서 설을 맞을 수밖에 없게 되었다. 늘 조심하고 또 조심하고 다녔는데 한순간의 실수로 넘어져 오른쪽 어깨와 대퇴골이 부러진 것이다. 119를 불러 응급실로 가는데 나는 차를 운전하고 갔기 때문에 119를 타고 갈 수가 없었다. 혼자 뒤따라가고 있는데 구급대원으로부터 전화가 왔다. 가까운 병원이 아니고 충남대학병원으로 환자가 가고 싶어한다는 것이었다. 아내는 언제나 그렇게 판단력이 민첩하고 분명했다.

입원한 것이 주말이어서 일반병실에 입원한 지 5일째에 수술하게 되었다. 수술 후 하루를 중환자실에 있다가 일반병실로 옮겼다. 다리뿐 아니라 오른쪽 어깨뼈가 부러져 큼직한 어깨보조기구까지 단 아내를 데리고 병실로 돌아온 나를 보고 옆자리의 간병인이 말했다.

"간병은 그렇게 쉬운 것이 아니에요. 노인이 어떻게 중환자를 간병합니까? 내가 한 사람 소개해 드릴까요?"

아내도 그렇게 하라고 했다. 그러나 코에 산소 호흡기를 끼고 누워 있는 아내를 보며 간병인에게 그녀를 맡기고 어떻게 집에 가서 편히 잘 수 있을 것 같지 않았다. 며칠을 버티었으나 사흘 뒤 대학 이사회의 중요한 준비모임도 있고 해서 여러 사람의 강권에 따라 결국 간병인을 두기로 했다. 그런데 그 며칠 간병하던 도우미가 설에는 쉬어야 한다고 해서 연휴 동안 4일을 나는 다시 24시간 아내의 간병인으로 있게 되었다.

따라서 설에는 평생 처음으로 떡국을 못 끓여 먹게 된 것이다. 설 하루 전에 교회 후배 장로로부터 전화가 왔다. 설에는 자기 내외가 문병할 테니 내 아내는 자기 부인에게 맡기고 나와 자기는 함께 시내에서 식사하자는 것이었다. 그들은 내가 병자는 아니지만, 고생이 많다고 생각한 모양이었다. 사실 나는 오래도록 아내와 둘이서만 함께 살아왔기 때문에 떨어져 있는 것이 오히려 큰 고통이지 함께 곁에 있으며 간병하는 것은 고통이 아니었다. 나는 후배 장로 내외와는 허물없는 사이여서 그날 문을 연 식당도 없을 텐데 수고스럽지만, 집에서 떡국을 끓여 와서 병원에서 같이 먹으면 어떻겠냐고 제안했다. 이렇게 해서 결국 병실에서 설맞이 떡국을 먹게 되었다.

그날 떡국을 놓고 후배 장로는 주위를 의식하여 조용조용 기도하는데 나는 주책없게 울컥울컥 눈물이 솟는 것을 참기가 어려웠다. 자기네 부모를 찾아가는 귀성길을 오후로 미루고 우리 부부를 위로해 주기 위해 떡국을 가지고 찾아와 주는 사랑은 어디서 오는 것인가? 예수의 사랑이 아니고는 있을 수 없는 일이다. 그들에 대한 고마움과 평생 경험할 수 없는 단 한 번뿐일 병원에서의 설 떡국이 그렇게 나를 감격하게 했다. 그러면서 이렇게 사랑을 주고받는 것이 진정 기독교인의 공동체 삶이라는 것을 다시 깨달았다.

다음날 시집에 가서 문안 인사를 드리고 서울로 돌아가는 딸 내외가 막내아들과 함께 들러 걱정스러운 눈빛을 보였다. 아내에게서 섬망(譫妄) 현상이 조금씩 비치는 것을 보았기 때문이다. 딸은 자기는 남아 하룻밤 간병하고 가겠다고 우겼다. 나는 그녀의 언행에서 멀리 떨어져 있는 아들들의 부모에 대한 사랑도 함께 느꼈다. 아들들이 올 수 없어서 딸의 문병은 가족 전체를 대표하는 일이었다. 또 애들은 이미 '페이스톡'으로 인사를 한 뒤였다. 우리는 둘이 살아도 아들들의 사랑을 너무 많이 받고 살고 있어 하나님께 감사를 드렸다.

남편과 아들을 먼저 서울로 보낸 딸에게 병실을 맡기고 집에서 밤을 지낸 이튿날 일찍 나는 병원으로 갔다. 아내는 어깨 보조기구를 차고 주삿바늘로 상처투성이가 된 팔에는 주사를 맞느라고 매단 수액 호스들이 어수선했다. 아내는 그래도 반가운 미소를 하며 나를 맞았다. 이내 아내는 침대에 앉아 왼손으로 칫솔질을 하고 딸은 어젯

밤 간병 보고를 하고 더 있어야 하는데 떠나게 되어 미안하다고 말했다. 나는 바쁜 애들에게 벌써 신세를 지면 안 된다는 생각을 하며 버스 정유소까지는 내가 데려다주겠다고 말했다. 그러나 딸은 몇 시 버스표를 구할 수 있을지 모르니 택시로 떠나겠다고 말하며 주섬주섬 마무리하고 병원에 남아 있던 옆자리 환자에게 인사를 했다.

"어머니 좀 잘 부탁드려요."

"참 친절하고 고운 딸이네유."

옆자리 환자는 딸보다는 아내에게 인사를 하며 "교회에 나가는 모양이지유?"라고 물었다.

"네, 서울에서 권사로 있답니다."

아내는 딸 자랑을 한다. 그리고 물었다.

"교회에 다니세요?"

"나도 다니지유. 그런데 아주머니는 어떤 교회에 다니세유?"라고 호기심이 생겼는지 또 물었다.

"교회 이름은 왜요? 아마 모르실 걸요. J 교회라고 H 대학 옆에 있는 교횐데요. 왜요?"

아내는 다시 되짚어 물었다.

"아니 어제 점심때 기도를 하는데 어떻게 조용히, 주변을 생각하며 따뜻한 기도를 하는지, 그 교회 이름 좀 알고 싶어서유."

"기도를 조용히 했다고요?"

얼마 동안 우리는 서로 쳐다보았다. 이웃 사람 상관하지 않고 큰 소리로 기도하는 교인들이 많았기 때문인 것 같았다. 조용히 기도하는 것도 하나님께 영광을 돌리는 일인 듯했다.

거기 너 있었는가

∶

거기 너 있었는가 그때에/ 주가 그 십자가에 달릴 때/ 오! 때로 그 일로 나는 떨려, 떨려, 떨려/ 거기 너 있었는가 그때에.

남편은 이 찬송 가사가 마음에 안 든다고 말했다. 무언가 미흡하다는 것이다.

"나의 주, 내 주님."이라는 내용이 그 속에 들어 있어야 한다는 것이었다. 누구나 말하는 주가 아니고 내가 사랑하는 '내 주', 길이요 생명되신 '내 주', 빛과 소망 되신 '내 주'가 십자가에 못 박히고 있는 창자를 끊는 아픈 순간을 내가 지켜보고 있었던 간접적인 경험을 노래하는 내용이 가사 속에 잘 드러나야 한다는 것이었다.

일제 치하에 명성황후의 침실에 군홧발로 침입하여 국모인 명성황후의 머리채를 잡아끌고 나와 일본도로 내리치고, 쳐서 아직 죽지 않은 시체를 궁녀들을 통해 명성황후인 것을 확인한 다음, 석유를 뿌리고 장작더미를 던져 불로 태운 뒤, 그 해골을 경복궁 안의 못에 던져 넣을 때, 너는 거기 있었는가?

경기도 화성군의 제암리 교회에 신자들 29명을 모아 놓고 밖에서 문에 못을 치고 3·1 운동 주동자라는 명목으로 일본 헌병들이 무고한 교인들을 불태워 죽일 때, 너는 거기 있었는가?

외국인 선교사 스코필드 박사가 서로 부둥켜안고 죽어 뼈가 엉겨 붙어 떨어

지지 않은 유해들을 가마니에 담아 이웃 산에 매장할 때, 너는 거기 있었는가?

진리와 공의가 짓밟히며 유린당하는 역사의 현장 속에서 예수님께서도 같이 못 박히시는 모습을 우리가 지켜보는 아픔이 그 찬송 속에는 있어야 한다는 것이었다.

신 집사는 남편을 존경하였다. 비록 하나님의 일에 열성적이지 않고 너무 바빠 새벽 기도에도 나가자고 권하지 못하고 있지만 어떤 때에는 찬양 속에서, 찬양을 지도하는 자기보다 남편이 하나님의 임재를 더 느끼는 것 같았다.

이날도 신 집사는 여느 때처럼 교도소에서 찬양대를 지휘하였다. 이 일을 시작한 지 벌써 10여 년이 지났다. 처음에는 지휘자가 있었고 자기는 반주만 하고 있었다. 그러나 지휘자가 너무 힘들어해서 지휘와 반주를 자기가 겸해서 했다. 그러나 이제는 교도소 안에서 지휘자를 구해 신 집사는 반주하는 자리로 되돌아갔다. 입소자 중에는 악기를 취급했거나 바에서 노래한 경력들이 있어 음악에 재주꾼이 많았다. 500명쯤 되는 입소자들과 일주일에 한 번씩 예배를 드리고 있었는데 그 예배를 위한 찬양 연습을 늘 하였다. 대원 중에는 무기수도 있고 끔찍한 살인자도 있어 언제 행동이 돌변할지도 모른다고 원무과에서는 주의를 시켰지만, 오래되니까 이제는 다 한 가족처럼 친근하게 느껴지게 되었다. 겉만 보면 너무 순진해서 어떻게 그런 끔찍한 죄를 지을 수 있었는지 의심할 지경이었다.

연습을 마치고 나오려는데 출소를 며칠 앞둔 모범수인 정수가 가까이 와서 할 말이 있다고 했다.

"저는 양심의 가책을 받아 더는 성가대원으로 찬양을 할 수 없습니다."

"왜?"

"사실 저는 죄를 더 많이 지었거든요. 그런데 거짓말로 지금까지 이렇게 지낸 겁니다. 이렇게 위선 된 마음을 가지고 찬양하는 것이 너무 괴롭습니다."

"무슨 말이야. 하나님께서는 과거의 죄를 묻지 않으시고 죄를 자백하면 죄를 사하시고 우리를 모든 불의에서 깨끗게 하시는 것을 몰라?"

"그래서 저는 제 죄를 다 고백하고 형벌을 더 받고 싶습니다. 하나님께서는 죄를 숨기고 있는데 용서한다고는 하지 않으셨잖아요? 저는 죄에서 자유롭고 싶습니다."

신 집사는 정수를 빤히 쳐다보았다.

교도소를 나와 집으로 오면서 세상의 온갖 죄가 모여 있다고 생각하는 교도소를 생각하였다. 신 집사, 자기는 자유롭게 밖에 살면서 점차 세상에 물들어 선악을 분별하지 못하고 영이 어두워져 가는데 교도소에는 찬양을 통하여 한 줄기 진리의 빛이 비치어 그 빛이 죄인들을 변화시키고 있는 역사를 보면서 자기가 부끄러워졌다.

주의 종

∴

금순은 직장을 그만두고 남편을 따라 미국으로 왔다. 자녀가 있는 것도 아니어서 이런 결정은 홀가분하게 할 수 있었다. 처음 일 년간은 어학연수나 하면서 남편을 돕고 있었으나 연수가 끝나자 자기도 심심해서 대학에서 전공했던 영어 학위과정을 신청했다. 그러나 그녀는 공부보다도 학생들을 모아 성경공부 하는 것을 더 좋아했다. 큰 도시에서 40마일쯤 떨어진 대학촌이었는데 그곳에는 한인교회가 없었다. 그래서 금순은 도시교회의 목사님을 일주일에 한 번씩 밤에 초청하여 공부하였다. 새로 입학해서 들어오는 한인 학생들을 공항에서 데려오고, 집을 찾아주고, 이사를 도와주고, 얼마 동안 시장을 같이 가주고…. 그리고 주말에는 그들을 모아 성경 공부하는 것이 그녀의 보람이고 기쁨이었다. 얼마 안 가서 그녀는 그 대학촌의 터줏대감이 되었다. 원래 부모 때부터 가난하게 살면서 남 섬기기를 좋아했던 그녀는 이런 일들이 자기 몸에 배어 편했다. 공부는 남편이 학위 마치기까지 덤으로 하는 것이었다.

5년 째가 지나자 집에서 가져온 돈도 없어지고 생활이 어려워졌다. 금순은 되는 대로 아르바이트했다. 학교에서는 실험용 쥐를 돌보기도 했고, 건물 청소도 했고, 방학에는 한국인 봉제(縫製) 공장에서 실밥을 따는 일도 했다. 이런 일도 싫지 않았다. 봉제 공장에서는 하도급을 받아 많은 양의 옷을 만들었는데 다리미질을 하기 전에 깨끗하게 실밥을 따는 일이 마무리 작업의 일부였다. 이런 일은 아무 기술도 없는 사람들이 하는 밑바닥 일이었다. 그래서 나이 많은 할머니로부터 갓 이민 온 아낙까지 별의별 사람들이 모여 별의별 이야기를 해가며 일을 하고 있었다. 이들과 이야기를 나누는 것이 거드름 피우며 학문한다고 하는 사람들보다 더 좋았다. 그 속에는 그들 나름의 생활 철학이 있었다. 박사가 뭔데 그렇게 고생하며 공부하는가? 여기서도 공부하다 말고 장사해서 돈 모은 사람이 얼마든지 있다. 한국에서는 무얼 하다가 와서 이런 고생을 하고 있는가? 자기는 사진만 보고 미국 가면 잘 산다고 해서 결혼하고 이곳에 왔는데 이 모양이다. 또 어떤 아가씨는 좀 고생을 하다가 자기는 미용 기술이 있으니 미용사 개업을 해보겠다는 다부진 포부도 이야기하였다.

남편은 학위가 끝나지 않아서 장기전으로 취직을 하게 되었다. 지역 교육청의 프로그래머였다. 좀 거리가 멀었지만, 컴퓨터 일이었기 때문에 비교적 시간 제약을 받지 않은 자리였다. 남편이 취직할 무렵 금순은 먼저 학위를 마쳤다. 그러나 실밥을 따던 사람들이 말했듯 영어학 박사라고 별것이 아니었다. 써 주는 직장이 없었다. 그러나 박사 학위를 가지고 계속 실밥을 따고 있을 수도 없어 프린스턴 대학으로 기독교 교육을 공부하러 떠났다. 그동안 남편이 학위를 마치면 자기는 공부를 그만두고 같이 한국에 나가면 될 것이었다.

그곳에서는 한인교회에서 시간제로 전도사 일을 맡게 되었다. 교회에서 일한다는 것은 평생에 그녀가 바라던 자리였다. 이건 선지 학교에서 공부하며 주의 종이 되는 일이었다. 성경공부도 인도하고, 교인들의 사랑을 받고 사는 것이 뼈마디에 스며드는 것처럼 즐거웠다. "너의 구할 것을 감사함으로 구하라"라고 바울이 '감사'라는 말을 그곳에 넣은 이유를 알 것 같았다. 2년은 쏜살같이 지났다. 그런데 남편은 아직 학위를 마치지 못했고 그녀는 프린스턴에서 기독교 교육학 석사를 마치었다. 한국에서는 그녀가 학위를 마치면 전국 여 평신도회 총무로 와 달라는 초청이 여러 번 왔다. 조직력도 있고 국제회의에서 영어로 발표할 사람을 찾고 있었는데 금순은 적격이었다. 남편과 함께 한국을 나가기로 했던 그녀는 난감했다. 남편은 직장이 생기자 바쁘기도 하고 거기서 영주권을 주겠다고 하니 마음이 느긋해진 것 같았다. 그뿐 아니라 이상하게도 빨리 학위를 마치는 아내에게 부담을 느끼는 것인지 남편은 그녀가 한국에서 직장을 가지고 기다리고 있으면 마치고 나갈 테니 먼저 나가라는 거이었다.

한국에서 그녀는 더욱 바빠졌다. 총무의 자리란 전국 회의를 주관하고, 지역 모임을 활성화하고, 여러 기독교계 거물들을 만나보고, 국제회의를 준비하고, 여 평신도회원들을 인솔하여 국제대회에 나가고, 한국 소개 책자를 만들고 등등 하는 일이 한둘이 아니었다. 그렇게 바빴지만, 그녀는 그런 일 하는 것이 기뻤다. 지방에서 헌신예배 설교를 했을 때 은혜를 받은 표정들, 또 교회 내의 여성의 지위가 향상됨을 느끼는 표정들, 진정 감사해서 해외에 갔다 오면 꼭 들러서 작은 선물이라도 주고 가는 따뜻한 마음들, 국제회의에서 만났던 외국인들이 한국에 들러 자기를 찾아주던 일들….

이 모든 것들은 고학하면서 실밥을 따던 때와는 너무나 격차가 있는 일이었다. 정말 왜 하나님께서 나를 훈련하시고 이런 자리에 앉게 하셨는가? "주여 내가 여기 있습니다"하고 매일 기도할 때마다 종으로 써 주시기를 간구했다.

2년이 지나자 홀로 남겨 둔 남편에게 죄책감이 들었다. 그는 아직도 귀국할 준비가 되어 있지 않았다. 이번에는 남편이 있는 대도시의 한 인교회의 전도사로 가게 되었다. 언제까지 이산가족일 수는 없었다. 목사가 그녀를 소개했다.

"이 전도사님은 우리 교회의 자랑입니다. 한국에서……."

인사를 마치고 나오는데 어떤 멋쟁이 여인이 반갑게 인사했다.

"또 만나게 되어 너무 반가워요."

그녀는 그 얼굴이 생각이 나지 않았다.

"어디서 만났죠? 애틀랜타 회의에서였나요?"

그러자 그녀는 팔을 붙들고 몸을 흔들면서 말했다.

"있잖아요. 우리 실밥 딸 때 같이 일했잖아요."

금순은 깜짝 놀랐다. 그 여인이 변해서가 아니라 자기가 어느새 섬기는 자가 아니라 섬김을 받는 자로 변해 있었기 때문이었다.

오직 은혜

⋮

박 원장은 세상에서 의사로 존경을 받을 뿐 아니라 교회에서는 장로로 크게 존경을 받는 분이었다. 겸손하고 희생적이며 교인들의 어려운 사정을 잘 들어주는 분으로 알려져 있었다. 그는 분명 하나님의 칭찬 받는 종이 틀림없었다. 그러나 "인간의 연수가 70이요, 강건하면 80이라"더니 꼭 여든 살 되던 해에 건강하던 분이 편안한 모습으로 세상을 떴다. 모두 예수를 믿는 분은 저와 같이 복 있는 죽음을 하는 것이라고 부러워했다. 그리고 모두 그는 하나님 품에 간 것을 의심하지 않았다. 그의 문상객 중에 가족이 알지 못하는 많은 사람이 왔었는데 그들은 다 박 원장이 살아 계실 때 남모르게 학자금을 대준 사람들로 사회에서 모두 성공한 분들이었다. 박 원장의 자녀들은 그 문상객들 때문에 다시 한번 아버지의 숨은 덕을 알게 되었다.

그런데 이 박 원장이 천국 문 앞에 다다랐을 때였다. 그 문 앞에는 베드로가 서 있었다. 그러면서 그에게 물었다.

"당신은 하나님의 선민인 이스라엘 백성 같지 않은데?"

"그렇습니다. 저는 한국 사람입니다. 그러나 저는 예수를 믿고 구원을 받은 사람입니다."

"그래? 당신은 세상에서 무슨 일을 하다 왔소?" 베드로가 물었다. "이 천국 문을 들어가려면 1,000점은 맞아야 하오."

박 원장은 자기를 가로막는 베드로를 쳐다보더니 불평을 하지 않고 자신 있게 말했다.

"제 아버지는 2대째 목사입니다. 저는 모태 신앙으로 태 중에서부터 새벽 기도에 참석했으며 나이가 들어서는 새벽 기도를 빠진 적이 없습니다. 그뿐 아니라 거짓말을 하거나 남을 못된 놈이라고 욕한 적이 없으며, 낮 예배, 저녁 예배, 수요 예배, 금요 철야 예배에 빠진 기억이 없습니다. 부흥회도, 기도원도 수없이 다녔으며, 40일 금식 기도를 하며 소나무를 붙들고 야산에서 기도하면서 뿌리를 뽑은 적도 한두 번이 아닙니다. 또 제가 방언 은사를 받은 것은 중학생 때였습니다."

"좋습니다. 2점입니다. 또 없습니까?"

베드로가 물었다.

"저는 커서 의사가 되었습니다. 그런데 하나님께서 복 주시어서 돈을 많이 벌었습니다. 저는 이 돈을 하나님의 사업을 위해 다 썼습니다. 교회에 10의 3조를 드렸으며 교회 셋을 개척했습니다. 지금까지 해외 선교사를 지원하였고 나 자신도 매주 농촌을 다니며 어려운 사람들을 위해 의료 진단을 했으며 해외에 의료 선교사로 수십 번 다녀왔습니다. 집을 지었는데 지하실은 기도실로 만들었습니다. 일부러 크게 지어서 벽에는 성화를 붙이고 일주일에 한 번씩 성경공부를 하는 방으로 내놓았습니다. 그때 어린아이들을 데려올 것을 대비해서 2층에는 비디오 시설을 해서 아이들이 부모가 공부하는 동안 어린이 성경 비디오를 보게 만들어 놓았습니다. 많은 사람이 이 방에서 공부하며 얼마나 큰 은혜를 받았는지 모릅니다. 또 다른 기독교 단체라도 작은 모임을 하고 싶어 할 때는 언제나 이 방을 개방했습니다."

"참 좋습니다. 다시 2점을 더해서 4점입니다. 또 있습니까?"

베드로는 계속 물었다. 박 원장은 약간 자신이 없어졌다. 이렇게 해서 언제 1,000점을 만들 것인가?

"저는 2남 1녀를 두었는데 첫째는 카자흐스탄에서 선교사로 있으며, 둘째는 딸인데 그 사위가 미국에서 한인교회의 부목사로 일하고 있습니다. 셋째도 지금 신학교를 미국에서 마치고 이중언어를 쓰는 한인 2세들을 위해 목회를 하고 있습니다. 저는 이렇게 가족이 다 축복을 받았기 때문에 여생은 주님을 위해 살기로 하고 의사 장로를 다 은퇴하고도 구역공부 인도를 꾸준히 해왔으며 주일학교 반사로 일해왔습니다. 주일학교에 영상비디오 시설을 하고 말과 성경만 가지고 공부를 가르치던 틀을 깨고 영상으로 예수님을 보고 만나는 공부를 시작했습니다. 창의력을 가지고 2,000년 전을 상상하고 그림을 그리고 모형을 만드는 지도 방법을 도입했습니다. 교회가 과거에 집착하지 않고 차세대의 젊은이에게 맞는 악기와 표현을 모두 동원해서 천국을 선포하는 공부 등을 과감하게 시도하였습니다."

"2점을 더해서 이제 6점입니다. 또 있습니까?"

박 원장은 이제는 애초의 당당했던 태도는 다 없어지고 기가 질렸다. 또 무슨 말을 더할 수 있을까?

"오! 맙소사 하나님! 저에게 자비를 베푸소서. 은혜를 베푸소서."

"은혜요? 은혜라고 했소?"

베드로는 큰 소리로 말했다.

"은혜면 족하지. 들어가시오."

그러면서 자리를 비켜 주었다. 박 원장은 공부는 많이 했으면서 값없이 은혜로 구원받는다는 사실을 천국 문에 와서야 비로소 깨달았다.

애 때문에 속상해요

⋮

존경하는 선생님:

우선 죄송하다는 말씀으로 시작해야 할 것 같습니다. 제가 먼저 안부 인사를 올렸어야 했는데, 선생님 편지를 받고서야 인사를 드리게 되었습니다. 그것도 선생님 편지를 받고도 여러 날이 지나서 인사를 드립니다. 그간 안녕하셨습니까. 이곳에 온 지 벌써 삼 개월이 훌쩍 지나갔고, 이곳 학교는 쿼터제로 운영되기 때문에, 벌써 두번 째 학기를 지내고 있습니다.

지난 겨울 학기는 1월 8일부터 시작하여 3월 말에 끝냈고, 지금은 봄 학기를 하고 있습니다. 저는 이곳에서 저를 초청해주신 P 교수님과 1주일에 한 번씩 세미나를 하고, 정수론 대학원 세미나를 하고, Algebraic Coding Theory라는 과목을 함께 공부하고 있습니다. 따라서 얼마나 바쁜지 설명조차 안 될 정도입니다. 아침 8시에 아이와 함께 나와서 아이는 자전거 타고 학교에 가고 저는 운전하여 약 10분 거리인 학교에 와서 5시까지는 연구실에 있다가, 집에 돌아와 아이와 함께 저녁을 먹고 저녁 7시경에 다시 아이와 학교 도서관으로 와서 10시경에 집에 돌아오곤 합니다. 저보다는 제 아이가 힘들어할 것 같았는데, 그는 한국에서도 그렇게 책 읽는 것을 좋아하더니, 이곳에 와서도 영어책을 얼마나 잘 읽는지, 이곳 도서관에 있는 책을 3~4시간 꼼짝 않고 잘 읽어서 제게는 그것이 얼마나 다행인지 모릅니다. 어쩌면 선생 말도 안 듣고, 떠들며 짓궂은 장난을 하고, 과외를 안 하면 인정 못 받는 한국보다 이곳을 더 좋아하는지 모릅니다. 특히 남자인데도 김밥을 말아 오라는 숙제, 주머니를 만들어 오라는 숙제 같은 것에 짜증낼 필요가 없는 것이 더 좋은 모양입니다. 여기서는 특별활동 시간에 자기가 좋아하는 바이올린을 합니다.

실은 선생님 편지를 받고 빨리 답장을 드려야겠다는 생각은 있으면서도 너무 피곤이 겹쳐서 엊그제 이틀은 쓰러진 듯 지내고 말았습니다. 마치 오래전에 했었던 대학원 학생 시절로 돌아간 것 같기만 합니다. 어떨 때는 너무너무 바빠서 세미나 준비에 스트레스받을 때면 차라리 그냥 한국으로 돌아가고픈 생각이 날 때도 있습니다. 그러나 대학원 시절이 생각나서 절로 미소가 떠오를 때도 있습니다. 이곳 학생들은, 또 교수들은 역시 열심히 공부합니다. "아! 그랬었지" 하고 옛날의 자신이 생각납니다. 청바지에, 배낭 같은 가방을 메고, 운동화를 신고……. 무엇보다 좋은 것은 항상 길을 걸을 때건, 세미나실을 갈 때건 커피 머그를 손에 들고 가도 자연스럽고, 또 커피가 안 채워져 있을 때는 가방에 대롱 매달고…. 그런데 이해가 안 되는 것은 이런 자유로움을 왜 그동안 잊어버리고 살았는지 알 수가 없습니다. 또는 이런 편안함을 왜 뒷굽 높은 구두와 불편한 옷차림으로 버티고 살았는지…. 나도 가방을 등에 메고 자전거를 타고 다녀야 하는데, 사실은 제가 자전거를 못 타거든요. 할 수 없이 운전하면서도 얼마나 아쉬운지 모르겠습니다.

또 하나 역시 부러운 것은 교수들의 강의 모습입니다. 1주일에 1과목(3시간) 강의하면서 최선을 다해 준비하고, 학생들과 대화하며 인격까지도 전수하는 모습은 정말 부러웠습니다. 3과목, 4과목을 가르치며 연구논문 쓰느라고 허덕이고 한국의 두뇌가 안 되면 죽는다는 각오로 동분서주하던 3개월 전의 제 모습과 뚜렷한 대조를 이루며 미국에서 공부하던 대학원 시절의 교수님들은 ."정말 그랬었지, 이런 모습이었지!" 하는 생각이 들며 그 기억이 왜 이렇게 못 견디게 그리운 추억으로 떠오르는지 모르겠습니다. 확실하지도 않은 생각들을 짜 맞춰 연구비 신청하는 일, 딱히 자기 분야도 아니면서 논문을 찾아서 읽는 일, 의무적으로 사람 만나는 일, 이런 일들을 저 멀리 떠내 보내고 그냥 한들한들 다람쥐가 나무 위에서 노는 잔디 사이를 걸으며 나는 무엇을 해야 하나? 가 아니라 나는 누구인가? 미국에는 이렇게 한가한 시골에 왜 유명한 교수들이 살고 있는가? 등을 생각해 볼 수 있다는 것은 얼마나 행복한 일인가? 내가 하늘을 보고 한가하게 거닐 때 내 전공의 영역 밖에서, 그리고 하늘 저 높은 곳에서 내려온 지혜로 생동력 있는, 새로운 지평이 열리는 논문을 쓸 수 있다면 얼마나 좋을까?

이런 생각은 너무 낭만적인 생각이지요? 선생님 저는 이곳에 오면서, 한국의 모든 일은 잊고 살려고 생각했었습니다. 될 수 있으면 한국 신문은 물론, 인터넷으로 그곳 뉴스도 듣지 않고 지내고 싶었는데 그것이 잘되지 않고 그곳 사정이 여전히 궁금해지네요. 올해도 어김없이 학부제 문제…. 등등이 있나 본데 우리나라의 대학 교육의 질을 제도를 바꾸어서 이룩할 수 있다는 착상이 너무 엉뚱한 것 같습니다. 돈으로 한국의 두뇌를 살 수 있다는 것도 엉뚱하고요, 분명한 교육철학이 있어 그 철학대로 운영하는 대학이 없는 것도 우리의 자녀들을 생각할 때 속 상하구요.

미국에서 자녀들 교육을 하기 위해 한국의 학교를 버리고 미국의 학교로 자녀를 보내는 사람들에 관한 뉴스를 접하면서, 그렇게 많은 외화를 낭비하면서 꼭 이렇게 가르쳐야 하는지 바른 판단이 서지 않았습니다. 실제로 이곳은 서해안으로 한국과 가깝고 물가도 싸고, 게다가 시골 같은 마을이어서 안전한 탓인지, 조기 유학 등등으로 이곳에 머무는 한국 학생들도 많고 아예 이민 온 사람들도 많습니다. 한국 교육이 엉망이어서 나라를 도망쳐 나온 부모들을 나무라야 할까요? 오히려 외국에 나와서 국제적인 인재를 기르는 것이 좋은 일이라고 칭찬해야 할까요? 저희 아이는 미국은 큰 나라이고 이곳 오리건주만 해도 한국의 4배나 된다는데, 자기는 저희가 살던 대전보다도 더 작은 이곳 사는 마을밖에는 본 게 없다고 말합니다. 우리는 학교와 집, 교회 이외에는 가 본 데가 없습니다. 그래 사실은 아이에게 미안해하고 있는데 이 애는 이 한적한 도시에 전혀 싫은 기색이 없는 것 같습니다. 선생님 건강하세요.

박 장로는 일 년이 지나 제자인 최 교수가 귀국할 때가 되어서야 오랫동안 편지를 하지 못한 것을 생각하고 급하게 국제 전화를 걸었다.

"최 교수 빨리 와. 보고 싶잖아."

"선생님 저, 애 때문에 속상해요."

"왜 무슨 일이 있었나?"

"글쎄, 한국에 가기 싫어해요."

"혼자 떼어놓고 어떻게 하려고."

"그 애는 미국 시민권을 가지고 있잖아요. 또 여기에도 그런 애들 맡아 줄 사람이 있어서 자꾸 두고 가라고 해요. 문제는 저에요."

"왜 문제야."

"저는 그런 사람들을 미워했거든요."

"그럼, 데려오지."

"선생님. 저도 솔직한 심정은 이 애를 이곳에서 교육시키고 싶어요. 저는 나라를 상대로 교육개혁을 하라고 한국에서 싸울 아무 힘도 없거든요. 선생님 어떻게 해요?"

당신은 아는가, 김요섭 선교사를

∴

　나는 미국에 있는 친구로부터 감요섭(Joseph Price Cameron) 교수가 3년 전 1월 27일에 소천 했다는 말을 듣고 너무 가슴이 아프고 안타까웠다. 계속 이메일을 보냈지만, 작고했기 때문에 소식이 없었던 모양이다. 그는 한국에 부인과 함께 1959년에 와서 한남대학에서는 1961년부터 3년간 부교수로 있으면서 수학과의 전신인 수·물과를 신설했다. 나는 이 대학에 1963년에 편입했기 때문에 오래 만나지 못한 분이다. 그러나 나는 2004년 미국 여행 중 그를 만나보기로 했다. 안다는 것은 그 사람과 관계를 갖는 일이다. 하남대학교 수학과에서 29년간을 봉직했던 나는 은퇴 후 미국을 방문하자 노스캐롤라이나주에 사는 나의 맨토였던 영문과 한미성(Melicent Huneycutt) 교수를 만나러 간 김에 사우스캐롤라이나의 수학과 교수도 만나볼 생각이었다. 10월 23일 방문해도 되느냐는 내 이메일을 받고 그는 곧 환영한다는 답을 해왔다. 그는 아들이 의사로 같은 마을에 살고 있었지만 홀로 자기 집을 지키고 외롭게 살고 있었다. 자기 집의 객실을 비워두고 우리 부부를 맞이한 뒤 바로 자기 차로 자기가 졸업했으며 수학교수로 있었던 시타델 주립사관학교(The Citadel, The Military College)를 안내하였다. 이곳은 기숙사에 입사하여 군사 교육을 받고 졸업 후 임관하는 곳이었으며 졸업생들은 1860년 초 남북 전쟁 때는 남군의 주력 부대였으며 세계 제이차대전 때는 대부분 학생이 입대했으며 그 중 279명이 생명을 잃었다고 한다. 감요섭 교수도 33개월 현역으로 근무했으며 이 학교를 졸업하자 조지아 대학에서 수학으로 석사학위를 받고 한국에 왔었다고 한다. 그는 그 학교의 졸업생임을 자랑스럽게 생각하고 있었다. 사는 곳이 마운트 플래즌트(Mt. Pleasant)로 강과 북대서양으로 둘러싸여 섬과 같은 곳이었다. 그는 그곳 터줏대감으로 그곳에 살면서 정원도 가꾸고 낚시질도 하며 은퇴 후 여생을 즐기며 살고 있었다.

그 뒤로 나는 그와 계속 이메일로 사귀었다. 가끔 증손자들과 함께 찍은 사진을 보내며 4대째 애들이라고 자랑했다. 그는 나보다 11살 위다. 그러나 이메일을 쓸 때는 자기는 나와 스승-제자의 관계였지만 친구라고 부르고 싶다고 말하며 자기의 외손녀가 가정파탄으로 이혼 소송을 당하고 있다고 이를 위해 기도요청을 한다는 말을 하기도 했다. 그러다가 이월에 마운트 플래즌트에 눈이 왔다고 사진을 보내오고, 2004년 12월에는 무게가 5kg이 넘으며 길이가 57cm에 달하는 큰 고기(Red Drum;민어의 일종)를 잡았다고 뒤뜰에 걸어놓고 사진을 찍어 보낸 적도 있다. "동풍에 고기가 물지 않는다고 누가 말했던가?" 라고 말하며 바람 부는 날인데 큰 고기를 잡았다고 개가를 올린 것이다. 어떨 때는 자기도 나만큼 한국어를 잘 구사했으면 좋겠다고 말하며 내가 좀 더 훌륭한 영어를 쓸 수 있게 도와주어도 되느냐면서 내가 보낸 이메일 영어를 수정해 주기도 했다. 정관사와 부정관사는 미국 사람도 잘 틀린다면서.

그는 외로워하더니 목사 어머니 되는 부인과 결혼하게 되었다. 정확한 날짜를 알려 주지 않아 잘 모르지만 새 부인이 2009년 크리스마스 때 장식했다는 트리의 사진을 보면 어쩌면 그해에 결혼한 것 같다. 한 번은 2010년 6월 9일의 조선일보 카피를 나에게 보내며 무슨 내용인지 간단히 알려 달라고 하기도 했다. 그것은 자기 큰딸 쇼(Carole Cameron Show)에 관한 기사였는데 이 딸의 시아버지가 평양에서 태어나 한국을 고향처럼 생각하고 있었다고 한다. 그는 하버드대 철학과를 다니고 있을 때 한국 전쟁이 일어나 해병 정보장교로 자원입대, 인천 상륙작전에 참여해서 공을 세웠는데 정보부대를 이끌고 서울 탈환 작전에 앞장섰다가 녹번동에서 인민군과 교전 끝에 28세로 사망했다는 기사였다. 이를 기념해서 서울 은평구 평화공원에 쇼 대위 동상제막을 하려 한다고 그 가족을 초청한다는 내용의 신문이었다. 그래서 감요섭 교수의 딸도 서울에 왔는데 그녀의 남편은 하버드대에서 동아시아학을 전공했고 서울대에서 석사를 마친 뒤 대학에서 강의하다 7년 전에 사망했다는 내용도 있었다. 그는 딸을 통해 대개의 내용을 들었겠지만 나에게 그 기사를 통해 자기 딸을 자랑하고 싶었던 것 같다. 그 딸은 미 대사관에 근무했으며 한국에 대한 저서 "외국에 의한 한국 독립의 파멸(The Foreign Destruction of Korean Independence)"이라는 책도 냈다고 했다.

감요섭 교수는 잠시도 소식을 못 보내면 견딜 수 없는 성미여서 컴퓨터 바이러스로 이메일이 먹통이 되면 짜증을 내며 새로운 ID로 자주 바꾸며 나에게 연락했다. comcast.net을 사용하고 있었는데 jody2946, joepricecameron, beaverup, joeboycameron, exponent 등으로 바꾼 ID들을 계속 알려 왔었다. 드디어는 너무 화가 났는지 2011년 1월에는 "바이러스에 대한 마지막 해결책; A final solution to the virus"이라는 제목으로 그것은 "컴퓨터를 죽이는 일"이라며 권총으로 컴퓨터를 겨누고 있는 사진도 보내왔었다.

내가 그에게서 받은 마지막 메일은 2011년 6월 12일 것이다. "노년을 위한 철학"이라는 ppt 동영상이었다.

1. 무의미한 숫자는 버려라. 나이건, 몸무게건 개의치 말라. 의사나 걱정할 일이다. 2. 오직 즐거운 친구만 사귀어라. 3. 계속 배워라. 컴퓨터, 기술, 정원 가꾸기 등 열심히 해라. 게으른 공간은 마귀의 집이며 마귀의 이름은 알츠하이머다. 4. 단순한 것을 즐겨라. 5. 자주 웃어라. 길게. 크게. 6. 슬픔은 있을 수 있다. 참아라. 슬퍼하라. 이겨내라. 7. 네가 사랑하는 것으로 주변을 채워라. 가족, 애완동물, 추억이 되는 물건, 음악, 화초 무엇이든 채워서 가정이 네 피난처가 되게 하라. 8. 건강을 소중히 여겨라. 건강하면 유지하고, 나쁘면 개선하고, 개선이 안 되면 도움을 청하라. 9. 죄의식에 사로잡히지 말라. 산책이든 이웃 동네를 가든 외국 여행을 하든 무엇이나 해라. 다만 죄책감이 느껴지는 곳에는 가지 말라. 10. 기회 있을 때마다 사랑한다고 말해라.

그 후로 그가 아파 그렇게 말하기 좋아하던 내용을 전하지 못하고 또 듣지도 못한 채 세상을 떠난 것이다. 나는 그와 멀리 떨어져 있었었지만 마치 함께 사는 것처럼 동행하고 있었다고 감히 말할 수 있다. 가까이에 있는 형제보다 더 알고 교제하며 지내고 있었다. 날마다 기도하고 지내면서도 나는 예수님을 그를 알 듯 알고 있었을까 예수님께 미안하기도 했다. 그렇게 가깝던 친구를 왜 오랫동안 소식을 모를 때 그의 안부를 수소문해서 알아보지 못했을까 하고 후회가 되기도 했다. 그래서 안타까운 마음으로 감요섭 교수를 잘 알 수 있는 동문에게 이 슬픔을 같이 나눌 생각으로 전화를 했다.

"감요섭 교수를 잘 알지?"

"그럼, 내가 배웠는데."

"그가 글쎄 3년 전에 세상을 떠났대. 까맣게 몰랐지 뭔가."

"그래, 그분이 몇 살이나 되었지?"

"딱 90세였어."

나는 그가 나만큼 슬퍼해 줄 것을 기대하고 있었다. 그러나 그는 말했다.

"그래? 그럼 천수를 다하셨구먼. 호상(好喪)일세그려."

3부

기도

기도 응답

● ● ●

일월 일 일에는 어김없이 아들에게서 전화가 온다. 그러나 이번에는 좀 늦었다. 무슨 일이 생긴 게 아닌가 하고 걱정했는데 하루가 지난 뒤 시카고에서 전화가 왔다. 그곳의 친구 결혼식에 참석하느라 문안이 늦었다는 것이었다. 비행기를 타고 플로리다에서 시카고까지 갔다는 것은 보통 인연이 아닌 모양이었다. 일도 있고 해서 3일을 묵고 갈 것인데 그동안 눈이 오지 않도록 기도해 달라는 것이었다. 따뜻한 곳에 사는 탓도 있지만, 눈에 막혀 스케줄에 차질이 생기는 것을 극도로 두려워하고 있었다.

나는 눈에 막히지 않고 무사히 귀가할 수 있게 해달라고 기도하였다. 그러자 이 기도가 응답받을 만한 기도인가 하는 생각이 들었다. 눈이 안 오면 아들에게는 좋겠지만 다른 사람에게는 좋지 않을 수도 있다. 또 눈이 와야 하는 겨울철에 눈이 오지 않으면 자연의 조화가 깨질지도 모르는 일이었다. 하나님이 모든 개개인의 편의를 따라 원하는 기도를 다 들어 준다면 자연 질서와 생활 질서에 큰 혼돈이 올 것이라는 생각이 들었다. 이것은 하나님께서 들어줄 수 없는 기도일 수도 있다는 생각이었다. 나는 기도하는 데 두 가지 원칙을 세우고 있었다. 첫째, 인간의 지성으로 그 결과를 추리할 수 있고 판단할 수 있는 것은 기도하지 않는다. 둘째, 인간의 지성과 능력을 초월하는 것만 하나님께 구한다는 것이 그 두 가지이다.

비행기에 탑승하면 무사히 이륙하게 해달라고 기도한다. 또 기내에 폭발물이 실려 있지 않게 해달라고 기도한다. 또 무사히 착륙하게 해달라고 기도한다. 이 모든 안전점검은 항공사나 훈련된 기장이 할 수 있는 일이다. 그러나 그들이 작은 실수라도 하지 않게 해달라고 기도할 수는 있다. 한편 우리 편이 이기게 해달라는 기도라든가 내가 뽑히게 해달라는 기도라든가 하는 것은 기도하지 않는다. 이것은 인간이 노력해서 성취해야 할 일이기 때문이다.

얼마 전부터 이 생각이 흔들리기 시작했다. 이 두 가지가 분명히 구별되지 않기 때문이었다. 2, 3일 이내에 눈이 올지, 안 올지는 기상청에서 예보하고 있고 어느 정도 예측한다. 그런데 왜 눈이 오지 않게 해달라고 기도하는가? 기상 이변이 일어나게 해달라고 기도하는 것인가? 히스기야가 죽게 되었는데도 하나님께 기도할 때 수명을 15년간 연장해 받은 것처럼 하나님께서는 바람의 방향을 바꾸어 놓을 수 있다. 그래서 눈이 오더라도 간발의 차이로 비행기는 뜰 수 있게 될 수도 있다. 그래서 나는 눈이 오지 않게 해달라고 기도할 수 있고 그것은 잘못된 것이 아니다. 그러나 누구를 위해 눈이 오지 말라고 기도하는 것인가? 우주의 중심에 나를 앉혀 놓고 하나님을 움직여 보자는 것인가? 나는 확실한 주관 없이 기도한 것임이 틀림없다.

며칠 후 아들에게서 전화가 왔다. 무사히 귀가했다는 것이었다. 그날 오전에 눈이 오기 시작했는데 그래도 비행기 출발은 지장이 없었다고 한다. 그러나 오후부터는 눈이 쌓여서 비행기가 뜨지 못하게 되어 아슬아슬하게 시카고를 탈출해 왔다는 것이었다. 기도해 주어서 고맙다는 전갈이었다. 나는 안도의 숨을 내쉬었다. 이것이 정말 내

기도에 하나님의 응답을 받은 것이었을까?

나는 기도 응답 500회가 곧 넘을 것이라는 소문이 나 있는 김 장로를 찾아갔다. 그는 기도 제목을 쓰고 하루에 적어도 300명 이상 이름을 거명하며 기도한다는데 기도 응답을 받으면 그 기도 제목 뒤에 응답받은 날짜를 써 놓는 사람이었다. 그는 앉을 때나 설 때나 걸을 때나 늘 기도하였다. 누구든 붙들고 무엇을 기도하고 있느냐고 물은 다음, 기도 제목을 주면 자기가 기도해 주겠다고 말했다. 구약의 선지자처럼, 모세처럼, 욥처럼 자기가 기도하면 하나님께서 더 잘 들어주신다고 생각하고 있는 분 같았다. 나더러도 기도 제목을 달라고 말한 적이 있다. 처음 나는 당황하였다. 칠십 평생 나는 기도 제목을 정해 놓고 기도한 적이 있었는지 스스로 의심하였다. 어려운 일이 있으면 "예수님, 나는 어떻게 하면 좋습니까?"하고 묻고 그때마다 나는 해답을 얻고 그대로 행동하였다. 어떤 때는 한 문제를 두고 일 년 내내 같은 질문을 되풀이한 적이 있었다. 그때마다 같은 대답을 듣거나 다른 대답을 듣기도 했다. 그러나 나는 그 기도가 응답 되지 않아 계속 고민한 적은 없었다. 나는 기도 제목을 적고 그 뒤에 응답 된 날짜를 적어둔 일은 없었다. 언제나 예수님은 선한 방향으로 이끄시고 응답해 주셨기 때문이다. 그런데 갑자기 제목을 달라고 하자 말문이 막혔다. "세상이나 세상의 것들을 사랑하지 않도록 기도해 주시오.", "내 안에 성령이 소멸하지 않도록 기도해 주시오."…… 이런 제목들은 나 스스로 침묵 가운데 기도할 일이지 남에게 부탁할 일이 아니었다.

"세계 평화를 위해 기도해 주시오."

나는 대답이 궁해져서 이렇게 말했다.

"장로님, 정말 장로님의 첫째 기도 제목이 이것입니까?"

"그렇습니다."

"하나님은 그런 막연한 기도는 들어주시지 않습니다. 사실 세계 평화는 하나님이 이 세상을 심판하실 마지막 때에나 이루어질 것이니까요."

"하지만 세계 평화. 남북 화해, 폭력의 근절, 부의 재분배, 기아의 해소, 사회 복지제도의 확립, 미전도지역의 선교…… 이런 것들은 기도의 제목이 안 됩니까?"

"물론 되지요. 그러나 제가 말하는 것은 예를 들어 남북 화해라고 할 때도 적십자 활동, 옥수수 종자, 의약품, 밀가루 보내기 또는 남북 이산가족 만나기 등 구체적인 사안을 두고 기도하는 것이 좋다는 이야기를 하는 겁니다."

나는 김 장로의 이야기를 들은 뒤 나의 기도의 방법을 바꾸어 보려고 애썼다. 예수님과 서로 이야기하듯이 대화하는 것, 즉 "예수님, 오늘 저에게는 이런 일이 있었습니다." "그래 무슨 일이냐?" "…… 종알종알종알……" "잘했다." "예수님, 또 만나 뵙겠습니다." 그리고 기분이 좋아져서 돌아서는 것. 이것은 김 장로의 말에 의하면 결코, 옳은 기도가 아니라는 것이다. 기도가 응답 되었는지 기록할 수가 없기 때문이다. 무엇인가 좀 더 거창한 제목이 없는 것일까? "하나님, 저에게 이라크라는 나라를 주십시오. 제가 주님을 전하며 이곳에 제 생명을 묻겠습니다." 아! 나는 그렇게까지 거창한 행위와 기도를 할 수 없다.

그런데 문제가 생겼다. 내가 후원을 하는 한 간사에게서 기도 편지가 왔다. 이것은 정말 구체적인 기도 요청이었다.

후원자님, 저는 이번에 이곳 외국에서 신학교 공부를 마치고 귀국합니다. 저와 함께 고생했던 아내는 어린아이를 데리고 출산하기 위해서 먼저 귀국했습니다. 저는 이곳에서 뒷마무리하고 귀국해야 하는데 고국은 삼 년 반이나 떠나 있던 곳이라 귀국한다는 것이 두렵습니다. 사는 집도 그렇고 주변 사람들도 생소해져서 어디서 또 후원자를 얻어 정착할지 그것도 걱정입니다. 물가는 엄청나게 올라서 지금까지 받는 후원금으로는 살 수가 없기 때문입니다. 다시 한국문화에 잘 적응할 수 있을지도 걱정됩니다. 주님이 저희가 필요한 것들을 채워 주시도록 간절히 기도해 주십시오. 전셋집, 필요한 가전제품들(다 팔고 혹은 주고 외국으로 떠났음), 부엌살림, 중고 자동차, 핸드폰…… 모든 것들이 다 새로 마련되어야 할 것뿐입니다. 그러나 무엇보다도 시급한 것은 아내의 출산 비용(최소 100만 원)입니다. 후원자님! 지금까지도 후원해 주시고 기도해 주셨는데 주께서 이 모든 것을 채워주시도록 간절히 기도해 주십시오. 부탁드립니다.

그리고는 후원계좌가 적혀 있었다.

이것이야말로 김 장로가 말한 구체적인 제목이라고 생각되었다. 그러나 나는 이런 기도에 익숙하지 않았다. 내 생각으로는 이런 것들은 하나님께 기도할 내용이 아니었다. 하나님께서는 이 세상의 것보다는 영의 세계에 속한 것(이것이 하나님의 것이니까)을 주시려고 기다리신다. 목마른 자에게 성령을 주시고, 회개하고 마음 문을 연 자에게 들어가 내주하시며 진리로 인도하신다. 부활의 능력으로 거듭나게 하시며 구원을 주신다. 담대히 천국을 선포하는 능력을 주신다. 어려움을 극복하고 승리할 능력을 주신다. 그런데 세상의 것을 달라 하면 하나님께서 무엇을 주실 것인가? 나는 어떤 기도를 해야 하는가?

기도 편지를 유심히 보고 있던 김 장로가 자기에게 그것을 달라고 했다. 자기가 기도하겠다면서.

몇 달 뒤 그 간사로부터 또 기도 편지가 왔다.

하나님은 참으로 신실하신 분이십니다. 저희의 기도를 들어 주시고 아내는 순산하고 아들을 낳았는데 출산한 바로 그날 꼭 필요한 100만 원이 무명의 후원자로부터 송금됐습니다. 그뿐만 아니라 전셋집도 수월하게 구할 수 있었으며 모든 생활용품을 따뜻한 손길들을 통해 받아 지금은 행복한 나날을 보내고 있습니다. 모두 후원자님들의 뜨거운 기도 덕분이라고 생각합니다. 하나님이 하시는 일은 놀랍습니다.

두려워 말라 내가 너와 함께 함이니라. 놀라지 말라 나는 네 하나님이 됨이니라. 내가 너를 굳세게 하리라. 참으로 너를 도와주리라. 참으로 나의 의로운 오른손이 너를 붙들리라. -사 41:10 -

나는 이 기도 편지를 김 장로에게 보이며 말했다.

"김 장로님, 또 기도 응답을 받으셨군요. 기도 응답 500회가 넘었기를 바랍니다."

"저는 남에게 자랑하기 위해 그런 기록을 하는 것이 아닙니다. 기도 응답을 받을 때마다 먼저 제가 은혜를 받습니다. 그리고 다른 사람들에게도 저와 같은 기도 응답의 놀라운 체험을 받게 하고 싶다는 생각이 간절해집니다. 기도 응답의 체험을 하면 할수록 더욱 하나님께 매달리게 됩니다. 기도 없는 행복은 참된 행복이 아닙니다. 기도 없는 성공은 성공이 아닙니다. 기도 없는 목회는 목회가 아닙니다. 기도 없는 사역은 하나님의 일이 아닙니다. 아시지요?"

김 장로의 열정은 뜨거운 것이었다. 그러나 나는 먼저 묻고 싶은 것이 있었다.

"알고 싶은 것이 있는데요. 그 100만 원은 장로님이 무명으로 보내신 것이지요?"

"누가 보냈으면 어떻습니까?"

"하나님께 기도했는데 사실 그 돈은 하나님이 주신 선물이 아니라 장로님이 준 것이 아닙니까?"

"하나님은 사람을 통해 역사하십니다. 그것은 저를 통해 하나님이 그분에게 준 것입니다. 그래서 결국 하나님께 받은 것입니다."

"그러나 그 간사는 이 일로 신앙 간증을 여러 사람 앞에 하게 될 것이며 이렇게 해서 기독교에 기복신앙은 더욱 확산되는 것이 아닙니까?"

"신앙이란 결국 믿음인데, 믿음이 어떻게 굳건해지는지 아십니까?" 그러면서 그는 설명했다. "방죽에 살얼음이 얼었을 때 어떻게 스케이트를 지치고 중앙에 나갈 수가 있습니까? 먼저 가장자리의 얼음을 발로 깨보는 것입니다. 안 깨지면 좀 더 안쪽을 두들겨 보는 것입니다. 그러다 방죽이 잘 얼었다는 믿음이 생기면 스케이트를 타고 좌로 우로 활개를 치며 얼음을 지치는 것입니다. 믿음의 응답을 점차 많이 받고 나면 이제는 자신을 가지고 믿음 안에 살게 된다는 이야기입니다."

"그런데 그 응답이…."

"'너희가 내 안에 거하고 내 말이 너희 안에 거하면 무엇이든지 원하는 대로 구하라 그리하면 이루리라'라는 말씀을 아시지요? 내가 죽고 그리스도 안에 내가 살면 내가 구하는 것이 바로 주님께서 구하는 것입니다. 그때는 기도하는 대로 이루어지고 응답을 받게 됩니다."

"어떻게 하면 내가 죽고 그리스도 안에 내가 살게 됩니까?"

"인간의 힘으로 할 수는 없지만 나를 버리고 주님의 뜻에 순종하는 것입니다. 그보다 중요한 것은 이것은 단번에 이루어지는 것이 아니고 날마다 내가 죽는 것입니다. 그러는 가운데 기도훈련이 끝나면 확신하고 믿음의 방죽 안을 자유롭게 지치고 다닐 수 있다는 말입니다."

"김 장로님, 대단하시네요. 어떻게 하면 구하는 대로 이루어지는 경지에 이르는지 좀 알려 주세요."

그러자 그는 기도 수첩을 내보였다. "기도하세요. 그리고 응답을 받으세요." 그러면서 홀연히 사라졌다.

예수원에서 드린 기도

박 권사는 교회의 중보기도 팀을 이끌고 대천덕 신부가 설립한 예수원을 방문하였다. 예수원은 산골짝이 되어서 교회에서 자가용으로도 족히 5시간은 걸리는 거리이며 그렇지 않은 경우는 버스로 대전역에까지, 거기서 태백 앞 통리역까지, 다시 시내버스로 태백시외버스터미널까지, 터미널에서 하장행 버스를 타고 예수원 입구까지, 다시 도보로 2, 30분을 걸어서 도착하는 곳이 예수원이다. 그래서 아예 버스를 전세하기로 하였다. 처음에는 35명 정도였었는데 막상 떠날 때는 25명이었다.

박 권사의 걱정은 이 열정적인 기도팀이 조용히 말씀을 묵상하며 성령의 인도만 따라 살고자 하는 이 예수원의 삶에 "은혜를 받았다." 하는 말을 남기고 올 것인가 하는 일이었다. 늘 똑같은 기도원만 다녔기에 그들과 분위기가 다른 성공회 수도원인 예수원을 가서 하나님의 은혜를 체험하고 오자고 주장했던 것은 박 권사였다. 이 기도팀은 기도하는 은사를 받은 사람들이었다. 애들도 다 키운 50세 이상의 권사나 집사들이었는데 기도에 대한 열정이 하늘을 찌를 듯 용솟음치는 사람들이었다. 교회의 모든 문제와 기도 요청은 이곳으로 모이고 이들은 낮에 시간을 정하여 이런 문제들을 위해 중보기도를 하고 기도로 문제를 해결하는 분들이었다. 일단 기도가 시작되면 기도실은 지진이 난 듯이 요란했으며 방언들이 여기저기서 터져 나왔었다. 같이 오지 못한 한 권사님은 요실금증 때문이었다. 그러나 그분은 요실금을 병원을 찾지 않고 하나님의 치유하심만 기다리고 지금 기도 중이었다. 이들은 소리 내어 기도하지 않으면 기도한 것 같지 않은 분들이었다. 어떤 분은 새벽 기도 때 가까운 교회에 나갔었는데 기도 시간에 모두 조용히 묵상만 하고 있어서 답답하고 가슴이 터질 것 같아 집에 와서 다시 기도한 분도 있었는데 이분도 이번 여행에서 빠졌다. 왜냐면 기도원 수칙은 개인 기도만을 위한 금식은 삼가야 했고 침묵 시간에는 대화를 삼가며 10시가 넘으면 취침해야 했다. 따라서 이와 다른 공동체 생활을 원하는 분은 가까운 기도원을 찾으라고 경고하고 있기 때문이었다.

어느 기관의 도움도 없이 자원해서 택한 수련이기 때문에 적지 않은 경비도 들인 장거리 여행이었다. 왜 이런 모험을 택했는가? 인간들에겐 다 다른 삶의 형태가 있다. 또 신앙도 각각 다른 신앙의 형태가 있다. 따라서 이 수도원처럼 깊은 산 속에서 묵상으로 하나님과 교제하는 이 신앙공동체의 삶을 체험해 보는 것은 다양한 방법으로 하나님을 찾는 좋은 계기가 되리라고 생각했기 때문이었다.

드디어 예수원 버스 정류장까지 왔다. 거기부터는 버스가 들어갈 수 없는 곳이었다. 모두 내려서 짐을 가지고 가파른 길을 걷기 시작했다. 무더운 여름이었는데 산이 좋고 나무들이 우거진 길이 좋아 모두 기분이 상쾌했다. 손수건을 물에 담가 얼굴을 씻으면서 예수원에 도착했다. 이곳은 하나님과 함께 사는 삶을 익히는 수도원이었다. 이 수도원을 시작한 대천덕 신부는 61년 영국의 성 어거스틴 대학에서 「그리스도인의 삶에 있는 3가지 실험실」이라는 논문을 썼는데 그리스도인의 삶은 과학적인 실험실을 통해 연단되어야 한다는 것이었다. 첫째는 그리스도인과 하나님, 둘째는 그리스도인과 다른 그리스도인, 셋째는 그리스도인과 비그리스도인들의 화학작용을 이 세 실험실에서 실험해야 한다는 지론이었다. 이것이 그가 서울의 성 미가엘 신학원을 떠나 1965년 강원도 태백에 수도원을 세운 동기였다고 한다. 그 수도원의 주인은 예수님이라는 이유로 「예수원(Jesus' Abbey)」이라는 이름을 갖게 된 것이었다.

예수원에서 봉사하는 자매가 침대 시트를 나누어주며 말했다.

"여기서는 개별적인 활동이 허락되지 않습니다. 반드시 아침 예배 1시간, 낮 예배 30분 저녁 예배 1시간(때에 따라 다름)은 의무적으로 참석해야 하며, 단체 생활의 노동에 참여해 주시기 바랍니다. 특히 신부님께 개인적인 기도나 부탁은 금합니다."

하루는 24시간인데 그 십일조인 2.5시간은 적어도 하나님께 바쳐야 한다고 해서 예배시간을 2시간 반으로 한 것이었다. 그러나 성령의 인도가 있으면 밤 예배는 한없이 길어질 수 있다고 했다.

박 권사는 자꾸 마음이 조이기 시작했다. 예배시간에는 훌륭한 목사님을 통해 설교에 은혜를 듬뿍 받고 실컷 큰 소리로 기도를 해야 시원할 팀원들인데 어쩔 것인지 걱정이었다. 그런데 예상대로 예배에는 훌륭한 신부님의 은혜로운 설교는 없었다. 아침 예배 한 시간은 사회자가 먼저 찬송하자고 했다. 교인 중에서 다른 사람이 새로운 찬송을 제안했다. 이렇게 얼마 동안 찬양을 하다가 시편을 교독(交讀)하겠다고 사회자가 말했다. 교독이 끝나자 이 시편 23편을 통해 성령의 인도를 받은 사람은 발표해달라고 했다. 여러 번 읽은 이 시편에서 하나님의 무슨 계시를 받을 수 있다는 말인가? 오랜 침묵 끝에 참석했던 신부님께서 청중들 좌석에 앉아 있다가 말씀하시고 또 다른 사람이 자기에게 주신 말씀이라고 생각된 바를 말했다. 이어서 찬송이 계속되었다. 임의로 청중석에서 찬송의 장수를 말하면 모두 아주 작은 소리로 찬송을 했다. 중보기도 팀원들은 잘 부르지 않은 복음 성가들이었다. 얼마 동안 찬송을 부르다가 구약을 읽었다. 똑같은 간증이 계속되고 다시 찬양하고 이제는 신약을 읽었다……. 이것이 하나님께 바치는 시간이었다. 기도원 밖에서는 주로 설교를 들었고 아멘, 아멘 하고 또 신나게 기도하고 마음이 후련해져서 귀가했는데 기도원에서는 이건 아멘 소리도 낼 수 없었고 성경을 읽어도 누가 풀어주는 것이 없어 마음에 부딪혀 오는 아무런 감동이 없으니 너무 답답하였다. 일단 정해진 예배의 시간이 끝나면 자유롭게 갈 수 있었기 때문에 중보(仲裸) 팀은 예배가 끝나자 거의 모두 철수하였다. 은혜도 없고 허리가 아파 계속 앉아 있을 수가 없었다고 말했다.

박 권사는 신부를 만나 이 중보 팀과 30분만 대화를 할 수 있게 시간을 내달라고 했다. 이곳에서의 신앙 체험이 너무 다르고 2박 3일은 너무 짧으므로 몇 마디 묻고 대답하는 시간을 내주었으면 좋겠다고 요청했다. 신부님은 쾌히 승낙했지만 처음 안내를 했던 자매는 불같이 화를 냈다. 공동체의 규정에 없는 활동은 허락할 수 없다는 것이었다. 그러나 신부님의 허락을 받아 25명이 한자리에 모였다. 그리고 예수원에 대한 궁금한 질문을 하였다. 마지막으로 박 권사는 신부님과 이 예수원을 위해 자기네 팀이 기도하고 신부님이 마무리 기도를 해주었으면 좋겠다고 말했다. 큰소리로 기도를 한번 하고 싶었다. 이 때야말로 기회라는 생각이 들었었다. 그러자 신부가 말했다.

"나를 위해서 무엇을 기도하시겠습니까?"

"하나님께서 건강을 지켜주시며, 예수원을 잘 이끄실 능력을 주시라고 기도하겠습니다."

그런 기도야 자신이 있었다. 언제나 해오던 기도이기 때문이었다.

"그렇게 하지 말고 성령께서 이끄시는 대로 나를 위해 기도해 주십시오. 나는 건강보다도 지금 할 일이 너무 많은데 무엇부터 해야 할지 성령님의 인도를 구하고 있는 중입니다. 하실 수 있으면 방언으로 기도해 주십시오."

신부님은 그들이 흔히 하는 상투적인 기도를 원하지 않았다. 한순간 허를 찔린 것 같았다. 신부님이 원하는, 그리고 하나님이 원하시는 것을 깨달아서 기도해야 했던 것이다. 기도는 우리가 원하는 것이 아니라 신부님과 하나님의 뜻을 살펴서 "우리의 기도가 하나님이 원하는 것이 되게 해주세요."라고 해야 하는 것이었다. 박 권사 팀은 기도를 시작했다. 그러나 천둥이 치는 듯한 큰 목소리는 나오지 않았다. 성령께서 인도하시는 대로, 하나님의 뜻을 찾아 기도한다는 것이 어떤 것인지 잘 훈련이 되어 있지 않기 때문이었다. 세미한 음성들이었다. 간간이 방언으로 기도하는 목소리도 들렸다.

신부는 기도가 끝난 후 지팡이를 집고 허리를 꾸부린 채 예배당을 떠나갔다. 대천덕 신부는 말없이 떠났지만, 기도에 대해 많은 것을 깨닫게 해주고 떠났다.

40일 금식기도

⋮

김 교수는 학년 말만 되면 우울하였다. 자기는 젊었을 때 왜 더 많은 친구를 사귀며 지내지 못했을까? 왜 출세하는 대학을 졸업하지 못했을까? 기업체에 왜 제자 하나를 심어주지 못할까? 그가 아는 사람이 있다면 교육계에 흩어져 선생으로 있는 사람들뿐이었다. 수학을 전공했다는 학생들이 졸업하고 취직하는 곳이란 잘 되면 중·고등학교 교사였다. 그런데 요즘은 중·고등학교 교사는 교직을 이수하고도 임용고시의 관문이 너무 높아 합격하기가 어려웠다.

"왜 수학을 공부합니까?"

하고 물으면,

"너는 네 사상을 어떻게 나타내지? 외국어나 우리말로 표현하지? 과학을 나타내는 용어는 수학이야. 뉴턴의 법칙은 수학 없이는 말할 수 없어. '우주가 톱니바퀴가 돌아가고 있는 것처럼 한 치의 착오도 없이 움직이고 있다'라고 기계론적 자연관을 말할 때 '한 치의 착오도 없는 법칙'은 수학의 공식이야. 이 공식 때문에 복잡한 우주 궤도는 설명이 되고 아직 발견하지 못했던 태양계의 천왕성·해왕성·명왕성도 발견된 것이야. 이제는 아인슈타인의 상대성 이론까지 설명이 되는 하나의 통일된 큰 법칙을 찾으려고 해. 너는 수학을 택한 것에 자부심을 느껴라. 절대 후회하지 않을 거야."

이렇게 학생들에게 긍지를 가지라고 말한 것을, 김 교수는 후회했다. 차라리 대학에 있지 않고 학원 강사나 하고 있었다면 얼마나 마음이 편했을까? 지금은 대학이 학원을 따라가려고 기를 쓰고 있는 세상이 아닌가?

김 교수가 이런 생각에 시달리고 있는데 하루는 고등학교에서 수학을 가르치고 있는 제자로부터 전화가 왔다. 수학교사 자리가 하나 빌 것 같은데 미리 학교에 와서 부탁을 해보라는 것이었다. 급히 뛰어가서 제자를 만났다. 제자는 아직 뜻은 밝히지 않았지만, 동료 교사가 다른 직장으로 옮기게 되어 있는데 내색은 하지 말고 자리가 생기면 부탁한다는 청탁을 교감 선생께 먼저 말해 두라는 것이었다.

"빈손으로 될까?"

"아직 공석이 분명하지 않고요. 또 여기는 기독교 학교여서 그런 일은 잘못하면 역효과를 거둘 수가 있습니다. 취직되면 답례하라고 그러세요"

그러면서 그곳에서는 교목이 막강한 힘을 가지고 있으므로 그도 만나 보는 것이 좋을 것이라고 했다. 먼저 교감을 만났다. 그런데 그는 금시초문이라면서 모르는 일이라고 잡아뗐다. 너무 선수를 쳤나 하는 생각이 들었지만 온 김에 교목도 만나보고 가리라는 생각으로 들렀다. 이번에는 좀 우회적으로 이야기를 꺼냈다. 여기를 지나칠 일이 있어 제자를 만나러 온 김에 교목실을 들렀다고 말했다. 그러면서 김 교수는 자기가 매 주일 한 번씩 2년 동안 성경공부를 가르쳐온 아주 신앙이 좋은 학생이 있는데 혹 자리가 비면 꼭 연락 주시고 고려해 달라고 절을 꾸벅꾸벅하였다. 학교를 떠나려는데 제자가 나와서 꼭 자리가 빌 것이니 미리 한 학생에게 연락해서 이력서와 성적 증명서 호적초본, 그리고 특히 신앙 간증서를 하나 써서 준비하고 있다가 제출할 수 있도록 하라는 것이었다. 집에 와서 기도하는 가운데 군대도 갔다 왔고, 신앙도 좋고, 성적도 뛰어난 이도기 군이 좋겠다는 생각을 하였다. 그러나 겨울 방학 중이어서 찾을 길이 없었다. 고향 집에도 없었고 자취방도 벌써 정리하고 떠난 뒤였다. 그런데 생각 난 것이 그가 개척교회를 하는 목사님을 평소에 돕고 있었다는 것이었다. 그 교회를 찾아 전화했더니 목사는 그가 40일 작정 기도를 하려 기도원으로 갔는데 끝날 때가 되었다는 것이었다. 조급한 마음으로 기도원 전화번호를 받아 전화했더니 용케도 이 군을 연결해 주었다. 고등학교 수학교사를 위해 서류를 작성하여 바로 연락을 해달라고 하자 그는 감격해서 떨리는 목소리로 말했다.

"선생님 너무너무 감사합니다. 저는 지금 기도를 마치고 떠날 준비를 하고 있거든요. 하나님께서 이런 방법으로 응답해 주시네요. 취직을 위해서 40일 금식 기도를 시작했는데 꼭 끝나는 날 선생님께서 전화를 주셨습니다. 바로 준비하고 연락 드리겠습니다."

놀란 것은 김 교수였다. 이건 직장이 완전히 약속된 것이 아니며 그냥 미리 준비해 놓도록 하기 위한 것이었는데…….

"아니야 이건 결코 결정된 것이 아니야. 어쩌면 안 될지도 몰라."

"아닙니다. 걱정하지 마십시오. 안 되어도 좋습니다. 저는 그저 기분이 좋습니다. 이런 방법으로 하나님께서 즉각 기도에 응답해 주신 것에 감사할 따름입니다."

3일 뒤에 이도기 군으로부터 연락이 왔다. 서류를 준비하는 데 좀 시간이 걸렸다는 것이었다. 김 교수는 자기를 찾아올 것 없이 바로 학교로 찾아가 선배 교사를 만나보고 서류를 제출하고 오라고 했다.

너무 일을 서둘렀다는 생각이 들었다. 안 되는 경우 그 실망이 얼마나 크겠는가? 또 40일 기도가 아무 효과가 없었다는 것을 알게 되면 신앙에 상처가 얼마나 크겠는가? 40일 동안 자기의 유익만을 위해 이 기적인 기도를 했다 할지라도 그런 기도는 안 들어주신다면 과연 어떤 기도를 해야 하며 안 들어주는 하나님은 왜 믿어야 하는가?

그 주일이 지나기 전 재직하고 있는 제자 교사로부터 전화가 왔다.

"교수님 이번에는 안 될 것 같습니다. 동료 교수는 떠나기로 했는데요. 우리 학교의 서무 과장님이 이번에 은퇴하십니다. 그분이 자기 아들을 꼭 좀 넣어달라고 교장 선생님께 부탁했답니다."

취직이 왜 이렇게 어려운가? 왜 또 자기는 하필이면 금식 기도를 한 그 학생을 추천하려고 했던 것일까? 이제 뭐라고 대답할 것인가?

그 주일 교회 성경공부 때 요한1서 1장을 공부하고 있었다. 그런데 한 여 집사가 간증하였다. 며칠 전 한 학생이 집으로 찾아와서 사과 하나에 얼마 하느냐고 묻더란 것이다. 사과도 사과 나름이라고 했더니 평균 얼마나 하느냐고 물었단다. 어림잡아 말했더니 그는 돈 3만 원을 내놓고 나갔다는 것이다. 자기가 과수원에서 몰래 사과를 따 먹은 것이 마음에 찔려 이 돈을 내놓지 않을 수 없다고 말하고 사라졌다는 것이었다. 그는 죄 목록을 적고 40일 기도를 하고 돌아오는 길이라고 말했다는 것이었다.

김 교수는 이 학생이 이도기 군이었을 것이 분명하다고 생각했다. 그 여집사는 대학의 과수원에서 사과를 맡아 기르고 있던 분이었다. 김 교수는 더욱 마음이 아팠다. 응답받는 기도의 필수요건은 먼저 죄를 회개하는 것이라고 가르쳤던 것이 자기가 아니었던가? 김 교수는 이번엔 학교에 취직될 것은 잊어버리고 있으라고 이 군에게 차마 전화를 해줄 수가 없었다.

방학도 끝날 무렵이었다. 이 군으로부터 전화가 왔다.

"선생님 감사합니다. 제가 취직되었습니다."

"뭐? 취직되었다고? 그곳 서무 과장 아들이 된 게 아니었어?"

"네, 둘이 다 되었습니다. 저는 자리가 없는데, 우선 쓰라는 이사장님의 명령이셨습니다."

"그럴 수가 있나?"

"하나님께서 하신 일이지요. 제 간증문을 어쩌다가 이사장님이 읽으시고 무조건 채용하라고 하셨답니다."

"내게 그 간증문 사본 좀 보내 주게. 우리 교인들도 은혜를 나누고 싶어."

"그렇게 하겠습니다."

김 교수는 한숨을 내쉬며 여유 있는 어조로 말했다.

"이제 자신이 생겨 문제만 있으면 또 40일 금식 기도를 하면서 하나님을 괴롭히겠구먼."

"선생님 저는 율법주의자나 신비주의자가 아닙니다. 상습적으로 금식 기도를 안 합니다."

그러면서 아쉬운 듯이 덧붙였다.

"그런데 한 번만 더 해야겠습니다. 이번에는 배우자를 위해서입니다. 선생님 아시다시피 저는 키가 작고 못생겼지 않아요? 저 정말 하나님께서 정해주신 동반자가 필요합니다."

딸에게 배필을

:

주 권사는 마음이 조급해졌다. 처음 갱년기가 시작될 때 자주 숨
이 답답해지며 공연히 얼굴이 화끈거려 웬일인가 하여 놀란 일이 있
었는데 이제는 딸 생각 때문에 가슴이 뛰는 것이었다. 이 해가 지나
면 오직 하나밖에 없는 딸 은혜의 나이 서른이었다. 주 권사는 오랫
동안 자녀가 없었다. 자녀를 주시라고 매달려 기도했는데 8년 만에
하나님이 태를 열어 주셔서 얻은 딸이 은혜였다. 하나님의 은혜로 얻
었기 때문에 이름을 그렇게 지었다. 그 뒤로는 자녀가 없었다. 얼마
나 금지옥엽으로 기른 딸인지 알 수 없는 일이었다. 대학을 나오고
대학원에서 석사를 마쳤는데 자기는 학생들을 가르치는 일을 하고
싶다고 했다. 그래서 여고 교사를 시작한 지 벌써 5년째였다.

주 권사는 처음 얼마 동안은 딸의 혼처에 대해 전혀 걱정하지 않았
다. 키도 크고 예뻤으며 학교 성적도 우수했다. 주일학교 교사를 하
고 있었는데 신앙이 좋아서인지 그녀 반에 학생이 늘 차고 넘쳤었다.
계속 학생들을 전도해 왔기 때문이었다. 교회에 와 있던 교육전도사
도 청혼의 뜻을 비쳤고 노총각인 성가대원 중에서도 끈덕지게 청혼
해 왔지만 주 권사는 마뜩잖아서 거절했었다. 정말 하나뿐인 딸만은
좋은 집으로 보내서 편하게 잘 살게 하고 싶었다. 그런데 홍수처럼

쏟아지던 구혼 신청이 한철이 지나자 잦아들더니 나이가 스물여덟쯤 되자 청혼 소식이 뚝 끊어졌다. 눈이 높은 집안이라고 소문이 났는 지. 처음에는 거절하기가 귀찮았는데 시간이 지나자 찾아도 신랑감이 나타나지 않은 것이었다. 주 권사는 덜컥 겁이 났다. 이러다 딸을 시집도 못 보내고 노처녀로 늙히는 것이 아닐까? 한번 그런 생각이 드니 잠도 오지 않고 걱정이 앞서며 혼처가 나타날 때 자기가 교만해서 돌이킬 수 없는 큰 잘못을 저지른 것 같아 숨이 막힐 지경이었다.

주 권사는 기도하기 시작했다. 지금까지는 "하나님 감사합니다. 감사합니다……" 이런 여유 있는 기쁜 기도였는데 이제는 숨이 넘어갈 것 같은 절박한 심정으로 매달리는 기도를 시작했다. "하나님 아버지, 우리 딸의 신랑감을 꼭 좀 보내 주세요. 8년 만에 저에게 주신 딸입니다. 이제는 배필을 주셔야 하지 않겠습니까?" 이렇게 기도한 지 두 주일 만에 신랑감이 나타났다. 대학원에서 박사 학위를 하고 있는데 학위과정을 다 마치고 논문만 남겨 놓고 있는 학생으로 지도 교수의 알선으로 미국에서 공부하고 논문을 마치고 올 것이라고 했다. 학위를 마치면 직장도 보장되었다고 했다. 문제는 그가 믿지 않은 남자라는 것이었다. 주 권사는 하나님께 기도하고 나타난 혼처이기 때문에 만나봐도 되지 않겠느냐는 생각을 하였다. 그러나 은혜는 반대였다. '너희는 믿지 않은 자와 멍에를 같이 하지 말라'고 성경은 말하고 있는데 어머니답지 않다고 노려보는 것이었다.

"만나 본다고 다 결혼하는 것은 아니잖니? 너희 아버지도 나와 결혼할 때는 안 믿었었다. 혹 좋은 신자를 하나 얻을 수 있을지 누가 아니?"

"어머니 걱정하지 마세요. 저는 하나님이 정해주신 좋은 남자와 결혼하게 될 거예요."

은혜는 집과 학교와 교회만 다니는 너무 순진한 딸인 것이 오히려 걱정스러웠다. 결국, 어머니의 강요로 맞선을 보게 되었다. 그러나 남자 쪽의 반대로 성사되지 않았다. 주 권사는 공연히 자기 때문에 딸의 가슴에 상처를 준 것이 가슴 아팠고 또 거절당했다는 것 때문에 자존심이 너무 상하였다. 그러나 은혜는 "하나님이 정해 준 사람이 있을 거예요."하고 생글거리며 아무렇지 않은 표정이었다.

얼마쯤 지나자 주 권사는 또 기도에 매달렸다. "하나님, 신랑감을 보내 주시옵소서. 제 딸을 저렇게 놓아둘 수가 없습니다." 그런데 두 주일쯤 후에 또 신랑감이 나타났다. 이상한 일이었다. 이것은 하나님의 응답이 분명했다. 이번에는 의대를 졸업한 의사 후보생이었다. 군복무도 마쳤으며 현재는 인턴으로 있는데 곧 전문의 시험을 앞둔 남자였다. 교인이었는데 군이 흠을 잡는다면 남자로서 키가 작다는 것이었다. 외모가 무슨 상관인가? 은혜도 반대하는 기색이 없어 맞선이라는 것을 보았다. 그런데 또 성사되지 않았다. 신랑집에서도 신부를 탐내는데 무슨 이유에선지 신랑이 원치 않는다는 것이었다. 주 권사는 어떤 일이 있어도 이 혼사만을 성사시키려고 했다. 어렵게 찾은 기독교인이고 직업도 나쁘지 않았다. 그뿐 아니라 이유 없이 거절당한다는 것은 딸의 자존심을 더욱 후벼 놓는 것이기 때문이었다. 은혜는 계속 명랑했다. 아예 맞선에 도가 튼 사람처럼.

"거절할 수 있는 거 아니에요? 그런 생각 없이 선보는 사람이 어디 있어요?"

"그렇지만 우리가 꿀릴 게 있어야지."

"걱정하지 마세요. 아마 평생 나를 위로 쳐다보고 살 것을 생각하니 싫었는지도 모르지요."

몇 개월이 지났는데 아무 소식이 없었다. 참 이상한 일이었다. 기도를 안 하면 안 나타나는 것이었다. 정말 하나님께서는 내 기도에 응답해 주시는 것일까? 주 권사는 이상한 생각이 들었다. 새벽 기도에 나가서도 이제는 신랑감에 대해서는 기도하지 않았다. 또 나타나서 공연히 딸 감정만 건드려 놓고 사라지면 어떻게 한단 말인가? 얼마 동안 쉬었더니 다시 충전되어 또 기도할 힘이 생겼다.

"하나님 아버지, 이번에는 꼭 배필이 될 남자를 하나 보내 주세요. 다른 사람들 아들 장가보내고 딸 시집보내는 것을 보면 속상합니다."

두 주쯤 되니 또 신랑감이 하나 나타났다. 부모가 장로, 권사이고 본인도 키도 크고 건장해서 남자다우며 신앙이 좋다고 했다. 건설업을 하는 아버지 회사에 근무하고 있는데 장차 그 사업을 물려받을 것이라고 했다. 이번이야말로 분명한 자리라고 주 권사는 생각했다. 기도하면 보내 주시고 기도 안 하면 안 보내 주시는데 이보다 더 분명한 하나님의 뜻을 어찌 의심할 수 있을까? 그런데 이번에도 아니었다. 이번에는 딸이 거절한 것이다.

"아무래도 안 어울려. 그래서 당하기 전에 거절했지. 또 있을 거야. 하나님께서 아직 가나안 땅에 들어갈 때가 안 되었다고 하시며 광야에서 단련을 받도록 하시는 것이 아닐까?"

그 순한 딸도 이제는 상처를 미리 피하는 용기를 배운 것이라는 생각을 했다. 주 권사는 늘 보내시며 성사가 안 되게 하시는 데는 정말 딸 말대로 무슨 하나님의 계획이 있으실지도 모른다고 생각했다. 이제는 기도하기가 무서웠다. 그래서 잠잠하게 몇 달이 지났다. 그동안 이웃 사람들에게 신랑감 좀 찾아 달라고 부탁하고 기도해 달라고 부탁했지만, 신랑감은 아무도 나타나지 않았다. 답답해진 주 권사는 또 기도하기 시작했다.

"하나님 아버지, 신랑감을 보내 주시옵소서. 이번에는 꼭 배필이 될 사람을 보내 주시고 배필이 안 될 사람은 아예 보내지 말아 주십시오."

두 주를 기다렸는데 아무도 나타나지 않았다. 한 달을 기다려도 아무도 나타나지 않았다. 거절을 당하더라도 수없이 만나보는 것이 좋을 뻔했다는 생각이 들어 딸에게 자기가 못된 기도를 해서 그런다고 회개하는 말을 했다.

"기다려 보세요. 이번에는 짝이 되는 사람을 보내시려고 시간을 내어 예비하시는 모양이지요."

"왜 너는 그렇게 태평하냐? 하나님을 믿으니 근심이 없냐?"

"어머니, 어머니가 걱정하시는 것은 어머니 힘을 믿고 어머니 힘으로 결혼시켜야겠다고 생각하기 때문이에요. 어머니 뜻을 펴려 하지 마시고 하나님 뜻에 맡기세요. 그러면 걱정이 사라진답니다."

주 권사는 딸을 쳐다보았다. 저 어린애가 언제 커서 이렇게 좋은 신앙을 갖게 되었을까? 그래. 신랑이 문제냐, 네 신앙이 문제지. 그 뒤로 주 권사는 마음이 평안해졌다.

얼마 후에 한 신랑감이 나타났는데 그는 미국으로 논문 준비를 하러 갔던 최초의 남자였다. 인연이 되면 돌고 돌아 또 나타나는 모양이었다. 그는 미국에서 세례까지 받은 훌륭한 신자가 되어서 돌아와 청혼한 것이었다. 은혜를 위한 하나님의 뜻이 있으셨던 것이다.

새벽 기도

∴

　한국에서 얼마 전 이민해 온 김 장로라는 분이 있었다. 가끔 설교할 때마다 "아멘"이라는 소리를 크게 해서 예배하는 사람들을 깜짝깜짝 놀라게 하는 분이다. 이민 와서 집이 정리된 뒤로부터 하루도 거르지 않고 새벽 기도에도 나오는데 언제나 기도 시작 전에 몇 번째 감사헌금이라고 순서를 써서 강대상에 올려놓는 분이기도 했다. 아들 집이 교회에서 멀기 때문에 아예 교회 옆에 아파트를 얻어 헌 자전거로 출석했다. 70이라는 나이에 걸맞지 않게 원기가 왕성한 할아버지였다. 한 달쯤 다니면서 교회 생활에 익숙해지자 차츰 불만이 많아졌다.

　감사헌금을 매일 내는데 한 번도 목사가 이름을 부르고 축복해 주지 않는다는 것이 첫 번째 불만이었다. 교회의 부흥은 새벽기도에 있는데 이 교회는 새벽 기도를 목사부터 강조하지 않고 심지어 장로까지 새벽기도에 안 나오니 부흥이 안 된다는 것이었다. 자기가 다니던 한국 교회에서는 새벽기도에 안 나오는 장로 이름을 벽에 써 놓고 새벽마다 온 교우가 합심 기도해서 장로가 한 사람도 빠짐없이 새벽기도에 나왔었다는 것이다. 또 "주여!" 삼 창을 하고 통성 기도해야 하는데 너무 신사적이고 조용해서 기도하는 것 같지 않다고 했다. 기도가 무엇인가? 예레미야 33장 3절에는 "너는 내게 부르짖으라" 하지 않았는가? 시편 81:10에도 "네 입을 넓게 열라. 내가 채우리라" 하시지 않았는가? 왜 부르짖지 않고 입을 넓게 열지 않은가? 그러지 않기 때문에 교인들이 복을 못 받는다는 것이었다. 성령 체험, 은사 체험이 부족한 교회라고도 했다.

김 장로가 다른 신자들을 비난하고 또 목사를 비난하기 시작하자 교인들 사이에 말썽이 되었다. 그래서 천 목사가 하루는 그를 불렀다.

"장로님, 우리 교회의 새벽기도에 나오시는 것은 좋은데, 안 나오는 다른 분을 비난하지 마십시오. 천국에서는 일등 신앙, 이등 신앙 그런 것이 없습니다. 믿고 구원을 받으면 다 천국 시민입니다. 이제는 천국 시민으로서 합당한 거룩한 삶을 살아야 하는데 사람이 변하지 않은 것이 문제입니다. 누구나 자기의 짐을 지고 거듭난 삶을 위해 애쓰기 때문에 남과 비교하지 말고 자기 자신을 돌아보아야 합니다."

"지금 나 때문에 그럽니까? 자기들 복 받으라고 그런 거지요"

"복 받으려고 새벽기도 하는 것이 아닙니다."

"하나님께서 약속하신 복을 받아야지요. 복 안 받으려면 왜 교회에 나옵니까?"

그는 새벽기도가 얼마나 교회 부흥에 필요한가 하는 것을 한국의 예를 들어 또 장황하게 설명하기 시작했다.

한국에는 새벽기도에만 만 명이 넘게 나오는 교회가 있다. 하루는 어떤 사람이 새벽에 조깅을 나왔는데 웬 사람들이 무더기로 어느 한곳으로 몰려가는 것을 보고 웬 사람들이냐고 물었더니 새벽기도를 가는 사람들이라는 것이었다. 도대체 새벽기도가 뭔데 그렇게 많은 사람이 잠도 안 자고 가는 것인지 궁금하여 체육복 차림으로 따라가서 한쪽 구석에 앉아 있었더니 설교가, 들을 만하고 괜

찾아서 계속 나가게 되었다. 지금은 그가 집사가 되어 새벽기도에 잘 나가고 복을 받아 큰 회사의 사장이 되었다.

이런 이야기였다. 이 교회도 전 교인 새벽기도 하기 운동을 해야 한다고 주장했다.

"장로님, 그렇게 감성적인 신앙은 변하기가 쉽고 참 진리를 깨닫기가 힘듭니다. 그리고 우리 교회는 벌써 전 교인이 새벽기도를 하고 있습니다. 안 나오신 분들도 다 가정에서 같은 제목으로 새벽기도를 하고 있습니다. 컴퓨터를 켜고 우리 교회 홈페이지에 들어와 보면 새벽기도 사이트가 있습니다. 그곳에는 매일 새벽에 설교한 내용이 요약되어 씌어 있으며 또 음성을 원하시는 분에게는 영상으로 설교하는 모습과 음성을 들을 수 있게 해 놓았습니다. 따라서 장소만 다르지 모든 교인이 똑같이 같은 내용의 말씀을 묵상하며 기도하고 있습니다. 하나님은 우리 교회 안의 새벽 제단에만 와 계시는 것이 아닙니다."

"그래도 직접 듣는 것하고 컴퓨터로 보는 것이 같아요? 요즘 사람들 컴퓨터를 너무 믿어서 탈입니다. 기계 속에 무슨 생명이 있습니까?"

"장로님, 장로님도 알다시피 우리 교민들은 어렵게 살고 있습니다. 그리고 하나님은 목사인 제 곁에만 계시는 하나님이 아니고 여러 교인과 함께하시는 하나님입니다. 이곳 교인들은 새벽에 일을 나가거나 밤늦게 일하는 분들이 많고 또 먼 거리를 운전하고 와야 하는데 그런 교인들을 다 교회의 새벽기도에 나오라고 하시는 하나님이 아니십니다. 각자 다른 생활 리듬을 가지고 있습니다. 그런데 하물며 제가 새벽기도에 참석하지 못하는 교인들을 죄의식으로 괴롭게 해서야 되겠습니까?"

천 목사의 말을 듣자 김 장로는 매우 못마땅한 표정이더니 이내 교회를 떠났다. 그리고 다시는 새벽기도에도 안 나오고 감사헌금도 드리지 않았다. 더 먼 다른 교회로 새벽기도를 다닌다는 말이 들렸다. 매우 마음이 아팠는데 다시 천 목사와는 화해할 기회가 생겼다. 그의 아들의 전화는 아버지가 새벽에 자전거를 타고 다니다가 교통사고가 나서 입원 중이라는 것이었다. 그래서 좀 문병을 해주었으면 좋겠다는 전갈이었다. 목사가 찾아가니 김 장로는 아주 풀이 죽어 있었다.

이민 생활이 너무 재미없다. 운전도 못 하지, 말도 통하지 않지, 친구도 없지, 무엇보다도 할 일이 없다. 아들 내외는 너무 바쁘고, 손자 손녀도 말도 통하지 않고 첫째 상대를 해주지 않는다. 이제는 한국에 돌아가고 싶은 생각뿐이다. 그런데 무슨 낯으로 돌아갈 수 있을 것인지……

이런 푸념이었다. 목사는 김 장로가 아직 건강하고 정력이 넘치기 때문에 무언가 일거리를 찾아주어야겠다고 생각했다. 그래서 퇴원 뒤 건물 청소를 주선해 주었다. 청소 청부를 맡은 한국 사람이 일거리를 떼어 준 것이다. 김 장로는 그 일을 너무 좋아하였다. 그리고는 다시 새벽기도도 시작되고, 교회에서 노인 친구도 만들고, 생기가 살아나 천 목사와도 사이가 좋아졌다. 3개월이 지나자 김 장로는 새벽기도를 다시 안 나오게 되었다. 또 무슨 문제가 생겼나 해서 천 목사는 김 장로를 만나자 물었다.

"장로님, 요즘은 왜 새벽기도 안 나오십니까?"

"목사님이 교회에만 하나님이 계시는 것은 아니라고 하셨잖아요?"

"그래서 집에서 기도하시나요?"

"예, 사실은 새벽에 일어나기가 너무 힘듭니다."

김 장로는 건물 청소하느라 너무 힘들다고 솔직하게 고백했다.

"장로님, 그러나 교회에서 정한 성경을 읽고 묵상하신 뒤 기도하십시오."

"왜요? 그래야 복 받나요?"

"장로님, 새벽기도는 복 달라고 소리쳐 애원하는 것이 아니고요, 이미 받은 복을 누구에게 나누어 줄 것인지 하나님의 뜻을 묻고 음성을 듣는 것이랍니다. 따라서 성경을 묵상하지 않고 기도하면 하나님의 음성을 들을 수가 없거든요."

천 목사는 듣기도 많이 하고 기도하기는 많이 하면서도 조금도 하나님의 백성답게 변하지 않은 교인들의 본성이 안타까워서 하는 말이었다. 김 장로도 그렇게 변하지 않고 화석이 되어버린 교인 같았다. 김 장로는 목사의 말과는 상관없이 한국의 교회 생활이 그리운지 혼잣말처럼 중얼거렸다.

"새벽기도는 역시 한국 교회가 최고여. 교회에서 해야지 집에서는 졸려서 성경도 못 읽겠고 기도도 안 되거든."

작정 기도회

신 집사네 교회에 다른 교회에서 집사로 있었다는 윤 집사가 들어 왔다. 설교가 좋다는 소문을 듣고 왔노라고 말한 윤 집사는 교회 생 활에 아는 것도 많았고 퍽 믿음도 있어 보였다. 그녀는 매일 새벽기 도에 빠지지 않고 출석함으로 여러 신도에게 곧 알려지게 되었다. 신 입 교인들을 돌보고 있는 신 집사는 특별히 윤 집사에게 관심을 가 지고 말 상대를 해줄 뿐 아니라 여러 가지 시중을 들어주고 있었다. 그런데 이 윤 집사의 불만은 새벽기도 때 소리높이 외치고 울지 않 고 점잖은 신사들처럼 말없이 속으로 기도만 하고 돌아간다는 것이 었다. 옮겨오기 전 교회 목사의 설교는 신통치 않았지만, 새벽기도만 은 화끈했다고 했다. 먼저 〈주여!〉 3창을 하고 나서 통성 기도를 하 기 시작하면 동네가 떠나갈 듯이 큰소리로 외치고, 울기도 하고, 방 언하기도 하고 해서 기도처가 진동했다는 것이다. 바로 하나님의 성 령이 불의 혀 같이 임할 것 같은 느낌에 사로잡히고 그렇게 기도하 고 나면 우울함과 답답함과 슬픔이 큰 파도에 씻겨 내려가는 것처럼 시원했다고 말했다. 그런데 이 교회는 하나님을 믿는다고 하면서 그 런 기쁨을 모르고 사는 것 같아 안타깝다는 것이다. 어떻게 하면 하 나님을 믿는 이 기쁨을 이 교회에도 알려 줄 수가 있을까? 라고 말 하기도 했다.

하루는 윤 집사가 통성 기도 때 큰소리로 외쳐 기도했다. 그러나 그것은 자기뿐이었고 아무도 따라 하는 사람이 없었다. 그뿐 아니라 기도가 끝난 후 목사님으로부터 주의를 받았다. 다른 사람에게 방해가 되지 않도록 기도하라는 것이었다. 그 뒤로는 다른 사람들이 다떠난 후 홀로 남아서 큰소리로 외쳐 기도했다. 이 교회가 교만하지 않고 깨어 기도하게 해 달라는 내용이었다.

윤 집사의 다른 하나의 불만은 목사님의 설교가 어떨 때는 너무 지루하다는 것이었다. 한 번은 신 집사를 만나자 이 불만을 털어놓았다.

"글쎄, 주기도문을 가지고 일주일 동안이나 설교하는 법이 어디 있습니까? 주기도문 모르는 사람이 어디 있습니까?"

신 집사는 대답했다.

"말과 혀로만 하지 말고 행함과 진실함으로 해야 한다는 말도 있지 않습니까? 입으로만 달달 외우니까 참뜻을 알고 기도하기 위해서 아니겠어요?"

"집사님, '하늘에 계신 우리 아버지' 가지고 한 시간 내내 설교할 것이 뭐 있어요"

"아버지란 얼마나 다정한 이름입니까? 하늘에 계신 그분을 아버지라고 부를 때 나는 벌써 세상의 내가 아니고 하늘나라에 자리하고 있는 그분 곁에 안겨 있는 느낌이 들게 되는데 그런 느낌 없이 기도하면 헛것이라는 뜻이 아니겠어요?"

"하나님 아버지, 하고 기도하기 시작하면 되지 그렇게 따지고 기도하는 사람이 어디 있어요?"

"그렇지만 나 같은 죄인에게 아들의 영을 주셔서 아버지라고 부를 수 있게 해주셨다는 느낌이 있어야 눈물로 기도할 수 있지 않겠어요?"

"그렇게 복잡하면 공부 안 한 사람은 기도도 못 하겠네요. 구원받게 해주세요. 병 낫게 해주세요. 건강하게 해주세요. 위로받게 해주세요. 온 가정이 평안하게 해주세요. 자녀들이 공부 잘하게 해주세요. 이렇게 복을 비는 것이 기도 아니에요? 그렇게 기도하고 복 받기 위해 교회 나오지 누가 고생하고 힘들기 위해 교회 나옵니까?"

"자기만 잘되게 해달라고 하면 우리가 들을 때도 눈살이 찌푸려지는데 하나님께서 기뻐하시겠어요? 기도란 하나님, 제가 여기 있습니다. 저를 위한 하나님의 뜻이 무엇입니까? 하고 겸손히 묻는 것이 기도가 아닐까요?"

윤 집사는 답답하다는 듯이 신 집사를 쳐다보았다.

"두고 보세요. 이런 미지근한 교회는 하나님이 들어 쓰지 않을 것입니다."

윤 집사는 새벽기도에 참석하지 않게 되었다. 그리고 이 교회에 옮겨 온 지 한 달이 채 못 되어서 그녀는 다시 교회를 옮기겠다고 말했다. "나는 이 교회의 새벽기도에 나오면 하루 내내 기도를 안 한 것 같아요. 그래서 따로 집에서 큰소리로 기도를 합니다. 이렇게 교회 생활을 할 수 있겠어요?"

"주님께서는 새벽 미명에 한적한 곳에서 기도했다고 하시지 않았어요? 주께서 큰 목소리로 기도했겠어요? 우리에게도 골방에서 은밀한 가운데 기도하기를 권하셨습니다. 그래서 조용한 기도도 필요하고 초대교회 당시 성령을 기다리며 소리높이 기도했던 그런 기도도 필요하다고 생각합니다. 우리 교회의 기도에도 하나님께서는 응답하십니다."

그러자 윤 집사는 말했다.

"나 이번에 내가 가고 싶은 새로운 교회를 하나 찾았어요. 아주 뜨거운 교회인데 성도들이 새벽기도에 구름 떼처럼 모여듭니다. 지금 40일 작정 기도회 중에 있어요."

"무슨 작정 기도회인데요?"

윤 집사는 희색이 만면해서 말했다.

"수능 고사 1점 올리기 기도횝니다."

주기도문과 딸꾹질

김 영감은 할멈과 함께 교회에 나간 지 육 개월 남짓한 새 신자였다. 자녀들은 다 외지로 나가버리고 둘이서 덩그러니 살고 있는데 교회는 참 좋은 곳이었다. 말동무도 있고 또 교회에는 '새가족반'이라는 것이 새로 교회에 나온 사람들을 위해서 만들어져 성경을 열심히 가르쳐 주는 젊은 장로가 있는가 하면 또 옆에서 돌봐 주는 친절한 도우미 집사들이 있어서 멀리 있는 자녀들보다 더 좋았다. 차도 주고 다과도 주고 담소도 해서 마냥 즐거웠다. 문제는 찬송을 잘 못하는 것과 성경을 젊은이들처럼 잘 외울 수 없는 일이었다. 그러나 꾸중을 듣는 것도 아니고 좀 못하면 어쩌랴. 하지만 주기도문과 사도신경은 외워야 한다는데 그것도 제대로 외울 수 없는 것이었다. 잘해 준 대가로 그것이라도 외워야 하는데…….

어느 날 김 영감은 한밤중에 딸꾹질이 나오기 시작했다. 멎으려니 싶었는데 쉽게 멎지 않았다. 일어나서 디지털 시계를 보니 2시 30분이었다. 늦게 잠든 할멈을 깨우지 않기 위해 조용히 밖에 나가 물을 마셨다. 그래도 멎지 않아 꿀을 두 숟갈쯤 떠 마셨다. 그래도 막무가내였다. 어떤 사람은 딸꾹질이 삼 일이나 멎지 않고 계속되어서 그것으로 죽었다는데 이러다 죽는 것이 아닐까? 걱정되었다. 숨을 안 쉬기도 하고 단전 호흡을 해보기도 하고, 숫자를 세어 보기도 하고, 별

짓을 다 해봐도 효과가 없었다. 딸꾹질은 자기가 하고 싶어서 하는 것도 아니고 하나님이 만들어 준 몸에서 자기 뜻과 상관없이 일어나는 것이니 하나님께 부탁해 볼 수밖에 없다고 생각했다. 이럴 때는 기도를 해야 하는데 어떻게 기도를 해야 하는지 알 수가 없었다. 교회에 다니는 사람은 청산유수처럼 어떻게 기도를 잘하는지 어디다써 온 것이 아닐까 하고 눈을 떠보았지만, 그것도 아니었다. 수도꼭지를 틀어 놓은 것처럼 막 기도가 쏟아지는 것이었다. 기도한 대로 산다면 천당은 말할 나위도 없고 이 세상에서도 성자임이 틀림없었다. 그러나 그는 기도가 되지 않아 이 기회에 주기도문으로 기도하기로 했다. 주기도문이 쓰여 있는 찬송 책을 펴놓고 외우기 시작했다. 주기도문을 끝까지 외울 때 딸꾹질이 안 나오면 하나님께서 이 기도를 들으시고 고쳐준 것으로 하자고 마음에 결심하였다. 그러나 딸꾹질은 그 시간을 기다려 주지 않았다. "……. 나라이 임하옵시며"하는데 딸꾹 하고 소리가 나는가 하면 "……대개 나라와 권세와"하는데 딸꾹하기도 했다. 이건 일정한 시간을 두고 나오는 것이 아니었다. 딸꾹질은 멎지 않고 주기도문은 몇 번이고 몇 번이고 반복되었다.

오래도록 안 들어가고 있었더니 할멈이 부스스 눈을 비비며 나왔다. 웬일이냐는 것이었다. 이놈의 딸꾹질이 30분 이상 멎지 않고 있다고 했더니

"딸꾹질에는 감꼭지를 따려 묶으면 좋다 켔는데."

그러면서 다용도실에 내놓은 곶감을 가져와서 꼭지는 떼어다 물에 달이고 곶감은 영감더러 먹으라는 것이었다. 김 영감은 군것질로 곶감 먹기를 좋아했다. 그러나 그걸 많이 먹으면 변비가 되고 당뇨에도 안 좋다면서 하나 이상은 못 먹게 하던 곶감을 이제는 아낌없이 주는 것이었다. 그러나 이번만은 고맙지 않았다 약이라는 생각 때문에 맛

이 깡그리 없어졌다. 그것보다도 지금은 하나님의 돌보심으로 딸꾹질을 고쳐 보고 싶다는 생각뿐이었다. 정말 하나님이 계신다면 그를 믿고 교회에 나가는 자는 고쳐주셔야 한다고 생각했다. 지금까지 한 번이라도 하나님께 부탁해 본 일이 있었는가? 이건 평생 처음 부탁인데 안 들어주실 수 없는 일이었다. 하나님의 자녀가 되려면 이렇게 기도하고 응답받는 체험이 있어야 한다고 얼마나 자주 성경공부 때 듣던 말인가? 정말 김 영감도 그런 체험 한번 하고 싶었다. 그래서 곶감을 갖고도 먹지 않고 주기도문만 외우고 있었다.

"쪼매씩 씹어 드시이소. 아아래 가난할 때는 곶감이 귀해가 감꼭지를 다려 묵었지만서도 지금은 곶감이 더 효과가 있을 꾸로."

할멈은 자꾸 주기도문을 방해하고 있었다. 그러더니 곶감 꼭지를 달인 후 그 물을 가지고 또 왔다.

"내 말대로 해 보이소. 이걸 마시면 딸꾹질은 없어질 끼요."

영감은 영 마음이 내키지 않았다. 그래서 그 물을 마시면서도 주기도문을 외우고 있었다. 그런데 이게 웬일인가? 40분도 더 계속되었던 딸꾹질이 멎은 것이었다.

"보소. 내 말 들으니 나쁜 것 없제?"

할멈은 희색이 만면했다.

"뭐라카노, 나는 하나님 은혜로 주기도문 카는 것으로 낫을라 한기라."

할멈은 한참 뚫어지게 영감을 쳐다보고 있더니 말했다.

"이것도 하나님의 은혜지배. 하나님 아니면 우찌 감꼭지 다리는 생각이 내게 떠 올랐겠노. 다 하나님의 은혜지렁."

"뭐라? 나는 주기도문으로 나은기라. 니 한번 들어볼끼가?"

김 영감은 의기양양하게 주기도문을 외웠다.

하나님은 잃은 물건도 찾아 주신다

:

박 장로는 서랍 안을 뒤지고, 책장을 두루 살피고, 가방을 다 뒤지고, 방마다 다니며 있을 만한 곳을 찾았으나 '노아선교회'의 금전 출납부가 보이지 않았다. 7월 셋째 주에 선교회 월례회가 있어서 회계보고를 하려고 가지고 갔던 것인데 그날은 교회 행사가 많아서 월례회를 하지 못했다. 그 뒤로 까마득하게 잊고 있었던 것인데 8월 월례회를 앞두고 찾으니 그 장부가 감쪽같이 사라져 나타나지 않는 것이었다. 건망증이 심한 것은 어제오늘의 일이 아니었다. 어디 가면 손수건이나 우산은 으레 놓고 왔으며 호텔에 숙박하면 자명종도 놓고 오고, 티셔츠도 걸어놓고 오는 적이 한두 번이 아니었다. 그러나 이 장부는 잃어서는 안 되는 것이었다. 선교회가 인원이 적고 사업이 많지 않아 3년 것의 내용이 다 그곳에 있었으며 회비를 낸 명세들이 그곳에 다 있었는데 어떻게 할 것인가?

아내가 허둥지둥 다니는 박 장로를 보고 말했다.

"수선스럽게 다니지 말고 한자리에 앉아 어디에 두었는지를 생각해 보세요. 그래도 없으면 기도하세요. 하나님이 지혜를 주실 거예요."

그러면서 어떤 집사가 결혼반지를 잃어버리고 며칠을 고민하고 박 장로처럼 찾았는데 찾지 못해 기도했더니 수챗구멍을 보라고 하나님께서 일러 주셨다는 것이었다. 그래서 찾았다는 이야기를 했다.

"내가 잘못해서 잃어버린 것인데 바쁘신 하나님께 그런 것을 두고 기도할 수 있어? 말도 안 돼. 기도가 뭔데?"

"주님과의 대화잖아요. 그분은 우리를 대신하여 죽으시고 어둠의 권세를 물리치셨으며 이제 승리의 부활을 하셔서 성령으로 우리와 함께 계시잖아요. 사랑하는 그분의 품 안에서는 무엇이든지 구할 수 있다고 당신도 말하지 않았어요? 잊었어요?"

"그러나 그건 아니야. 우리의 기도 제목은 건강을 주세요. 아들 대학에 입학하게 해주세요. 여행 중인 딸이 무사히 돌아오게 해주세요. 개업했는데 장사가 잘되게 해주세요. 거기다가 내가 잃어버린 장부 찾게 해주세요, 이렇게 일방적으로 떼쓰는 것은 안 되지. 하나님이 내 뒤치다꺼리 해주는 분인가? 하나님이 도깨비 방망인가?"

박 장로는 아내의 말을 무시해 버렸다. 그리고 새롭게 기억을 더듬어 장부를 만들어 볼 생각이었다. 그러나 이삼 년 전까지의 기록은 어떻게 할 것인가? 아내가 딱한지 박 장로를 보고 말했다.

"여기 앉아요. 그리고 그날 주일에 있었던 일부터 하나하나 생각해 봅시다."

그날은 굉장히 분주한 날이었다. 저녁 집회에 순천에서 있는 교회에서 간증 설교를 하게 되어 있었다. 그래서 예배 후 바로 떠날 생각으로 집에서 짐을 챙겨 나왔었다. 다음 날이 제헌절이었기 때문에 오랜만에 딸의 식구들과 화엄사에서 하루를 지나게 되어 있어서 아내도 함께 순천을 갔다가 다음날 화엄사에서 만나기로 되어 있었다. 회계장부는 분명 가지고 갔었다. 그러나 월례회가 없어서 얇은 가방에서 꺼내지도 않았었다. 그리고 점심을 먹고 바로 순천을 향해 출발했었다. 논산쯤 가서 갑자기 집에 커피 주전자의 전원을 끄지 않았던 것이 생각났다. 대전까지 갔다 오려면 두 시간은 없어질 것이 분명했고, 약속한 시각에 순천에 도착할 수가 없는 일이었다. 갑작스레 생각난 것이 아파트 전원을 꺼버리는 것이었다. 휴게소에 들려 아파트 관리사무소에 연락하여 우리 집 배전 판에서 방으로 들어가는 전원을 절단해 달라고 부탁했다. 고속도로로 나왔는데 다시 생각나는 것은 전원이 끊어지면 냉장고에 있는 물건들이 다 상한다는 것이었다. 그래서 논산 IC에서 아내를 내려놓고 아내가 대전으로 돌아가 모든 것을 다 정리하고 혼자 버스로 순천으로 오기로 했다. 아내와 헤어져 있던 기간은 그때뿐이었다. 그 기간에 어떤 일이 생겼는지 하나하나 보고를 하라는 것이었다. 그는 순천에서 가방을 들고 당회장실로 갔었다. 그리고 설교를 할 때는 성경책만 꺼내고 나갔으며 올 때는 가방에 다시 성경을 넣어 온 것뿐이었다.

"그때 가방에 장부가 있었나요?"

"글쎄 생각이 나지 않아. 있었다면 집에 와도 있어야 하지 않아? 우리 옷 가방에 끼어들어 간 것이 아닐까?"

"옷 가방은 내가 치웠는데 아무것도 없었어요. 빈 가방이에요. 가방에 넣을 이유가 없지 않아요?"

혹 순천 숙소에 빠뜨렸는지 딸네 짐에 섞여 들어갔는지 물어볼 수밖에 없었다. 그러나 그 장부가 어떻게 섞여 들어갈 수 있다는 말인가?

그렇게 답답한 가운데 사흘이 지났다. 박 장로는 아침 기도를 끝내고 나오면서 아내에게 그 옷을 담아 끌고 갔던 가방을 어디에 치웠느냐고 물었다.

"왜요? 기도하다 하나님의 음성을 들었어요?"

"아니야."

박 장로는 가방을 뒤지고 나더니 희색이 만면해서 돌아왔다.

"찾았어. 가방 뒤 호주머니에 들어있었어."

"어떻게 거기에 있지요?"

"그날 몇 사람이 회비를 냈었는데 그 돈을 장부에 끼워 넣었고 식사하러 가면서 차 트렁크에 있는 내 가방 뒤 호주머니에 넣었던 것이 생각 난 거야."

"그거 보세요. 기도하니까 하나님이 찾아주시지 않아요?"

"아니. 찾아달라고 기도하지 않았어. 그러나 기도하는 가운데 그 책이 눈에 들어와서 그 책만 집중적으로 쳐다보고 있었어. 그런데 그 가방 뒤 호주머니가 생각난 거야"

"기도는 하나님께 자기를 맡기는 일이라고 하지 않았어요? 예수님과 동행하고 예수님 품에 안겨 있으니까 성령께서 그 사소한 것까지 생각나게 하신 것이겠지요. 하나님께서 우리를 통해 역사하시는 것이 너무나 놀라워요."

박 장로는 아내를 쳐다보았다. 정말 하나님을 믿고 동행하는 것은 자기가 아니고 아내였다. 기껏 자기는 아내와 동행하고 있을 뿐이었다.

4부

교회

자원봉사

●
●
●

신 집사는 전화를 받자 주섬주섬 작업복 차림을 하고 집을 나섰다. 역전에 있는 한 교회가 노숙자들을 위해 점심을 준비하는데 일손이 부족하다는 연락이었다. 토요일부터 추석 연휴가 시작되어 점심 접대를 맡겠다는 교회가 선뜻 나서지를 않아 신 집사네 교회가 추석을 앞둔 토요일의 점심을 추석 잔치 겸 맡기로 한 것이었다. 신 집사는 원래 이 자원봉사 팀에 들어있지 않았었다. 그런데 이날 아침 전화는 갑자기 약속한 사람이 나오지 못해 그녀를 부른 것이었다. 전화를 받는 순간 그녀는 나가기 싫다는 짜증 섞인 생각을 하였다. 주일 예배를 보고 고향에 다녀올 생각이어서 시간의 여유는 있었지만, 준비 관계로 마음은 분주하였다. 그리고 그는 노숙자들의 점심 접대를 평소 그리 탐탁하게 생각하고 있지 않았다. IMF로 점심을 먹으러 오는 사람들이 300여 명이 넘는다지만 그들은 지체 부자유자가 아니었다. 무엇이든 하려면 할 수 있는 능력 있는 사람들이었다. 그런데 점심을 대접한다는 것은 그들을 더욱 무능력하게 만드는 일처럼 생각되었다. 교회가 왜 그런 곳에 봉사하러 가야 하는가?

그녀는 정말 도살장에 끌려가는 소처럼 싫은 생각으로 참여하였다.

그녀가 노숙자를 접대하는 교회에 와보니 9시가 조금 넘었는데 벌써 교회 겸 식당인 홀에는 점심을 기다리는 사람들이 반은 넘게 와

앉아 있었다.

그들은 무료하게 12시까지 점심을 기다리며 앉아 있는 것이었다. 교회 안 스피커에서 찬송 소리가 흘러나오고 있었다. 찬송을 통해 교회 문화에 익숙하게 해보겠다는 목사의 뜻인 듯이 담겨 있는 듯했다.

신 집사는 처음 나올 때의 갈등은 까맣게 잊고 음식을 준비하는데 열중하였다. 누군가를 대접하기 위해 음식을 마련하고 있으면 모든 잡념에서 떠나 즐겁기까지 했다. 드디어 12시가 되었다. 홀 안은 복잡해졌다. 좌석은 백 명밖에 받을 수 없어 문밖으로 나머지 사람들은 줄을 지어 기다리고 있어야 했다. 눈코 뜰 사이 없이 분주한 순간들이 지나갔다. 그는 그 교회 목사 사모를 바라보았다. 매주 토요일과 주일의 점심 접대를 하고 있었는데 지칠 줄을 모르며 방실방실 웃는 모습으로 일하고 있는 게 신기하기만 했다. 하루도 힘든데 무엇이 그녀를 이렇게 기쁘게 하는 것일까? 성령이 그녀 안에 내재하여 성령의 불길이 활활 타고 있는 것 같았다.

점심을 두 그릇씩 거뜬히 해치우는 해말쑥한 젊은이들도 있었다. 그들 중에는 하루를 한 끼로 버티고 사는 사람도 많다고 했다. 일이 끝나자 봉사자들은 함께 식사를 나누고 헤어지게 되었다. 서로 '수고했습니다.'라는 인사를 나누었다. 자기 돈과 자기 시간을 내어 봉사한 사람들이었기 때문에 서로 수고했다고 인사하는 것이 당연한 듯했다. 신 집사는 올 때와는 달리 기분이 상쾌하였다. 교회 활동은 언제나 그랬다. 시작할 때는 귀찮고 싫었지만 끝내고 나면 그처럼 상쾌할 수가 없었다. 그녀는 목사 사모에게 궁금했던 것을 물었다.

"이렇게 하면 정말 노숙자들을 돕고 선교하는 것이 될까요?"

신 집사는 노숙자들을 돕는 일에 대해 아직도 께름칙한 것이 있어

물었지만, 사모는 두 번 생각하지도 않고 대답했다.

"그냥 예수님이 좋고, 예수님께서 기뻐하시는 일 같아서 하고 있을 뿐이에요."

그녀는 대학에 다니는 아들도 있다고 했다. 도대체 그 아들이 돌아오면 공부방이 어디 있을까? 그들이 한시라도 편히 쉬고 갈 수는 있을까? 이런 궁금증으로 또 물었다.

"아드님이 돌아오면 어디서 쉬나요?"

"우리와 같이 일하고 배식을 도와주고 또 올라갑니다."

신 집사는 교회를 출퇴근하듯이 다녀와서 집에서 자녀 교육에 온통 신경을 쓰고 있는 자신을 생각하며 정말 다르게 사는 사모를 한참 쳐다보았다.

바치고 싶은 마음

．
．
．

이것은 이른 봄날의 이야기다. 텍사스에도 봄이 있느냐고 물어보는
사람이 있을지 모르지만 나는 도로변 이곳저곳에 텍사스의 주 꽃인
블루보닛이 하늘색으로 도로변을 가득 메우며 예쁘게 피기 시작하고
우리 집(집이라야 셋집이지만) 뒤뜰에 배꽃과 붓꽃이 탐스럽게 피기 시
작하면 이때를 봄이라고 부른다. 봄을 건너뛰는 것이 텍사스 날씨이
기 때문에 이때를 여름이라고 부른다고 아무도 탓할 사람은 없다. 다
만 내가 봄이라고 부른 절기의 분꽃은 너무 탐스럽다. 꽃이 너무 탐
스러워서 우리만 보고 있기에는 아까웠다. 아내는 다음 주 교회의 강
대상은 붓꽃으로 장식하자고 제안했다. 이 아름다움은 우리를 위한
것이 아니고 영광을 받을 분이 따로 있다고 생각한 모양이었다. 나는
몇 가지 일이 걱정되었다. 붓꽃으로 양쪽 강대상을 다 채우려면 꽤
많은 꽃이 필요하고 또 교회까지는 세 시간 남짓 운전해야 갈 거리였
기 때문에 계속 꽃을 안고 가기도 힘 드는 일이며 또 행여나 꺾이거
나 시들어 교인들이 탐탁하게 여기지 않는다면 낭패일 것이기 때문이
었다. 내가 걱정했더니 아내는 별걱정을 다 한다는 듯이 나를 쳐다보
았다.

"하나님은 중심을 보신다는 것을 모르세요? 바치고 싶은 마음을
보시는 거예요."

그러면서 계속 종알댔다.

"시들지 않을 거예요. 식탁 위에 꽂아 놓은 꽃 안 보셨어요?"

그녀는 벌써 모든 것을 계획하고 시험 삼아 꽃도 꽂아본 모양이었다. 계획대로 장거리 전화로 교회의 꽃 당번을 불러서 우리가 꽃을 가지고 가겠노라고 당부하는 중이었다.

우리는 가위와 플라스틱 물통을 들고 밖으로 나왔다. 꽤 바람이 심하게 부는 날이었다. 막 요염하게 피어오른 꽃봉오리를 자르는 인간은 잔인하다고 생각했다. 그러나 내심 내 생명까지도 바치고 싶다는 그런 마음이 소담스러운 꽃들을 아낌없이 자르게 하는 것 같았다.

지난해 이곳으로 이사 왔을 때가 기억에 생생하게 되살아났다. 주급 인생에서 연봉을 받는 직장으로 옮기게 되었다는 것은 얼마나 행복한 순간이었던가? 학위가 다 끝나기도 전에 직장이 생겼다는 것은 꿈같은 일이었다. 더구나 나는 영주권도 없는 상태였다.

나는 꽃을 꺾고 있는 아내의 모습을 물끄러미 쳐다보고 있었다. 밤에는 쓰러지다시피 침상에 들고 아침에는 자명종 소리에 깨어나 저임금의 공순이 노릇을 하고 있던 아내는 지금은 눈물로 뿌린 씨앗을 웃음으로 거두고 있다고 생각하는 것 같았다.

"왜 그렇게 쳐다보세요?"

"아냐 그냥 하나님께서 기뻐하실 것 같아서."

"왜요?"

"꺾는 모습을 보고 있으니 그런 생각이 드는군요."

"참 싱겁기두."

아내는 허리가 아픈지 손을 허리에 대고 일어섰다. 나는 우리도 미국인들처럼 사랑의 표현을 자연스럽게 할 수 있었으면 좋겠다고 생각했다. 그녀의 무릎을 베고 잔디에 누워 이야기도 하며 출퇴근 시는 가볍게 입을 맞추며 사랑을 확인하기도 하는 모습이 부러웠다. 그렇게 한다고 누가 탓할 것도 없었다. 그러나 우리는 7년을 미국에 살고 있으면서도 쑥스러워 그런 짓을 하지 못했다. 어쩌다 남이 안보는 집안에서라도 뽀뽀하려 하면 "이이가 왜 이러지?"하고 손으로 밀어내 버렸었다.

"이렇게 준비했다가 딴 꽃이 준비되어 못쓰게 되면 어떡하지?"

"참 걱정도 많으셔. 그래서 우리가 꽃 당번에게 연락했잖아요?"

물을 반쯤 채운 물통에 꽃을 담아 차 뒷좌석에 놓고 막내가 이 통이 쓰러지지 않게 붙들기로 하고 우리는 토요일 오후 좀 늦게 교회를 향해 출발했다.

우리 집 막내는 교회에 갈 때 아예 베개를 하나 가지고 타면서 늘어지게 한 잠자게 마련인데 이날은 꽃 때문에 그리할 수 없게 되었다. 차 안은 꽃향기로 가득 찼다.

교회가 너무 멀었다. 그러나 아내는 미국 교회의 하나님을 믿지 않았다. 교통사고에서 구해주신 분, 건강을 주신 분, 직장을 주신 분, 한국에 두고 온 아이들을 지켜 주시는 분은 한국교회의 하나님이셨다. 한국에 계시는 어머님은 또 학위를 마치고 귀국할 때는 미국에서 도와주신 하나님을 모시고 오라고 하신다. 그러나 미국에 있는 한국교회는 너무 먼 거리에 있었다. 우리 집에 심방을 오셨던 한 권사님은

"아이구 끔찍해. 여기서 교회를 다니다니."

하고 몇 번이나 혀를 내두르셨다. 하긴 대전에서 부산 교회를 다니는 꼴이 되어 미국에서도 가장 먼 교회를 다니는 사람 중 하나였다. 그러나 일 년 가까이 이렇게 다니다 보니 이제는 토요일만 되면 교회에 나갈 생각으로 마음이 들뜨기 시작했다. 미국 사회에서 한인사회

로 나들이하러 가는 것이었다. 이 마을에도 한국인이 꼭 두 세대 살고 있었다. 국제결혼한 마음씨 착한 두 부인인데 그들도 주말만 되면 우리와 함께 마음이 들떴다. 한국인이 시골에 하나 있는 대학의 교수로 왔다는 것 때문에 얼마나 기뻐하는지. 금요일이면 우리 집에 와서 성경공부도 하고, 때로는 김밥도 말아먹고, 부인들끼리 파마도 해주곤 하면서 시간 가는 줄도 모르고 이야기를 했었다. 주말에 우리가 교회에 나가면 한국식품점에서 쌀이나 한국 식품을 사 달라고 부탁하기도 하고 어쩌다 하루치기로 주일날 갔다 오게 되면 우리를 따라 교회에 가기도 했다. 멀리라도 한인 교회가 있다는 것은 외로운 교포들에게 얼마나 큰 위안인지 알 수 없는 일이었다.

아무튼, 우리는 봄이면 도로변에 핑크색, 노란색, 하늘색으로 수놓은 꽃들을 바라보며 드라이브하는 것이 즐거웠다. 여름이면 뜨거운 햇볕을 피해 나무 그늘 밑에 피해 있는 목장의 소들을 볼 수 있었으며, 가을이면 빨간 홍시며 호박, 땅콩 등을 법원 건물 주변 광장에서 볼 수 있었다. 일요일마다 시골 사람들이 과일들을 트럭으로 실어다 놓고 시골 장을 여는 것이었다. 아마 집에서 직장으로 직장에서 집으로 뛰는 도시 사람들은 이런 한가한 광경을 꿈에도 상상 못 할 것이다.

세 시간 반은 그리 짧은 시간은 아니다. 차 속의 갇힌 공간 속에서 우리 부부는 고향에 7년 가까이 떼어놓은 아들들 이야기를 한다. 우리가 걸어온 과거를 되돌아보기도 한다. 교회 이야기도 하게 된다. 밤길을 달릴 때는 졸음을 쫓기 위하여 깊이 잠든 시골 자정의 마을들을 찬송가를 소리 높이 부르며 지나기도 한다. 성구가 적힌 카드를 꺼내어 암송하기도 한다. 때로는 탄식하며 고국을 그리며 때로는 언성을 높여 견해차를 드러내기도 하지만 나그네 중의 나그네인 이 생활에 우리가 의지할 수 있는 이는 가깝게는 부부이며 멀리는 하나님임을 다시 확인한다.

"붓꽃이 볼품 있고 괜찮을까?"

나는 강대상에 장식될 붓꽃을 떠올리며 말했다.

"붓꽃은 난초에 가깝잖아요? 난초는 사군자에 드는 꽃이란 말이에요."

아내는 차가 빨리 달려서 금방 교회에 가져다 대놓지 않은 것이 안타까운 모양이었다.

나는 우리가 한국으로 곧 떠날 것을 생각하며 이것이 우리 정성으로 강대상을 장식할 마지막 기회일지도 모른다고 생각했다.

"우리가 기른 꽃이기 때문에 더 뜻이 있지요. 뭐."

교회에 닿은 것은 해가 지고 어두워서였다. 그때까지도 교회 증축을 위해 수고하시는 장로님들과 집사님들 그리고 몇몇 교우들을 볼 수 있었다. 우리는 인사보다도 먼저 교회 강대상부터 살펴보았다. 그러나 어찌 된 영문인가? 강대상 위에는 꽃집에서 막 장식하여 가져온 것 같은 화려한 꽃 두 바구니가 벌써 제 자리에 놓여 있었다.

"엄마. 꽃 있잖아"

막내는 물통을 마룻바닥에 땅 놓으며 비명에 가까운 소리를 지르고 밖으로 나갔다. 나는 먼저 아내의 표정을 살펴보고 또 우리가 가져온 꽃을 내려다보았다.

말없이 의자에 앉아 묵상기도를 드리고 있는 아내의 모습에서 감정을 억누르려고 애를 쓰는 것이 전해졌다.

"이 꽃은 어떻게 하지?"

나는 힘없이 말했다.

"오르간 위에라도 하나쯤 올려놓지요. 뭐"

아내는 애써 침착하게 말했다.

"우리가 너무 늦으니까 걱정이 되어 시켜온 거 아니요? 하긴 저 꽃이 더 아름답게 보일지도 몰라"

아내는 대구도 하지 않고 친교실 안에 있는 부엌에서 꽃꽂이 받침을 꺼내 와서 꽃을 다듬어 꽂기 시작했다. 그리고 하나는 오르간 위에 또 하나는 목사님 방 테이블에 올려놓았다.

다음 날 아침이었다.

우리는 예배실에 들어가면서 그 꽃이 과연 오르간 위에라도 남아 있을 것인지 가슴 조이며 들어갔다. 먼저 나는 오르간 위를 쳐다보았다. 그러나 꽃이 보이지 않았다. 아주 치워버린 것이었다. 나는 고개를 떨어뜨리고 눈을 감았다. 강대상에 헌화하려면 꽃 당번에게 이번 주에 자기가 20불을 내겠다고 하면 당번이 꽃집에 전화하는 일로 강대상 미화는 끝나는 것이었다. 그런데 뒤뜰에 핀 난초로 강대상을 장식하겠다고 세 시간 이상을 달려 꽃을 가져온 정성이 무참히 깨지는 서글픔을 극복할 수 있게 해달라고 기도하였다. 무엇보다도 아내가 깊은 상처를 받지 않게 해달라고 기도하였다.

눈을 뜨고 나는 강대상 위의 십자가를 바라보다가 깜짝 놀랐다. 강대상 중앙 성찬(聖餐)상 위에 십자가가 크게 눈에 들어오고 그 밑 양옆에 놓인 붓꽃이 너무 선명하게 보였기 때문이었다. 누군가가 목사님 방에 갖다 놓은 화분까지 가져와 평소에 올라갈 수 없는 성찬상위에 두 붓꽃이 나란히 놓여 있는 것이었다.

바치고 싶은 마음이 받아지는 기쁨 때문에 온몸에 전율이 왔다. 나는 옆에 앉은 아내를 돌아보았다. 그녀도 벌써 보고 너무 감격했음인지 아직도 고개를 못 들고 기도하고 있었다.

가짜 세례증

1.

　김 선생은 기독교 학교에 가짜 세례증을 가지고 취직하였다. 이것은 40년도 넘은 이야기다. 처음엔 까짓것 무슨 상관이겠는가? 교회만 잘 나가주면 되지 않겠는가 하는 생각이었다. 학교가 시작되어 1학년을 담임하게 되었는데 학급예배를 드리고 있었다. 교회도 안 다닌 김 선생이 어떻게 학급예배를 인도하겠는가? 꾀를 내어 3학년의 종교부장을 불러서 예배 인도하게 하고 먼저 그 방법을 익혔다. 그런데 문제는 그뿐 아니었다. 매일 아침, 조례 시간마다 선생들이 돌아가면서 기도를 드리는 것이었다. 차츰 정말 몰라도 너무 모르고 들어왔다는 생각을 하게 되었다. 그러나 이제 물러설 수 없는 문제였다. 성경에서 그럴듯한 말을 짜 맞추어 기도문을 만들었다. 또 갑자기 예고도 없이 기도를 시키는 일을 대비하여 예비 기도문을 하나씩 작성하여 암기하였다. 그런데 더욱 당혹스러웠던 것은 출석 교회에서 주일학교 학생들을 가르쳐 달라는 것이었다. 목사는 당연히 기독교 학교 교사라면 중등부 학생들도 가르칠 수 있다고 생각하고 있는 것 같았다. 그때는 주일학교라는 말도 생소한 때였다. 그러나 이를 거절하면 가짜 교인의 본색이 드러날 것 같아 못하겠다는 말을 할 수가 없었다. 갈 때까지 가 보자는 생각으로 김 선생은 어떻게 성경을 가르칠 것인가를 생각하기 시작했다. 평소에 그는 이야기를 비교적 재미있게 할 줄 안다는 평을 듣고 있었다. 그래서 그 재능을 이용할 수밖에 없다고 생각했다. 그는 주일학교 교재는 상관하지 않고 무작정 성경을 창세기부터 읽어 가면서 재미있는 이야기가 나오기만 하면 그 이야기를 중학생들에게 해주기로 했다. 하나님이 혼돈 속에서 천지를 창조하던 때의 이야기, 유혹을 이길 수 없던 너무나 인간적이었던 아담과 단 한 번의 불순종 때문에 온 인류가 지금까지 질 수밖에 없는 죄 이야기, 사십 주 사십 야의 홍수와 그 후에 노아에게 보여 준 무지개 이야기 등, 그는 자신이 창조주나 된 것처럼 또는 아담이었던 것처럼, 또 노아의 홍수를 이야기할 때는 그가 600살 먹은 노아처럼 신이 나서 이야기했고 어린 중학생들은 그 이야기에 홀리었다. 그는 그들이 하나님의 창조와 아담과 노아의 이야기들을 잘 믿게 되었다고 확신했다. 가짜가 들통나면 짐을 쌀 생각을 하고 매 순간 진땀을 빼며 할 수 있는 최선을 다한 것이다. 그는 자신이 이야기를 만든다면 온통 거짓말일 테니 성경에 써진 대로만 가감 없이 전하였다. 하나님의 섭리는 야릇한 것이어서 기록된 그대로만 전한 것이, 그들을 더욱 감동을 줬던 것 같았다.

산 위의 산이었다. 김 선생은 이제는 찬양 대원이 되어 달라는 부탁까지 받게 되었다. 그는 그런 청을 거절하면 가짜 교인이 들통날 거로 생각했다. 그래서 진땀을 빼며 성가 대원 노릇까지 하였다. 성가대에는 베이스로 굵은 목소리를 내는 남자 중학교의 교감 선생이 있어서 그는 그 옆자리에 앉아 입만 벌리고 있었다. 그러나 언제까지 그럴 수만은 없었다. 그래서 성가 연습이 끝나면 피스를 집으로 가져와서 집에서 시창으로 몇 번이나 몇 번이나 그 곡을 연습했다. 거짓을 은폐하기 위해 피나는 노력을 한 것이다. 시간이 약인지 반년쯤 되어 그는 멜로디를 따라가지 않고 조금씩 베이스를 하게까지 되었고 반사로도 틀이 잡혀가기 시작했다. 차츰 자신감이 생기면서 교회에서도 조금씩 자신의 성실성을 인정받게 되어 허리를 펴고 누워 자도 되겠다는 생각을 하게 되었다. 이제는 불안도 끝났다고 생각하고 있는데 더욱 기겁할 일은 다음 해에는 그를 서리 집사로 임명하겠다는 것이었다. 집사가 되면 또 무슨 일을 더 해야 하는가? 거짓은 거짓을 낳고 이제는 산더미처럼 쌓인 거짓 더미 속에 깔려 죽게 되겠다는 생각을 했다.

그해 추수감사절에 성찬식이 있었다. 목사는 성찬식을 행하면서 고린도전서 11장에 있는 말씀을 낭독한 후 다음과 같이 말했다.

"누구든지 주의 떡이나 잔을 합당치 않게 먹고 마시는 자는 주의 몸과 피를 범하는 죄가 됩니다. 따라서 성령을 거스리는 자와 교리를 모르는 자와 교회를 부끄럽게 하는 자와 무슨 은밀한 중에 알고도 범죄한 자들은 이 떡이나 잔을 삼가하는 것이 좋습니다. 주의 몸을 분변치 못하고 먹고 마시는 자는 자기의 죄를 먹고 마시는 것이나 마찬가지입니다."

그는 그때 성경의 말이 그렇게 큰 위력을 가지고 있는 것을 처음 느꼈다. 정말 양편에 날이 선 칼처럼 그의 가슴을 찌르는 것이었다. 성찬식에서 돌리는 이 떡을 어떻게 해야 하는가? 먹어야 하는가 안 먹어야 하는가? 그는 대중들이 쳐다보고 있는 성가대석에 앉아 있었다. 성가대석에 앉아 있는 사람들은 모두 세례 교인들이어서 분병위원이 돌리는 접시가 돌아오는 대로 떡을 하나씩 들기 시작했다. 드디어 그의 앞으로 떡이 돌아왔다. 그는 먹어서는 안 된다고 속으로 말하고 자기는 가짜 교인이라고 외치고 있었지만, 너무 급했던 터라 손은 떡을 집고 있었다. 자포자기 상태로 포도즙까지 마셨다. 아무도 자기를 이상하게 생각하는 사람은 없었다. 그러나 그는 자기는 죄를 마셨으며 자신은 영원히 용서받을 수 없다는 가책이 그를 괴롭혔다.

크리스마스를 지내고 신정 때 그는 도살장에 끌려가는 소처럼 고향 D교회의 목사를 찾아갔다. 그리고 이 교회의 가짜 세례증을 가지고 취직한 것을 고백하였다. 그가 가진 세례증은 이 교회의 목사 아들이 그에게 전해 준 것이었다. 그를 공범자가 되도록 끌어들인 것은 물론 자기였다. 목사는 가짜 세례증의 경유를 듣고 아무 말 없이 얼마 동안 기도만 하고 있었다. 고뇌의 표정이 역력했다.

"불경스럽다. 너는 내 아들까지 마귀의 자식을 만들었어. 이것이 나와 무슨 상관이 있느냐? 당장 나가."

이렇게 호통을 칠 줄 알았다. 그렇게 되면 김 선생은 모든 욕심에서 손을 떼고 학교를 떠나며 더는 괴로운 삶을 살지 않으리라는 생각을 하고 고개를 숙이고 무릎을 꿇고 있었다. 그런데 목사는 이런 저주를 참고 하나님 앞에 기도하고 있는 것 같았다.

얼마 후 목사는 말없이 그를 안방으로 인도하였다. 그리고 성찬기에 물을 담아 와서 당회가 무엇인가, 제직회가 무엇인가 등 설명하고 몇 가지를 물었다.

"그대는 하나님 앞에 죄인인 줄 알며 마땅히 그의 진노를 받을 만하고 그의 크신 자비하심에서 구원 얻을 것밖에 소망이 없는 자인 줄 압니까?"

김 선생은 그것이 목사가 아닌 하나님의 음성처럼 머리를 때리는 것을 느끼며 "예"라고 대답했다. 누구에게나 묻는 말일 텐데 왜 그렇게 자기 자신을 향해 화살처럼 꽂히는 질문을 할까 하고 의아해했다. 목사는 몇 가지를 더 물었다. 그리고 세례를 베풀었다.

"이제는 예수를 믿는 김승준에게 내가 성부와 성자와 성신의 이름으로 세례를 주노라."

물 묻은 손이 그의 머리 위에서 떨릴 때 그는 감전이 된 것 같은 느낌이었다. 물이 뒤 목줄을 타고 내려왔다. 그는 그것이 피부를 스며들어 뼛속으로 혈관 속으로 빨려드는 것 같음을 느꼈다. 그는 '저는 죄인입니다. 저는 죄인입니다. 저 같은 죄인을 왜 용서하십니까?'하고 회개하고 있었다.

2.

40년 뒤 장로가 된 김 선생은 예배당 문 앞에서 예배하고 돌아가는 교인에게 인사를 하고 있었다. 이때 한 젊은이가 그 앞에 다가와 공손히 절했다.

"교수님 저를 모르십니까?"

"글쎄."

"오 년 전에 서울로 떠난 이상준입니다."

"그래 서울 대학원에 가겠다고 추천서까지 써갔었지."

김 장로는 그제야 자기 제자를 기억해 냈고 건망증이 심해진 자신을 실감했다.

"그래 이제 우리 교회 나올 생각인가?"

"아닙니다. 오늘은 교수님을 만나러 왔습니다."

그러면서 좀 조용한 곳으로 가자고 그를 끌었다.

"교수님은 이곳에서 오래 장로님으로 계셨지요? 실은 오늘 긴히 상의 드리고 싶은 것은, 제가 이번에 기독교 대학의 교수 채용에 서류를 내려고 합니다."

"그래, 또 추천선가?"

"아닙니다. 교수님, 이 교회 세례증을 하나…."

김 장로는 깜짝 놀랐다.

"뭐? 가짜 세례증?"

"그렇습니다. 될까요?"

"안 되지. 그건 하나님을 모독하는 짓이야. 세례란 은혜의 계약에 인침을 받는 표이며 여러 성도들 앞에 믿음과 복종을 고백하는 의식인데 교회도 안 다니는 사람에게 어떻게 줄 수 있겠어?"

"여러 사람이 할 수 있다고 그러던데요. 이것은 구원과는 상관 없는 요식행위 아닌가요?"

"생각해봐. 세례를 받으면 그 날짜와 집례 목사의 이름과 함께 당회록에 기록이 되는데 아무 근거 없이 세례증을 만들어 줄 수 있겠어?"

단호한 김 장로의 대답에 기가 질려서 그는 풀이 죽어 걸어갔다.

김 장로는 40년 전의 자기를 생각했다. 자기의 세례증은 동판에 불로 새긴 것처럼 날짜와 교회와 목사의 이름이 똑똑히 적힌 것이었다. 그러나 그것은 자기의 가슴 속에 깊이 새겨진 것이며 세상 어느 곳에도 기록되지 않은 세례증이라는 것을 새삼 깨달았다.

나는 십일조를 안 내

⋮

　김성실 자매는 시골에서 광역시로 이사를 왔다. 아들이 다음 해에는 고등학교에 가게 되는데 시골에는 학생 수도 줄어지고 빈 교사가 늘어날 뿐 아니라 재정적으로 어렵고 교육하기에 열악한 형편에서 학교에 다닌다 해도 대학에 들어가기에는 너무 어렵다고 생각했기 때문이었다. 그렇다고 시골에서 집을 정리해서 도시로 나올 생각을 한다는 것은 보통 어려운 일이 아니었다. 말하자면 김성실 자매는 빨리 깨었으며 대담한 어머니였다. 남편도 부인의 성화에 못 이겨 짐을 쌌다.

　허름한 집에 이사를 오자 먼저 교회부터 찾아갔다. 자기에게 이런 용기를 준 것도 시골에 있는 전도사였고 앞으로도 이 험한 삶을 살아가기 위해서는 하나님께 매달려 살 수밖에 없다고 생각했기 때문이었다. 이 교회도 개척한 지 얼마 안 되는 교회인 것 같았다. 스스로 걸어 들어간 김성실 가족을 얼마나 환영하는지 알 수 없었다. 남편은 별로 교회에 흥미가 없는 사람이었지만 도시로 나와 어떤 직장도 없는 터였기 때문에 중학교 다니는 아들까지 세 가족이 얼마 동안 열심히 참석했다. 그런 동안에 남편은 막노동 일꾼으로 가끔 일을 나가게 되고 고정수입이 없는 김성실 자매는 붕어빵 틀을 하나 사서 리어카에 싣고 노변을 옮겨 다니며 장사를 시작했다. 그들은 오직 아들 하나를 잘 가르쳐 보겠다는 집념 하나로 매일 살았다. 고단한 삶이었지만 농사로 단련된 몸이어서 육체적으로는 견딜 만하였다. 그래서 새벽기도에도 열심히 참석하였다. 새벽에 하나님께 매달려 기도하면 소원을 들어주신다는데 안 나갈 이유가 없었다. 차츰 이 부부는 신앙이 좋은 부부로 알려졌다. 그런데 하루는 어떤 집사님이 귀띔을 해주었다. 교회를 다니면서 복 받으려면 십일조를 내야 한다는 것이었다. 쥐꼬리만 한 벌이에 교회에 낼 돈이 어디 있는가? 교회 청소를 한다든가, 설거지를 한다든가 몸으로 뛰라면 얼마든지 하겠지만 돈만큼은 먹고살기도 바빠서 쪼개서 교회에 낼 여유가 없었다. 그 집사님은 말했다. 김성실 자매가 건강한 것은 누구 때문인가? 아프기라도 하다면 어떻게 되겠는가? 하루 품팔이를 나가서 아무것도 못 벌면 어떻게 되겠는가? 애가 좋은 고등학교에 추첨이 되지 못하면 어떻게 되겠는가? 모두 하나님을 의지하고 사는 일인데 감사한 뜻으로 십일조를 드리지 않으면 안 된다는 것이었다. 그 집사는 김성실 자매가 잘 알아듣도록 예화를 들어주기도 했다.

"하나님께서 어떤 사람에게 사과 열 개를 거저 주었답니다. 농사도 안 지었는데 아주 탐스럽고 먹음직한 사과를 주었대요. 그러면서 이 사과는 다 먹어도 되는데 감사한 뜻으로 한 개는 나에게 다시 돌려주어야 한다고 했답니다. 아홉 개를 거저 주셨는데 하나쯤 돌려주는 것이 뭐 어렵겠어요. 그래서 그렇게 하기로 했는데 아홉 개를 다 먹고 나니 그 남은 한 개가 더 맛있어 보이더랍니다. 사람의 욕심이 어디 한이 있나요. 그래서 한 볼때기만 베어먹었습니다. 그런데 거기서 나온 즙이 얼마나 단지 더 베어먹을 수밖에 없었어요. 그래서 어떻게 된 줄 아세요? 하나님께는 캉탱이만 돌려 드렸답니다. 그래서 되겠어요? 신앙이 좋다고 다 부러워하는데 이제는 자매님도 십일조도 드리십시오. 하나님이 넘치도록 갚아 주실 것입니다."

그러면서 그녀는 성경을 펴서 한 구절을 손으로 가리켰다.

> 온전한 십일조를 (하나님) 창고에 들여 나의 집에 양식이 있게 하고 그것으로
>
> 나를 시험하여 내가 하늘 문을 열고 너희에게 복을 쌓을 곳이 없도록 붓지 아니
>
> 하나 보라

"이 말씀을 보세요. 십일조만 내면 하나님께서 복을 쌓을 곳이 없
도록 주실 것입니다."

김성실 자매는 결단이 빠른 사람이었다. 십일조를 낸다고 못 살 것
도 없었다. 그는 바로 실천에 옮겼다. 그리고 이런 습관은 아들에게
도 가르쳐야 한다고 생각했다. 그래서 등록금이나 용돈을 더 넉넉하
게 주고 그중에서 꼭 십일조를 떼게 하였다. 이제는 철야 기도회도
나갔다. 교회에서 하라는 대로 법을 다 지키니 얼마나 마음이 시원한
지 몰랐다. 자기에게 십일조를 내라고 가르쳐 주었던 집사는 새벽기
도도 철야 기도도 안 나오는 것이었다. 그래서 그 집사가 오히려 가
증스럽게 생각되었다. 언제 기회를 봐서 신앙생활을 좀 철저히 하라
고 오히려 충고하고 싶어졌다.

좀 마음의 평정을 얻자 시골에 있는 땅을 팔아 이 도시에 좀 더 나
은 집을 살수도 있겠다는 생각이 들었다. 그래서 땅을 몽땅 팔아 도
시에서 집을 물색하고 있을 때였다. 그 집사님이 또 와서 말했다. 정
보가 빠른 집사였다.

"땅을 팔았다면서요. 십일조는 내셨어요?"

김성실 자매는 적은 돈의 십일조는 냈는데 이렇게 몇백만 원이 되

는 십일조를 낼 생각은 못 해봤다. 그러나 아들을 위해 이사를 왔는데 하나님의 물건을 떼먹고 화를 받는다면 무슨 소용이 있겠는가 하는 생각 때문에 마음이 괴롭고 잠이 오지 않았다. 그러나 그 큰돈을 떼어주고 나면 집을 사는 데 적지 않은 차질이 생길 것이었다.

그녀는 고민하던 중 갑자기 박 권사 생각이 났다. 시골에서 언니라고 따르던 분인데 오래전에 이 도시로 이사 온 분이다. 신앙이 아주 좋았으며 자기에게 교회에 나가자고 늘 권했던 분이었다. 고민 끝에 수소문해서 그 언니를 찾아갔다. 박 권사는 반색하며 맞아 주었다.

"교회를 나가고 십일조 생활까지 한다고? 너무 잘했어. 너무 장해."

두 손으로 손을 잡고 비비며 반갑게 말했다.

"그런데 언니, 우리가 집을 사려고 시골에 있는 땅을 다 팔았거든. 그런데 그 돈에서도 십일조를 해야 하는 거유?"

"십일조를 하려고?"

"글쎄, 그것 때문에 오지 않았소? 십일조를 다 하고 나면 집 사는 데 돈이 부족하다우."

"그럼 좀 작은 집을 사지 그래."

"십일조는 꼭 십 분의 일을 해야 하는 거유? 언니는 어떻게 해요?"

"나? 나는 십일조 안 내."

"뭐라구요? 그래도 되는 거유?"

"나는 여기서 밥장사를 하는데 내가 혼자 할 때는 십일조 생활 잘했지. 그런데 너무 커지고 잘되어서 지금은 동생이 맡아서 관리하고 있어. 나는 종업원과 같이 용돈만 받고 살고 있다네. 먹여주고 재워주니까 사는 데 걱정은 없어. 그래서 받은 돈은 다 바쳐버린다네. 십일조 생활이 아니지."

김성실 자매는 말없이 돌아섰다.

(그래 십일조는 계산해서 바치는 것이 아니야. 마구 바치는 거지.)

장로 수련회와 운동화

•
•
•

김 집사는 자기도 놀랐다. 자기가 장로로 피택(被擇)될 것은 꿈에도 생각하지 못했다. 장로 네 사람을 선택하려고 투표를 했는데 첫 번째에 ⅔표를 획득하고 장로로 선택이 되었다. 다음 세 사람을 택하기 위해 이차 투표 때는 차점자들 7명을 두고 투표했는데 아무도 뽑히지 않았다. 교회를 나올 때 교인들이 축하한다고 악수를 청했지만 김 집사는 마음이 무거웠다. 몇 사람이 같이 되었으면 좋았을 텐데 무거운 짐이 덜컥 자기만의 어깨 위에 얹힌 느낌이었다. 교인들이 너무 가혹하다는 생각이 들었다. 감히 인간이 어떻게 신앙의 척도를 정하여 타인의 신앙을 심판할 수 있다는 말인가? 그래서 선택되지 못한 사람들이 시험에 든다고 하는 것이 아닐까?

자기가 그들보다 나을 것이 무엇인가? 직장을 핑계 대고 새벽기도에도 잘 나오지 않았으며 십일조에도 정직하지 못했다. 다만 한 일이 있다면 경조 부장을 맡아 애경사에 열심히 뛰었으며 새로운 방법으로 하나님의 일이라면 열심히 많은 사람의 참여를 유도한 것뿐이었다. 그러나 그것은 맡겨진 일에 언제나 성실하다는 평가를 받는 자기 성품 때문이었으며 그것이 신앙의 척도가 될 수는 없는 일이었다. 기도를 잘한다는 말을 들었으나 그것도 미리부터 간구해야 할 내용을 두고 준비를 잘했기 때문이었다. 하나님 찬양, 죄의 고백, 감사, 그리고 간구 등의 순서로 기도 내용을 정리하고 있으면 하나님과의 관계가 잘 정리되는 것 같은 시원함을 늘 느끼고는 있었다. 그러나 자기는 세상과 세상의 질서를 따르는 사람이요, 성령이 충만한 신앙인이 못 된다고 늘 영감에 넘치는 기도를 하는 다른 성도들을 우러러보고 있던 터였다.

집에 오자 여기저기서 전화가 왔다. 그런 전화를 받고 보니 더욱 큰일 났다는 생각이 들었다. 높은 나뭇가지에 자기를 올려놓고 바라보거나 흔드는 것 같았다. "너는 얼마나 다른 사람과 다른가 보자!"하고 모두 벼르고 있는 것 같은 생각까지 들었다. 새벽기도나 철야기도를 어떻게 할까? 기도원에 가는 일도 빠지면 안 되지 않겠는가? 또 십일조도 정직하게 해야 한다. 어떤 교인은 장로 장립(將立) 때는 돈 천만 원쯤 교회에 바칠 생각을 하고 준비하고 있어야 할 것이라고 귀띔해 주기도 했다. 오 년 전에도 육백만 원씩 냈기 때문에 이번에는 그 정도 준비해야 할 것이라는 말이었다. 김 집사는 더 오금이 저렸다. 그 정도의 돈이면 자기 집 전셋값의 오 분의 일에 해당하는 금액이었다. 김 집사는 다른 교인들이 예상하는 것처럼 다시 한번 세 분의 장로를 더 뽑을 것으로 생각하고 있었다. 그러나 이번에 새로 부임한 목사는 하나님께서 이번에는 한 사람만 주셨기 때문에 수에 연연하지 않고 더 뽑지 않겠다고 공표하였다.

김 집사는 부담감이 가중되어 잠도 잘 잘 수가 없게 되었다. 그래서 생각하다 못해 목사님께 장로를 그만두어야겠다고 말하기 위해 당회장 실로 찾아갔다. 그런데 목사는 오히려 김 집사를 기다렸다는 듯이 반가이 맞으며 책상 위에 둔 책 두 권을 주는 것이었다. 장로 고시를 준비할 책이라고 했다. 이 책을 집에 와서 열어 보고 더 기가 질렸다. 장로, 전도사, 목사를 위한 종합 고시 문제집이었는데 내용도 많고 어마어마했다. 그때에야 자기가 성경을 너무 모르고 있는 것을 알게 되었다. 그런데 교인들은 자기가 그렇게 성경에 무식한 것을 모르는 것 같았다. 또 교회 헌법 책도 거기 있었다.

공부할 내용도 너무 벅차고 부담할 돈도 능력 이상의 것이어서 자기 지혜로는 어떻게 해볼 엄두가 나지 않았다. 시험공부고 뭐고 책은 다 집어치우고 기도에 매달려서 해답을 얻어 보리라 생각했다.

(꼭 장로가 되어야 한다면 이 돈이 마련될 수 있게 해 주십시오. 이 시험을 요령 있게 공부하여 통과할 수 있게 해 주십시오. 아직 때가 되지 않았으면 이 자리를 사양할 수 있게 해 주십시오.)

어떤 사람은 40일 작정 기도를 했더니 꼭 40일 만에 더도 덜도 말고 정확히 필요한 액수가 생겼다는 사람도 있고 어떤 사람은 십의 이 조를 내겠다고 하나님 앞에 서원했는데 몇 달 내다가 너무 힘들어 "하나님은 돈이 필요하지 않으시지요."하고 다시 내려서 드리겠다고 했더니 그리하라는 음성을 들었다고도 하는데 김 집사는 그런 음성을 들은 적도 없었다. 다만 "하나님은 누구시며 나는 누굽니까, 나더러 어떻게 하라고 하십니까? 답답합니다."하고 기도할 뿐이었다.

그런데 목사님이 하루는 교회의 장로 권사 수련회가 있는데 김 집사도 피택 장로로 참석하라는 것이었다. 교회에서는 자기를 아예 장로 대접을 할 생각인 듯했다.

장로 권사 수련회라는 곳에 처음으로 참석해 보았다. 그런데 이 수련회는 자기를 위해 마련한 것 같았다. 목사님이 베드로가 성령이 충만하여 "은과 금은 내게 없거니와 내게 있는 것으로 네게 주노니 곧 나사렛 예수의 이름으로 걸으라"라고 하니 나면서부터 앉은뱅이 되었던 자가 일어났다는 기적 이야기를 하였다. 그러면서 돈을 의지하는 사람은 하나님의 권능을 받기가 힘들다고 말했다. 그것은 바로 자기를 위해 말씀하시는 것 같아 얼굴이 붉어졌다. 주의 권능을 받아 "주를 증거하는 증인이 되자!"라고 설교를 마친 뒤 김 집사를 앞으로 불렀다. 그리고 말했다.

"우리는 이제 새로운 한 사람의 동역자를 얻었습니다. 들리는 바에 의하면 소문이 무성한데 우리 교회는 이번부터 장로 장립 때 특별헌금을 받지 않을 것입니다. 하나님 은혜로 장로가 되었으니 하나님께 은혜를 갚아야 한다고 돈을 낸 사람은 하나님의 은혜를 받을 자격이 없습니다. 하나님의 은혜는 주고받는 관계가 아닙니다. 은혜는 흘러내려 가는 것입니다. 장로로 부름을 받은 사람은 은혜를 하나님께 되돌리는 것이 아니라 병든 자와 가난한 자와 고난받는 자에게 은혜를 흘려보내는 것입니다. 우리 교회 장로에게 필요한 것은 돈이 아니라 하나님의 말씀을 순종하여 세상에서 열심히 뛰어다닐 운동화입니다."

그러면서 준비해 온 운동화를 김 집사에게 선물로 주었다. 그리고 모두가 김 집사를 위해 합심 기도를 했다. 이 기도가 김 집사를 울게 했다. 부끄러운 줄 모르고 흐느껴 울게 했다. 알 수 없는 눈물이 마구 흘렀다. 그러면서 김 집사는 돈 준비할 걱정을 했던 자기가 부끄러워지고 장로를 그만두겠다고 생각했던 것이 부끄러워지고 오히려 그 순간 무엇이든지 할 수 있을 것 같은 용기가 솟는 것을 깨달았다.

강 권사가 지킨 추수 감사절

∴

강 권사는 한 주전부터 추수감사절을 준비하는 기도를 하였다. 목사님께서 추수감사절을 준비하는 자세를 잘 주보에 적어 주었기 때문에 큰 도움이 되었다.

1. 오늘부터 한 주간 동안, 과거에 나를 지켜 주심과 올해에 나를 인도하심과 내가 손을 댄 모든 일에 앞으로 복 주실 것을 생각하며 온전히 기쁜 마음으로 감사의 기도를 드리십시오.

2. 주 앞에 공수로 보이지 않기 위해 헌금 봉투를 준비하고 마음에 정한 대로 감사의 헌금을 넣으십시오.

3. 이제는 여러분 주위에 도움이 필요한 사람을 찾아보십시오. 주린 사람과 헐벗은 사람과 병든 사람과 옥에 갇힌 사람들을 찾아보고 그들에게 감사할 일이 생기도록 기도하십시오.

4. 헌금 봉투에 넣은 헌금으로 그들을 구제하십시오. 여러분은 세상에 흩어져 있는 교회들입니다. 그리스도의 몸 된 교회가 할 일은 유대인의 명절에 잔치 자리에 가지 않고 베데스다 연못가의 병자들을 찾아간 예수님처럼 어려운 사람들을 찾아가는 일입니다.

5. 교회가 찾지 못한 어려운 이웃들을 찾아 여러분이 준비한 헌금을 주님의 영광을 위해 쓰십시오. 혹 준비한 헌금이 부족하여 돕지 못하고 가슴 아픈

일이 있으면 교회에 요청하십시오. 교회가 도울 수 있는 길을 찾겠습니다.

6. 추수감사절에 교회에 낼 헌금 봉투는 어려운 이웃을 구제한 증거로 빈 봉투를 내십시오. 마지막 날 영광의 보좌에 앉으신 주님께서 창세로부터 예비 된 나라를 여러분이 상속하게 되었다고 선언하실 것입니다.

7. 혹 쓰고도 남았거나 어려운 이웃을 찾을 수 없을 때는 교회에 헌금하십시오. 교회가 주님이 시키신 대로 일하겠습니다.

강 권사는 우선 10만 원 수표 열 장을 준비하여 감사 헌금으로 드리기로 하였다. 올해에 딸은 외국에서 학위를 무사히 받고 돌아왔으며 두 번에 걸친 귀국 독주회도 성황리에 잘 마치게 되었다. 이때 함께 성가대원으로 있던 분들이 사랑으로 도와주었고 온 교우들에게 너무 큰사랑을 받았었다. 일일이 다 감사를 하고 싶었지만 그렇게 하지 못했다. 강 권사는 머리에 떠오르는 여러 사람을 생각해 보았지만, 금전으로 돕는다는 게 쉬운 일이 아니었다. 한두 가정이 떠 올랐다 하더라도 왼손이 하는 일을 오른손이 모르게 어떻게 전달할 수 있을 것인지 여간 어려운 일이 아니었다. 또 그들의 자존심을 건드리는 일은 아닐지 그것도 조심스러웠다.

할 수 없이 추수감사절에 강 권사는 수표 열 장을 모두 봉투에 넣어서 교회의 헌금함에 넣어 버렸다. 그날 예배가 끝나고 성가 연습을 한 뒤였다. 수군거리는 소리가 있어 들어보니 대원 중 너무 어려운 박 집사를 돕자는 이야기였다. 누군가가 기도 중에 박 집사를 생각한 것임이 틀림없었다. 그리고 자기의 헌금만으로는 부족하다는 생각이 들어 이렇게 말을 꺼냈는지도 모를 일이었다. 별 반대가 없이 모두 만 원씩을 내서 한 봉투에 넣었다. 그날따라 강 권사는 지갑에 만원도 없었다. 그뿐 아니라 그녀는 왜 자기가 진즉 박 집사를 생각하지 못했을까 하고 후회되었다. 그는 신앙도 좋고 헌신적이었다. 그런데 구조 조정으로 직장을 잃고 어렵게 살고 있는데 내색도 하지 않는다는 말을 여러 번 들었었다. 정말 그는 강 권사가 돕고 싶은 사람이었다. 만원이 아니라 십만 원도 부족하다는 생각이 들었었다. 그런데 그 순간에는 만원도 없었다. 그녀는 신경질적으로 성경을 뒤적였다. 가끔 헌금하려고 넣어 놓고 잊어버렸던 돈이 있기도 했기 때문이었다. 그런데 깜짝 놀랐다. 성경 속에 십만 원 수표가 한 장 있었다. 그럴 리가 없었다. 분명 열 장을 다 넣었는데 어떻게 된 것이었을까? 그녀는 이 수표를 꺼내 돌리고 있는 봉투에 급하게 집어넣었다. 하나님께서 박 집사를 위해 이 한 장은 자기도 의식하지 못한 사이에 따로 떼어 놓은 것 같았다.

집에 돌아왔는데 박 집사로부터 전화가 왔다. 정말 과분한 도움을 주어서 감사하다는 것이었다. 누군가가 그 수표는 강 권사의 것이라고 말했던 모양이었다. 얼굴이 화끈 달아올랐다. 사실 자기는 박 집사를 까마득하게 잊고 있었고 그를 위해 기도도 하지 못했으며 그 수표는 그의 어려움에 대해서는 너무 작을 액수였다. 그녀는 부끄럽다는 말만 되풀이하였다. 그리고 그 작은 것에 그렇게 감사하는 박 집사의 목소리를 들으며 너무 잘 주었다고 생각했다. 그녀는 그 작은 성의들이 성가대원 전체의 기도를 묶는 것으로 생각하고 힘내어 재기했으면 좋겠다고 말하였다.

끝에는 목이 멨다. 이런 감사절은 처음이었다.

내일 교회 갈 거야

노 집사는 결혼한 지 10년이 되어도 아내를 전도하지 못했다. 아버지가 장로이고 어머니가 권사이기 때문에 믿지 않은 사람과는 결혼이 허락되지 않았었다. "믿지 않은 자와는 멍에를 같이 하지 말라"는 엄한 계율을 지키는 집안이었다. 믿지 않은 무리는 불법이요, 어둠이었다. 그런데 아들의 고집을 꺾지 못해서 마지막 양보한 조건은 교회에 등록하여 교회를 출석하는 교인이 되어야 한다는 것이었다. 그러나 당시의 신붓감인 고정신 양은 기독교 정신이 필요하지 왜 기독교인이 지켜야 할 해골 같은 법에 그렇게 집착하느냐고 반대했다. 결혼한 뒤에 교회에 나갈 수 있을지는 모르지만, 결혼을 위해 아직 납득하지 못한 행동을 하고 결혼하고 싶지 않다는 것이 그녀의 주장이었다. 유가에서 사서삼경을 뗀 사람만 며느리로 맞겠다고 하는가? 불가에서 100일 불공을 드린 사람만 며느리로 맞겠다고 하는가? 미국 여자면 한국 시민권을 가져야 며느리로 받겠다고 하는가? 왜 기독교인만 유독 독선적이고 배타적인가? 고정신은 자기가 결혼하면 기독교인이 비기독교인과 얼마나 잘 어울려 사는가 하는 것을 보여 주겠다고 말했다. 그녀는 집이 부유하거나, 학력이 높은 것도 아니었다. 다만 콧대가 높을 뿐이었다. 노 집사는 자기가 어떻게 해서든지 고정신을 기독교 신자로 만들 것이니까 결혼만 허락해 달라고 빌고 빌어서 결혼했다. 그러나 어린애가 커서 유치원에 다니기까지 아내는 교회의 마당도 밟지 않았다.

그녀는 게으를 뿐 아니라 구속을 아주 싫어하였다. 교회에 얽매어서 자유롭게 활동하지 못하는 것이 싫었다. 또 생각도 자유롭게 하고 싶었다. 무엇이든지 기독교 가치관으로 비판하고, 기독교인이라는 틀에 갇혀 산다는 것이 싫었다. 그런 데다 기독교인이 하는 짓이 마음에 들지 않았다. 고정신은 아파트 상가의 삼층을 사서 피아노 학원을 하고 있었는데 그 4층은 교회가 세를 내서 쓰고 있었다. 그들은 시도 때도 없이 모여서 큰 소리로 기도했는데 그 소리가 밑에 층까지 들려서 학생들을 지도하는 데 방해가 되었다. 그런 데다 가끔 들리는 기도 소리를 들으면 "3층 피아노 학원을 우리에게 주시옵소서" 하고 기도하는 것이었다. 아니 자기네 장소가 아무리 좁기로 남의 집을 달라고 기도하는 것은 무슨 무례함인가? 그렇지 않아도 고정신은 이 집 때문에 여간 신경이 날카로운 것이 아니었다. 처음엔 한 달에 내는 세에다 조금만 더 얹으면 그 월부금으로 집을 살수도 있을 것 같아 무리해서 빚을 내어 집을 샀는데 IMF 때 수강생이 줄어들어 월세를 부담하기가 어려워졌다. 사는 것이 어려워지자 아파트에 여기저기 개인 레슨을 하는 사람이 생겨나서 학원의 학생을 빼앗기에 되었다. 모든 적금을 해약해 가면서 겨우 살아남았는데 또 위층에서 이 집을 달라고 하나님께 기도하는 소리를 들으면 마음이 떨리고 소름이 끼쳐지는 것이었다. 사는 것이 어려워지면 이상하게 교회는 더 번창하는 것 같았다. 무슨 이런 염치없는 사람들이 있는가?

남편 노 집사는 이해심도 많았지만 만사태평이었다. 피아노 학원을 살 때도 전혀 간섭하지 않았고 또 운영이 어려워져 적금을 해약해도 화를 내지 않았다. 자기가 번 것은 자기가 관리했다. 이런 점에서 두 부부 사이에는 아무 문제가 없었다. 그런데 한 가지 참을 수 없는 것은 십일조를 교회에 바칠 것이니까 아내가 번 돈도 십 분의 일을 떼어 달라는 것이었다.

"교회를 안 나가는 내가 왜 십일조를 내요?"

"하나님께서 우리 가정을 축복하시는데 나는 내고 당신은 안 내면 되겠어요?"

"아니, 하나님은 돈을 내면 축복하고, 안 내면 저주하나요? 지금까지 나는 안 냈어도 아무 일도 없었잖아요? 아무튼, 나는 못 내요. 이 돈은 학원 빚 갚는 데 쓸 거예요."

"엄마 그래도 내 헌금은 줄 거지?"

교회의 유치부에 다니는 딸 슬기가 말했다.

"그럼 그거야 주지, 우리 예쁜 슬기."

고정신은 딸을 끼어 안고 입 맞추며 몸을 떨었다. 귀여워서 견딜 수 없었다. 친정에 갔을 때 시아버지가 식사하면서 슬기더러 기도를 하라고 했었다.

"예수님, 날마다 일용할 양식을 주시니 감사합니다. 예수님, 우리 어머니도 교회에 나오게 해주세요."

시아버지가 "우리 슬기가 기도를 참 잘했다."라고 칭찬하셨다. 고정신이 시아버지를 존경하는 것은 교회 출석을 결코, 강요하지 않는 일이었다. "기도를 참 잘했다."라는 말 가운데는 "너도 이제는 교회를 나가라."하는 뜻이 숨겨 있었다. 그분은 고통스럽게 그 말을 참고 있는 것이었다. 그러나 고정신은 교회는 싫다고 속으로 외치고 있었다. 새벽기도를 나가면 모처럼 일요일에 늦잠은 어떻게 자는가? 교회에 나가면 밀린 빨래와 청소 그리고 학원 정리는 언제 하는가? 십일조를 내면 빚은 언제 갚는가? 남편과 함께 태평하게 남 좋은 일이나 하고 살다 보면 집안 살림은 엉망이 되고 말 것이다.

슬기는 아버지 닮지 않아서 돈을 아주 많이 아꼈다. 용돈을 주면 꼭 돼지 저금통에 넣었지 허투루 쓴 일이 없었다. 맛있는 것 사 먹어도 된다고 말해도 결코, 쓰지 않았다. 그 애는 이것을 저금했다가 크면 미국 유학 간다고 말해서 부모를 웃겼다.

하루는 슬기가 말했다.

"엄마, 오늘 교회에서 부모 초청의 날을 하는데 엄마가 와 주면 좋겠다. 나 율동도 하거든."

"당신이 좀 가지 그래요?"

"유치부에 참석하는 부모는 다 어머니지 남자는 없어."

"나도 엄마가 좋아."

슬기가 말했다.

"나는 안 돼."

고정신은 교회에 한번 발을 들여놓기 시작하면 끝장이라는 생각이 들어 긴장되었다. 그런데 슬기 표정은 너무 애절했다.

"엄마 돈 좋아하지?"

"뭐?"

"나 엄마에게 돈 줄게."

그러면서 돼지 저금통과 칼을 가져왔다.

"엄마. 이 돈 다 엄마 가져."

그러면서 칼로 저금통을 찢으려 했다. 고정신은 가슴이 아팠다. 얼마나 아끼는 돈인데…. 유학 간다고 아끼는 돈인데….

고정신은 슬기를 끌어안았다.

"그러지 않아도 돼. 나 내일 교회 갈 거야. 이 돈은 네가 가져. 돈 안 줘도 갈 거야."

삼천포로 빠졌네

∶

　8월 15일은 매년 주일학교 교사들이 야유회로 나가는 날이었다. 광복절 기념일은 아예 아침 일찍부터 그렇게 노는 날로 정해 놓았었다. 7개월 내내 늦잠 못 자고, 놀지 못하고, 학생들에게 시달리며 심방 다니고 지냈기 때문에 직장인이나 학생이나 누구나 쉴 수 있는 이 날을 교사 가족들을 다 데리고 하루 푹 쉬는 날로 정해 놓은 것이다. 이 해에는 대진고속도로가 개통되어 심천포를 한번 가 보자는 것이 그들의 꿈이었다. 한 달 전부터 계획을 세우고 애들에게도 꿈을 심어주어서 그곳에 가면 남일대 해수욕장도 가자고 약속을 해 놓았었다. 그런데 이 해에는 장마가 계속되고 남쪽으로는 호우 주의보가 계속되고 집이 수몰되고, 가축이 죽어가고, 양식 고기들이 떼죽음을 당하고 해서 방송국마다 수재의연금을 걷고 있는 상태였다. 떠나기 전 수요일 밤에도 계속 비는 내리고 있었다. 교회가 대전에 있는 J 교회는 수요 예배를 마치고 각 교육부서 부장들이 모였다. 예정대로 아침 8시 반에 떠날 것이냐 하는 것 때문이었다. 교육부를 총 책임지고 있는 박 장로는 올해는 이 놀이를 다 반납하고 수재의연금으로 바치는 것이 어떻겠냐고 말했다. 그러나 그것은 박 장로 한 사람의 생각이었다. 일 년 내내 기다려 온 하루인데 그렇게 반납할 수가 있는? 남쪽 그것도 수재민이 신음하는 고장으로 가는 것이 어려우면 대전 근교에서 점심을 먹고 너무 아쉬우면 가까운 곳 어느 곳이라도 드라이브하고 오면 어떻겠냐는 의견이 있어 그렇게 하기로 하고 아침 모이는 시간을 10시로 늦추고 헤어졌다.

　다음날 일기 예보는 경남 지방은 호우 주의보가 있었고 80~90% 비가 온다는 예보였다. 그러나 대전은 말짱하였다. 박 장로는 10시에 모여 점심을 먹으러 가는 것은 너무 빨랐으므로 50여 명이 되는 교사 가족들이 먼저 경건회를 갖고 나라를 위한 기도, 그리고 수재민을 위한 기도를 한 뒤 떠나는 것이 좋겠다고 생각하고 소예배실 준비를 하고 있는데 구수회의를 하고 있던 부장들이 박 장로를 불렀다. 날씨도 좋아지고 있다니 예정대로 경남 지방으로 야유회를 떠나는 것이 어떻겠냐는 것이었다. 박 장로는 버럭 화를 내며 그것은 절대 안 되며 허락할 수 없다. 자기는 그런 야유회는 따라갈 수 없다고 소리치고 밖으로 나왔다. 얼마 있지 않아 홍 전도사가 왔다.
　"장로님 좀 양보하시면 안 돼요?"
　그녀는 교사 가족들이 이날을 너무 기다려 왔으며 삼천포라고 했기 때문에 다 왔다는 것. 또 놀이를 반납하지 않은 이상 대전을 돌아다니나 그곳까지 갔다 오나 무슨 차이가 있는가? 수재민 때문에 미안하다지만 그곳 수재 지구를 가 보면 더 안타까운 것을 체험하지 않겠는가? 또 비가 심히 오면 천천히 달리고 비가 뜸하면 제대로 달리면 되기 때문에 사고 우려도 없다는 것, 대전을 돌겠다면 그냥 귀가하겠다는 사람이 많다는 것, 등등을 들어 설득하였다. 꼭 천상의 이브같이 생긴 귀여운 여전도사였다.
　"모두 그렇게 원하면 알아서 하세요."

"그럼 장로님은 안 가실래요?"

"같이 가야지요. 위험하고, 할 짓이 아닌 것 같아 반대했는데 나만 빠지면 면죄가 됩니까?"

거의 10시 반이 되어 교회를 출발하였다. 그런데 박 장로의 우려와는 반대로 전혀 비가 오지 않았다. 모두 우산을 준비해 갔지만, 우산을 쓸 겨를이 없었다. 고속도로 주변을 흐르는 경호강에서는 리프트를 타는 사람들도 보였다. 젊은 선생들과 어린아이들은 함성을 지르며 흥분하였다. 박 장로는 일기 예보대로 비가 온다고 화를 낸 자기가 스타일은 구겼지만, 역시 잘 데려왔다는 생각이 드는 것이었다. 진주를 지나 마산, 창원 쪽으로 빠지면 수해지구로 가게 되는데 방향을 틀어 삼천포로 빠졌다(왜 이곳으로 가면 잘 가다 삼천포로 빠졌다고 하는 건지!). 부두로 가서 회를 사 먹고 매운탕을 끓여 먹자는 것이었다. 이제는 웃고 즐겨야 한다. 수해로 망연자실한 수재민의 얼굴을 떠올리고 우울해하면 되겠는가? 다음에 회개하기로 하고 즐거운 표정을 짓자.

식사는 두 시가 다 되어 시작되었는데 식사하는 동안 애들이 유람선을 타고 싶어하니 모처럼 이렇게 먼 길을 왔는데 유람선을 태워주면 어떻겠냐는 공론이 돌았다. 죽방, 학섬, 동백섬, 병풍바위, 코끼리바위 등을 돌아오는 데 2시간 20분이 걸린다는 것이었다. 3시에 떠나는 배가 있으니 다녀와서 5시 반쯤 귀로에 오르면 8시 좀 지나서 대전에 도착하지 않겠느냐는 것이었다. 박 장로는 떠날 때부터 이미 리더의 자격을 잃고 있었다. 그러나 이렇게 수수방관하고 있자니 무엇 때문에 따라왔는지 알 수가 없어졌다.

"너희는 너희 섬길 자를 오늘날 택하라. 나와 내 집은 여호와를 섬기겠노라." 이렇게 여호수아처럼 강한 발언을 할 수는 없는 것일까? 좀 거창하기는 하지만. 박 장로는 아무 대답도 하지 않았는데 그들은 그 계획을 취소하고 남일대 해수욕장만 들러서 가자고 건의해 왔다. 교사들은 잘 훈련된 사람들이어서 리더십과는 상관없이 계속 박 장로의 눈치를 보고 있었다.

바다는 사람의 마음을 탁 트이게 했다. 일기 예보 때문인지 모래사장은 곱고 좋았는데 사람이 얼마 없었고 축구와 배구를 하는 몇몇 젊은이들과 바다에 몸을 담그고 있는 사람들이 보일 뿐이었다. 제일 좋아하는 사람은 어린이들이었다. 그들은 먼저 물가를 뛰며 물장난을 치더니 옷을 입고 아예 물에 점벙 뛰어들었다. 보면서 웃고 있던 부모 교사들이 자기들도 물장난을 시작했다. 그러더니 그들도 물속으로 뛰어들었다. 박 장로는 자기와는 세대가 다르다고 생각했다. 그렇게 좋아하는 것을 누가 말리랴. 평소에 휴일에도 가족들과 나들이를 못 하던 교사들에게 얼마나 좋은 기회냐? 교회 생활은 기쁘다고 하지만 사실 힘든 생활인데 가끔 이런 즐거움도 없으면 어떻게 이겨 내겠는가? 박 장로는 다시 한번 잘 왔다는 생각을 했다.

그들이 오랫동안 물에서 나오지를 않자 홍 전도사가 박 장로더러 해변을 좀 걷지 않겠느냐고 말했다. 그들은 해변을 따라 걸어 구름다리처럼 높이 걸린 출렁다리를 건넜다.

"여기 와서 후회되세요?"

전도사가 물었다.

"왜? 유혹에 빠진 뒤 기분이 어떠냐고 묻는 거요?"

"제가 언제 유혹했나요?"

박 장로는 딴전을 피웠다.

"나는 사랑의 하나님이 우리를 사랑하신다면 정말 편하게 놔두시지 왜 자기 십자가를 지고 따르라고 하시는지 모르겠어요."

"영광은 십자가를 통해서만 얻어지기 때문에 그런 것 아니겠어요?"

"이런 말을 해서 될지 모르지만 난 전도사님을 보고 있으면 마음이 아플 때가 있습니다."

"왜요?"

"너무 힘들 것 같아서요. 하나님께서는 전도사님이 소명을 받고 말 잘 듣는다고 결코 칭찬할 분이 아니잖아요? 그리고 전도사님도 하나님께 칭찬받을 생각은 없고요. '저는 무익한 종입니다.'할 거잖아요?"

"장로님, 하나님께서는 저를 사랑하십니다. 그러나 그 사랑을 저는 빚 갚듯 하나님께 돌려드릴 수 없습니다. 그분의 사랑은 성전 문지방 밑에서 흘러나와 바다에 이른 물 같이 좌우 강가에 각종 과실나무에 열매를 맺게 하는 은혜의 강이라고 생각해요." 전도사는 말했다. "장로님, 하나님의 은혜로 이 해수욕장을 이렇게 한가하게 만드셨어요. 주차장에 우리 교회 차밖에 없지 않아요? 저는 하나님의 은혜의 강에서 헤엄치며 감사하고 살면 된다고 생각해요. 언젠가는 우리도 주님의 은혜를 깨닫고 주께서 원하시는 사람들에게 그런 강이 되어줄 수 있지 않겠어요?"

그리고는 손가락으로 하늘을 가리켰다.

"장로님, 보세요. 잠자리가 날지 않아요? 잠자리가 날면 날씨가 좋아진다는 뜻이래요. 날씨가 더 맑아질 거예요. 그리고 우리는 수고한 주일학교 교사들의 가족이 즐겁게 노는 것을 보고 기뻐하면 되지 않아요?"

김 장로는 삼천포로 빠지기를 잘했다고 생각했다.

교회 못 나가서 죄송해요

:

노 집사는 시내에서 복요리 전문점을 내고 있었다. 그런데 그녀가 가장 행복한 날은 목사님이 강사 목사를 모시고 식사를 하러 올 때였다. 목사님은 오시면 언제든지 노 집사와 그녀의 요리점을 위해 기도를 해 주었다. 그녀의 딸은 4년제 대학에 진학하지 못하고 기술을 익히려 전문학교에 다니고 있는데 아버지도 없는 그 딸이 어떻게 앞날을 개척해 나갈 것인가 하는 것을 생각하면 늘 마음이 쓰린데 목사님께서 기도해 주면 걱정이 사라지고 마음이 평안해졌다. 노 집사는 음식점 때문에 교회의 집회에 꼬박꼬박 참석하지 못한다는 죄책감이 늘 그녀를 억누르고 있었다. 그 딸이 고등학교에 다닐 때 철야기도와 새벽기도를 나갔어야 할 것인데 피곤하다는 핑계로 꾸준히 나가지 못했었다. 그것 때문에 딸이 대학에 가지 못했다는 생각을 떨쳐버릴 수가 없었다. 불의한 재판관도 과부가 귀찮게 기도하니 들어주었는데 자기는 그렇게 매달려 기도하지 않은 것이 가슴을 치고 싶을 만치 원통하였다. 부흥회 때 자기가 속한 여전도회에서 찬양해야 한다고 한복을 입고 나오라고 했는데 자기는 일이 끝나지 않아 나가지 못했다. 주인을 속이고 집안에 급한 일이 생겼다고 거짓말을 할 수도 있었지만 자기는 그러고 싶지 않았다. 당시 간절한 소원은 빨리빨리 돈을 벌어서 헌금도 많이 하고 시간만 나면 교회에서 묻혀 사는 일이었다.

식당 일은 피곤하지만, 교회 일이라면 잔디에 잡초를 뽑는 일이나 교회 청소나 교인들 음식 대접이나 무엇이나 즐거울 것만 같았다.

노 집사는 하나님께서 복을 내려 주셔서 돈이 모였고 자기의 음식점을 갖게 되었을 때 목사님께 개업예배를 드려 달라고 했다.

"나는 어디에서나 예배라는 말을 붙이는 것을 좋아하지 않습니다. 그러나 예배 대신 성경 말씀으로 어떻게 장사를 하는 것이 하나님 기쁘시게 하는 것인지 권유의 말씀을 드리고 그렇게 살 힘을 주시도록 기도하러 가겠습니다."

그러더니 개업 때 오셨다. 떡을 해 놓고 음식을 장만하여 상을 차려 놓고 모두 둘러앉았다. 돼지머리만 없지 불신자의 개업과 별다름이 없었다. 목사님은 기도하였다.

"노 집사가 이제 복집을 개업하려고 합니다. 먼저 자신을 하나님께 드리기를 원합니다. 하나님께서 노 집사의 산 제사를 받아 주시고 이제는 하나님의 일꾼으로 써 주십시오. 주께서 성령으로 채우셔서 다시 세상으로 보내시며 장사를 통해 하나님을 섬기게 해 주십시오. 그리스도의 종으로 정직하게, 사랑으로 손님들을 접대해 주십시오."

노 집사는 자기가 주인이 된 뒤는 주일에는 문을 닫았다. 그러나 수요일 밤 예배는 참석할 수가 없었다. 자기가 주방장 노릇을 하고 있었기 때문이었다. 노 집사가 고민하는 것은 어떻게 하면 수요일에도 교회에 나가 하나님을 기쁘게 해드리며 자기 요리점에 찾아오는 손님들도 기쁘게 해 줄 수 있을까 하는 것이었다. 종업원에게 맡기고 교회에 나가면 하나님을 기쁘시게 하는 것이 되지만 손님들에게는 불성실한 것이 되며 또 자기가 없는 사이에 어떤 잘못된 일이 일어날지 알 수 없는 일이었다. 자기는 성경에 쓰여 있는 대로 두 주인을 섬길 수 없다고 생각했다. 이런 께름칙한 생각에서 벗어나려고 일 년에 두 번씩은 교역자 가족들을 다 초청해서 음식 대접도 하고 십일조도 그 이상을 내고 있었지만, 마음은 늘 후련하지 않았다. 죽지 않으면 이 문제는 해결이 되지 않을 것 같았다. 그런 가운데서도 한 가닥 기쁨 은 목사님이 강사 목사님을 모시고 수요일에 식사하러 오시는 일이었 다. 그럴 때는 노 집사의 얼굴이 환하게 빛나 목사님도 그것을 아는 지 꼭 외래 손님이 오시면 모시고 오는 것이었다. 그녀는 목사님 얼굴 이라도 보고 또 음식 대접을 통해 목사님과 강사 목사님을 섬기고 있 으면 마치 예배를 드리는 것 같이 흐뭇했다. 그러면서도 마음속으로 기도하는 것은 자기도 빨리 더 돈을 벌어 이 장사를 그만두고 새벽 기도도 나가고, 철야기도도 나가고, 기도원도 가고, 수요 예배도 나가 게 되는 그런 장사를 하는 일이었다. 주의 궁전에서의 한 날이 다른 곳에서 천 날보다 낫다고 했는데 아예 집도 교회 옆으로 옮기고 교회 에 묻혀서 살고 싶다고 생각했다. 강대상 꽃꽂이도 자기가 맡아서 하 고 싶었다. 주일 예배 때마다 아름다운 꽃이 꽂혀 있는 것을 보면 누 군가가 자기가 할 일을 빼앗아서 하나님께 영광을 돌리고 있는 것만 같았다.

목사님 옆에 앉아 식사 시중을 들고 있는데 시간이 되어 목사님이 일어났다. 좀 더 오래 앉아서 이야기를 나누고 갔으면 좋겠다는 아쉬 움이 왔다. 목사님은 떠나면서 계산을 했다. 대접하고 싶은 마음을 빼앗아 가는 것 때문에 야속했지만, 목사님은 회계를 안 한 일이 없 었다. 노 집사가 죄송하고 수줍은 표정으로 목사님께 말했다.

"목사님 죄송해요. 조금만 돈을 더 벌면 이 장사 때려치우고 수요 예배 나가겠습니다."

"무슨 말을 그렇게 합니까? 수요 예배에 안 나와도 됩니다."

"네? 뭐라구요? 저를 버리셨어요?"

"일하는 것이 하나님을 섬기는 일이라고 말하지 않았던가요? 무엇을 하든지 말에나, 일에나 다 주 예수의 이름으로 하십시오. 있는 자리에서 사람을 섬기는 것은 하나님을 섬기는 일입니다."

"목사님은 참 별나셔."

노 집사가 혼잣말처럼 중얼거리자 목사는

"예수님은 자기 백성이 세상에서 일하는 것을 기뻐하십니다."

그리고 떠나갔다.

제사 안 지내도 돼

⋮

　윤 집사네 교회에 새로 김성녀라는 무당이 출석했다. 처음에는 모두 이상한 눈으로 보았으나 곧 신앙이 좋다고 소문이 났다. 새벽 기도에 빠지지 않으며 철야기도회 또 기도원 참석 등에 빠짐없이 참석하여 미지근한 신자들에게 경종을 울렸다. 가장 놀라게 한 것은 무당 생활을 하면서 그녀 집에 간직했던 모든 옷가지와 부적, 그리고 벽에 붙었던 그림 등을 구석구석을 뒤져 모두 떼어내고 끌어내어 불로 태우고 교회의 집사와 권사들을 초청하였다. 그리고 그들이 무당굿을 하는 이상으로 큰 소리로 방언하며 통성 기도를 해서 집안에서 말끔히 우상을 몰아냈다는 것이었다. 그뿐 아니라. 김성녀 자매도 그때 방언을 받았다는 이야기였다.

　교회에서는 미지근한 신자를 훈계할 때마다 이 김성녀 자매의 이야기를 했다. 이때 충격을 많이 받은 사람은 윤 집사였다. 모태 신앙으로 불신자 가정에 시집간 윤 집사는 시댁을 전도하겠다는 굳은 결심을 부모에게 말하고 반대를 무릅쓰고 결혼은 했으나 결혼해서 20년이 되어 가는데 아무도 인도하지 못했다. 그뿐 아니라 그녀가 예수를 믿지 않았다면 그 가정은 부러울 것 없는 화목한 가정이었는데 그녀가 예수를 믿기 때문에 제사 문제가 늘 불화의 근원이 되었다. 차남인 남편은 제사를 모셔야 할 의무가 없었다. 그래서 남편만 전도하면 된다고 생각하고 결혼 한 것인데 문제는 그렇게 간단하지 않았다. 장남의 댁인 큰 동서가 독실한 기독교 신자였기 때문에 그 집에서는 제사를 지낼 수 없다고 이혼도 불사하고 단식 투쟁을 하였다. 결국, 마음씨가 좋은 둘째 아들이 제사도 모셔 오고 시아버지도 모셔왔다. 그런데 윤 집사는 동서처럼 투쟁하지 못했다. 똑같은 기독교인데 왜 자기는 그렇게 모질게 할 수는 없는가? 그녀는 자기의 신앙이 미지근하고 자기는 교회만 나가지 구원을 받지 못한 것이 아닌가 하고 늘 자신을 자책하고 있었다. 제사 때마다 속에서 불이 나고 남편과 다투었다.

"아니, 내가 왜 그래야 해. 홀로 된 시아버지도 모시고, 제사도 드리고. 효자인 당신 마음 모르는 것은 아니지만 너무 하지 많아? 나 너무 힘들어."

"대신 내가 잘 해 주지 않아? 무슨 말이나 다 들어주고."

정말 그는 교회에 나가는 것 빼고는 다 들어주었다. 힘들 때는 밥도 해 주고 설거지도 해 주었다. 이번에 또 제사가 닥쳐 왔다.

"나 좀 살려 줘. 나 제사 때만 되면 아픈 것 알지? 제사 대신에 이번엔 추도예배를 드리면 안 돼?"

"그게 뭔데."

"음식은 그대로 만드는데 제상을 차리거나 축문을 읽고 술을 올리는 일은 안 하는 거야."

"그게 무슨 제사야."

"그 대신 조상을 주신 하나님께 감사하는 예배를 드리고 조상의 삶을 회상하고 그 덕을 기리며 음식을 나누는 거지."

"예배란 하나님께 드리는 것이잖아? 그러면 믿지도 않던 조상님의 혼은 왔다가 쫓겨나는 것 아니야?"

"조상의 신이 어디 있어. 다 잡신이지. 신은 세상에서 한 분밖에 안 계셔, 알아?"

"뭐야, 너 말, 다했어?"

그러면 싸움이 시작되었다.

"나 다 양보할게. 그럼 나와 같이 교회만 나가 줄래?"

"그게 제사 지내지 말자는 것과 똑같은 말이지 뭐야. 나는 결코 교회는 안 나간다. 다른 종교는 다 무시하고 자기 신만 믿으라는 독선적인 기독교를 왜 믿냐?"

언제나 제사를 모시고 나면 아팠는데 이번에는 김성녀 자매 때문에 스트레스를 받아서 그런지 제사가 끝나자마자 윤 집사는 아프기 시작했다. 배가 끊어질 듯이 아파 진통제를 먹었으나 그때뿐이었고 꼭 죽을 것만 같았다. 결국, 병원에 입원하고 보니 담석증이었다. 너무 심해서 수술해서 쓸개를 떼어낼 수밖에 없었다. 쓸개는 문드러져 있었고 새끼손가락만 한 돌들이 6개나 나왔다. 퇴원해서 힘없이 누워 있는 며느리를 보고 시아버지가 말했다.

"내년부터는 제사를 그만두자. 어차피 장손은 제사를 안 지낼 것이고 너희 집도 딸뿐이잖니? 오래 계속되지도 못할 것, 너를 그렇게 괴롭히고 싶지 않구나."

윤 집사는 마구 눈물이 났다. 시아버지는 자기를 아주 사랑했다. 얼마나 가슴 아픈 생각을 하며 이런 말을 했을까를 생각하며 말했다.

"아닙니다, 아버님. 아버님이 생존해 계시는 동안은 제가 제사상을 차리겠습니다. 이것이 제 구원에는 상관이 없으리라고 믿습니다. 예수님도 용서해 주시겠지요."

이렇게 말하고 싶었으나 꾹 참고 눈물만 흘리고 있었다. 그러나 마음속으로는 얼마나 기쁜지 알 수가 없었다. 그래서 몸이 낫자마자 미국에 이민 가 있는 언니에게 이메일을 보냈다.

언니, 이제 나 제사를 안 지내도 돼. 얹혀 있는 체증이 다 내려간 것 같아. 교회도 이제는 당당하게 다닐 수 있게 되었어. 언니 기쁘지?

얼마 후에 언니로부터 답장이 왔다.

제사 같은 비본질적인 형식이 너를 그렇게 괴롭혔니? 가슴이 아프다. 너 그거 알아? 정말 네가 해야 할 일은 네 남편이 예수님을 영접하도록 하는 일이야.

윤 집사는 다시 가슴이 철렁 내려앉았다.

그 목사 가짜 아니야

:

김 목사 내외는 아파트 2층에서 살고 있었다. 그런데 3층에서 가끔 밤늦게 요란한 발걸음 소리와 퍽퍽 하는 둔탁한 소리와 흐느끼는 여인의 울음소리 같은 것이 들렸다.

"도대체 저게 무슨 소리지?"

"글쎄요, 저도 몇 번 들었는데 아무래도 부부 싸움을 하는 것 같아요."

"저 둔탁한 소리는 무슨 소리야?"

"부인을 때리는 것 같지 않아요? 남편이 농수산 시장에서 중개업을 하는 사람이라던데 성격이 아주 과격하대요."

부인은 이웃 사람들을 통해 들은 이야기를 종합해서 말했다. 3층에는 애가 없고 부부만 사는데 부인이 교회를 다닌다고 그렇게 학대할 수가 없다는 것이었다.

"그 남자를 내가 한 번 만나 볼까?"

"만나서 어떻게 하시려구요?"

"교회에 나가자고 전도를 해 봐야지 목사가 할 일이 또 있소?"

"관두세요. 늘 밤늦게 술을 마시고 돌아와서 만날 시간도 없구요, 또 농수산 시장의 중개업을 하고 있다는데 주일날 시간이 나겠어요? 부인이 교회에 나가는 것도 역겨운데 또 목사가 설교하러 가면 기름에 불 지르는 꼴이 될 거예요."

얼마 동안 잊고 있었는데 어느 날 김 목사는 아내에게 말했다.

"내가 3층 여인을 한 번 만나 봐야겠어."

"왜요. 당신 망신당하고 싶어 그래요? 3층 남자가 얼마나 무서운 사람인지 모르세요? 자기 아내더러도 이년 저년 하면서 머리에다 석유를 확 부어 불 질러 버리겠다고 그런데요. 의처증인지도 모르는데 가서 만나서 어쩌겠다는 거요?"

"하긴. 너무 안돼서 하나님 말씀으로 위로도 해주고 성령의 힘으로 승리하는 생활을 하라고 말해 주고 싶었는데 당신 말을 듣고 보니 그러네요. 당신과 같이 가면 안 될까?"

"핍박 가운데도 잘 다니고 있는데 왜 건드려요? 그 여인은 당신 힘이 필요한 것이 아니라 하나님의 붙드심이 필요한 사람이에요."

김 목사는 자기 사정을 털어놓았다. 사실은 자기가 다음 설교 때 예수 때문에 핍박받는 사람의 예화가 필요한데 갑자기 3층 여인이 생각났다고 말했다. 그래서 자기가 만날 수 없다면 아내라도 가서 내용을 좀 잘 알아 오면 좋겠다고 하소연하였다.

"목적이 딴 데 있었군요. 당신의 설교는 말만 뻔질뻔질하지 감동이 없어요. 성령의 나타남과 능력으로 하지 않기 때문이지요. 주위에 있는 깨어진 가정들을 설교의 예화로 쓸 생각을 하면 되겠어요? 먼저 구원받지 못한 남자를 측은히 여기고 핍박받는 여인을 위해 기도하는 일을 하세요. 저는 그런 심부름 못 해요."

목사는 목소리를 높이며 말했다.

"당신은 설교의 압박이 얼마나 큰지 알기나 해? 날짜는 가까워지지 적절한 예화는 생각나지 않지. 아주, 미칠 것 같은 심정을 이해하기나 하느냐 말이오? 좀 격려하고 도와주기는커녕 설교할 때마다 비판하고 의욕을 꺾어 놓으니 이건 목사 그만두라는 말밖에 더 돼요?"

목사는 정말 비참하고 처량한 얼굴을 하였다. 아내는 아무 말도 하지 않았다. 설교하려고 성경을 봐도 설교할 것이 생각나지 않지. 설교하려고 주변을 돌아보아도 하나님의 사랑을 실천할 여유가 생기지 않지. 목사는 답답했다.

아내는 목사가 참 안타깝게 생각되었다. 김 목사도 목사가 되기 전에는 말씀에서 많은 은혜를 받고 삶이 경건했으며 이웃을 위해 많은 봉사를 하였다. 그러나 목사가 된 뒤는 설교에 쫓기는 삶으로 그런 영성을 잃어 가고 있다고 생각했다.

다음 날 저녁 아내가 김 목사에게 말했다.

"제가 3층 여인을 어제 만났어요."

"그래 어떤 핍박을 받는답니까?"

기독교인을 욕하고 술 먹고 와서 늘 때리고 해서 만나보니 그 여인은 온몸이 퍼런 멍든 흔적뿐이었다고 말했다. 그러나 그녀는 주 없이는 살 수 없어서 하루는 목욕하고 기도하고 옷을 갈아입은 뒤, 죽으면 죽으리라는 각오로 남편을 아파트 앞뜰로 끌고 나갔다는 것이었다. 집안에서 석유를 뿌리고, 불 지르면 방화범이 되기 때문에 거기서 석유를 뿌리고 자기를 죽이라고 자기는 살고 싶지 않다고 말했다는 것이었다.

"그것이 언젠데?"

"지난 수요일 밤이에요."

"그래서 어떻게 됐어?"

"막 고래고래 소리를 지르니까 남편이 그녀를 끌고 방으로 들어가 잘못했다고 빌더래요. 그렇게 밖에서 다시는 소리 지르지 말라면서."

"그럼 신앙으로 승리했네."

"그런데 내가 놀란 것은 그 남편이 아래층에 우리 목사 내외가 살고 있다는 것을 알고 있었다는 거예요."

"그게 왜 놀라워?"

"그 남자가 '그 목사 새끼 가짜 아니야?' 그러더래요, 글쎄."

"그건 또 무슨 소리야?"

"목사가 되어서 나한테는 왜 전도 안 해, 그랬대요."

내가 심했나

⋮

　윤 집사는 너무 억울하고 속이 상해서 춥고 떨렸다. 교회도 사람 차별을 하는가? 왜 중등부 부장을 갈아치운다는 말인가? 박 장로를 평소에는 존경해 왔는데 그런 사람이라는 것은 처음 알았다. 남편인 민 집사는 지금 2년 동안 중등부 부장을 하고 있다. 그런데 갑자기 12월 둘째 주에 교회에 갔다 오더니 중등부 부장을 그만두고 좀 쉬고 싶다고 말했었다. 전혀 힘이 없고 풀이 죽어 있었다. 얼마 전만 하더라도 신년도 교사를 확보해야 한다고 열심히 전화했고 또 윤 집사인 자기에게도 부탁해서 교사로 봉사하라고 권고했더니 부부가 나서서 열심 났다고 핀잔을 받기도 했었다. 그런데 남편이 그만둔다는 것은 있을 수 없는 일이었다.

　"아니 왜 그만둔다는 거예요. 올해에는 안수 집사도 되었지 않아요. 더 열심을 내야지요."

　"나보다 유능한 사람이 있잖아?"

　"그 유능한 사람이 누군데요?"

　"대학교수 전 집사 있잖아?"

　"그래 그 사람으로 바꾼대요? 누가 그랬어요? 중등부 부장 하는 데도 박사라야 하고 돈 있고 빽 있고 그래야 한대요?"

　"그것이 아니겠지. 나야 성경공부도 잘 못가르치고, 대학도 안 나오고, 진학 지도도 잘 못하고…… 아무래도 대학교수가 더 존경도 받고 낫지 않겠어?"

"그 사람 새벽기도도 제대로 안 나오지 않아요? 십일조는 제대로 한대요? 기도원에 간 일도 없고, 철야기도에도 안 나오고…. 나 목사님께 물어봐야겠어요. 왜 당신을 그만두게 했는지."

"왜 이래. 정말. 난 부장 하려고 교회에 나가는 게 아니잖아? 나는 말 없이 순종할 생각이야. 다만 당신이 뒤늦게 알게 되면 화날 것 같아 쉬고 싶다고 이야기한 것뿐이야."

윤 집사는 그러나 납득이 되지 않았다. 학생들을 위해 기도하고, 전화해서 독려하면 되는 것이지 그 자리를 박사가 해야 한다는 이유는 없었다. 이 교회는 돈 있고 학식 있고 권력 있는 자들을 너무 좋아한다. 그리고 어떤 직분만 있으면 없는 사람의 것을 빼앗아 있는 자들이 나누어 가지려 한다. 또 박 장로는 무엇인가? 자기가 다음 해부터 교회학교를 책임지는 교육위원장을 맡았으면 부장이 하는 것을 격려하고 보살펴 주면 되는 것이지 새 사람을 임명하고, 있는 사람을 퇴출하는 짓은 어디서 배워먹은 버릇인가? 밤늦게까지 일하고 새벽 한 시나 두 시에 잠드는데 또 4시 반에 새벽 기도에 나가는 힘든 삶을 그가 알기나 하는가? 사회에서 남들이 존경하는 직장은 갖지 못했기에 교회학교에서나마 중학생들을 돌보는 일을 맡은 것도 감사해서 이를 보람으로 알고 있는 남편이었다. 그런데 주일 아침 일찍 교회 마당에 서서 학생들이 오는 것을 기뻐하며 맞이하던 이 2년간의 행복을 무자비하게 예고도 없이 빼앗는 것은 참을 수 없는 일이었다.

교회에서는 어느새 소문이 났는지 여기저기서 위로하는 전화가 왔다.

"부장을 그만두게 되었다면서? 같이 일해온 교사들도 분해서 다 사표를 썼다고 그러던데 괜찮아?"

"목사님은 민 집사님을 얼마나 사랑하는데 그렇게 하라고 했겠어? 필경 박 장로일 거야. 그 사람 잘난 체 잘하잖아?"

윤 집사는 창피해서 오는 수요일 밤부터는 교회도 나갈 수 없을 것 같았다. 다 하나님의 뜻이겠지 하고 참고 하룻밤을 지새우는데 잠이 오지 않아 뜬눈으로 새우고 나니 속이 부글부글 끓어올라 더는 참을 수가 없었다. 박 장로에게 전화해야 하나 말아야 하나 하고 있는데 전화벨이 울렸다. 박 장로였다. 한번 만났으면 좋겠다는 이야기였다. 그렇지 않아도 쏟아 놓을 말이 많았는데 잘 되었다 싶어 약속하였다.

박 장로를 만나자마자 윤 집사는 억울했던 모든 생각과 묻고 싶은 모든 것을 다 털어놓았다. 박 장로는 차분히 말했다. 교회의 직분은 사례를 받고 일하는 것이 아니며 하나님께서 받은 바 은사대로 봉사하는 것인데 이번에 일을 맡게 될 전 집사는 몇 년 전까지 교사로 오래 수고했으며 지난해에는 미국에 연구년으로 가 있는 동안 한인 교회에서 또 교사로 일해 온 사람이라고 말했다. 또 그쪽 경험을 살려 이곳에서 일을 맡게 되면 새 아이디어로 좋은 팀이 될 것 같아 지금까지 수고한 민 집사와 교체한 것이라고 말했다. 지금까지는 한 번 맡으면 만년 부장으로 있어 중등부가 너무 침체 되어 그리한 것이라고도 했다. 왜 연초에 예고하지 않았느냐는 질문에는 자기가 올해 들어 12월에 당회에서 새로 임명되었기 때문이라고 말했다. 민 집사가 신앙의 햇수가 짧았으면 그렇게 교체하지 못했을 것이라고 말하며 말 많은 사람들의 이야기는 상처로 받지 말라고 했다. 퍽 미안해하는 눈치였다. 듣고 보면 나쁜 놈이라고 꼬집어 말할 수는 없었지만 그래도 뭔가가 꺼림하고 마음이 개운치 않았다.

수요일 밤에는 교회를 나가지 않았다. 교인들을 만나면 무슨 말을 해 올지 알 수 없는 일이었다. 그런데 밤 9시가 넘어 친구 집사로부터 전화가 걸려 왔다.

"왜 오늘 예배에 안 나왔어. 오늘 밤은 박 장로도 안 나왔거든. 그런데 들어보니 박 장로가 차 사고가 났대. 크게 사고가 나서 폐차 직전이었다더만."

"저런. 박 장로도 많이 다쳤대?"

"글쎄 잘 모르지만, 입원은 안 했대."

윤 집사는 이건 걱정해야 할 일이라고 생각이 되었는데 속마음을 그렇지 않았다. 어쩐지 속이 후련한 느낌까지 들었다. 글쎄 얼마나 다쳤을까? 윤 집사는 전화기를 들어 박 장로 집 전화를 돌렸다.

"여보세요."

박 장로의 음성이었다. 가슴이 마구 뛰었다.

"장로님이세요? 저 윤 집사예요. 오늘 비도 오고 심란해서 저 교회에 안 나갔거든요. 그런데 장로님 차 사고가 났다는 소식이 들려서 놀래 전화했어요. 좀 어떠세요?"

"괜찮습니다. 저 회개 안 했느냐고 물어보려고 그러시죠?"

윤 집사는 깜짝 놀라서 가슴이 두근거리기 시작했다.

"아니 장로님 무슨 말씀을…."

"차 사고가 나서 제일 먼저 생각난 것이 뭔지 아세요?"

"…."

"집사님 내외분께 상처를 준 것을 제일 먼저 회개했습니다. 하나님께 묻지 않고 교체했거든요. 그러나 하나님께서는 용서하셨습니다. 저는 조금도 다치지 않았거든요. 집사님도 이제 교회 잘 나오십시오."

윤 집사는 큰 비밀을 들킨 사람처럼 뜨끔했다. 그러면서 자기가 너무 심했던 것이 아닌가 하는 생각이 들었다.

감사주간 밤 이야기

⋮

  강동식 집사와 유신자 집사는 뒤늦게 미국에 공부하러 온 만학의 학생 부부였다. 오랫동안 학위가 끝나지 않았기 때문에 학생 촌에서는 터줏대감이었다. 그들은 학위에 그렇게 연연하지 않은 것 같았다. 새로 온 학생들에게 교통 편의를 제공하고, 집을 구해주고, 새살림 마련하는 것을 도와주고, 시장도 같이 가고, 운동도 같이하고…. 그래서 이 대학에서 학위를 하고 간 사람 중에 이 부부를 기억하지 않은 사람이 없었다. 너무나 희생적으로 그들을 도와주었기 때문이었다. 그 부부가 교회에 나가자고 권했을 때 거절하기가 어려웠다. 한국에서는 교회에 나가지 않던 사람들도 이곳에 와서는 교인이 되고 또 귀국해서 열성적인 교인으로 남게 된 사람도 한두 사람이 아니었다. 이 이야기는 이 친절한 부부가 한 추수감사절 주말의 밤에 겪었던 이야기이다.

  그들이 좋아하는 선배 부부가 있었는데 그들은 이 대학에서 학위를 마치고 시골 대학에서 교편을 잡고 있었다. 같이 있을 때는 퍽 위안이 되었는데 헤어져 살고 있으니 그리울 때도 많았다. 그러나 3시간도 더 걸리는 거리를 운전해서 갔다 오기란 쉬운 일이 아니었다. 강 집사 내외는 밤과 주말에도 생활비를 벌어야 했기 때문이었다.

  한 번은 추수감사절의 긴 휴일에 함께 지내자는 선배 부부의 초대가 있어서 연휴를 다 내지는 못하고 토요일 아침에 재회를 위해 출발했다. 차가 낡아서 장거리 여행은 걱정스러웠지만, 강 집사는 워낙 손재주가 있어 차를 잘 고치는 편이었다. 엔진오일을 바꾸는 것이나 필터를 바꾸는 것은 집에서 할 뿐 아니라 학생들 차도 다 손보아 주었다. 그래서 부인인 유 집사는 남편을 자동차 전문인으로 믿고 있었다. 얼마 전에는 상대방 차의 잘못으로 차가 찍혔는데 그 보상비로 집에서 며칠을 두고 두들기고 뽑고 펴고 해서 말짱한 차를 만들어 놓았었다. 중고차를 돈 들여 수리할 필요가 없다는 것이었다. 차는 겉모습이 중요하지 않고 얼마나 잘 달리느냐 하는 것이 중요하다는 이야기였다. 정말 차는 잘 달리고 아무 문제가 없었다. 학생이 좋은 차를 타면 미안한 일이다. 그래서 보상비는 생활비가 되었다.

이 부부가 선배 부부를 만나 점심을 잘 대접받고 떠나려는데 모처럼 왔는데 하루쯤 지내고 이곳 미국 교회의 추수감사절도 지키는 모습을 보고 가면 어떠냐고 말했지만, 그들은 주일에 다른 교회에 나가는 것을 좋아하는 사람들이 아니었다. 그러나 아쉬워서 저녁을 먹고 떠나기로 했다. 미국은 시골 대학도 역사가 100년이 넘은 것이 많았다. 텍사스는 원래 벌판이 많았지만, 이곳 시골까지 달려온 길은 광활한 벌판뿐이었다. 어쩌다가 한 번씩 마을이 옹기종기 있었고 간이 주유소가 초라하게 서 있었다. 옛날 보안관들이 무법자들을 처형했던 법원이 있는 곳이 그래도 좀 큰 마을이었다. 이 시골 대학에는 과연 어떤 교수들이 있는 것일까? 선배 부부에 의하면 도시 교수들처럼 눈에 불을 켜고 연구하는 분들은 드물고 다만 좋은 대학원에 학생을 보낼 수 있도록 열심히 잘 가르치는 선생이 있을 뿐이라고 했다. 그리고 이번 휴가에는 동료 교수네 목장으로 터키 사냥하러 갔었다고 했다. 정말 시골 냄새가 물씬 나는 학교였다.

　이른 저녁을 먹고 떠났는데 벌써 날이 어두워졌다. 이곳은 밤이 깊어질수록 달리는 차는 줄고 칠흑 같은 길을 달리니 아무리 달려도 그 자리에 있는 것만 같았다. 차로 달라고 있는 것이지만 어둠이 너무 짙고 아득히 깔려서 아무도 없는 어두운 밤길을 천천히 두 부부가 걷고 있는 것 같은 오싹오싹한 기분이었다. 어디선가 늑대라도 나타날 것 같은 그런 으스스한 기분이기도 했다. 길도 평탄하지도 않고 올라가고 내려오곤 하는 2차선 길이었다. 이런 길에서 차라도 고장이 난다면 큰일이겠다는 생각이 들자 유신자 집사는 걱정스러워졌다.

　"여보, 가스는 충분히 넣었어요? 차가 한 대도 안 지나지 않아요?"

　"걱정 말아요. 찬송이나 합시다."

　　공중 나는 새를 보라/ 농사하지 않으며/ 곡식 모아 곡간 안에/ 들인 것이 없어

　도….

　"정말 근심 없이 날아다니고 있는 새들은 하나님께 칭찬받을 만할까요?"

　유 집사가 자기네 형편을 생각하며 말했다.

　"사람이 새처럼 살면 칭찬을 못 받겠지만 새는 새처럼 사니까 칭찬을 받겠지요."

　"사람은 어떻게 살아야 칭찬을 받는데요?"

　"사람은 사람처럼 살아야지요."

　그러면서 강 집사는 말했다. 하나님께서 "지시한 땅으로 가라" 하셨기 때문에 자신이 있는 곳을 주신 땅이라 생각하고 거기서 사명을 다

하고, "복의 근원이 되어라." 하셨으니 받은 복을 누리고 감사하며 이웃에게 이를 나누어주며, "큰 민족을 이루리라" 하셨으니 하나님의 백성을 늘리는 일을 하면 그것이 사람처럼 사는 일이라고 하였다. 유집사는 남편이 유동적인 물처럼 어디나 잘 적응하여 기쁘게 사는 모습이 태평하고 좋게도 보였다. 그들은 어린애가 없었지만, 남편은 그에 대한 불만도 없었다.

차가 높은 언덕을 오를 때 힘을 잃고 허덕이기 시작했다. 그러다가 내려갈 때는 또 별 탈이 없었다. 이런 일이 되풀이되더니 드디어 한 언덕길을 올라가는 도중 차는 서버렸다. 사방은 컴컴하고 다니는 차도 없었으며 가까운 마을도 보이지 않았다. 남편은 준비한 회중전등을 켜고 차의 보닛을 열어서 여기저기를 뒤져보았으나 특별한 것을 찾아내지 못한 것 같았다. 강 집사가 엔진을 만지며 또 발동을 걸어보는 동안 유 집사는 계속 기도를 하고 있었다. 자기가 쳐다보고 섰다고 뭐 달라질 것이 없었기 때문이었다. 이럴 때는 하나님께 기도할 수밖에 없는 일이었다. 10여 분 만에 차가 한 대 지나갔으나 그 차는 멈추지도 않고 가버렸다. 섰다 하더라도 어떻게 하겠는가? 한밤중이기 때문에 가스 스테이션에도 사람이 없을 것이었다. 멀리 떨어진 도시에 있는 견인차를 부른다면 그 비용도 문제지만 가까운 곳에 전화할 곳도 보이지 않았다. 그러나 30분이 지나도 고칠 방도를 찾을 수 없게 되자 이제는 무슨 차든지 지나기만 하면 세워서 이곳에 차가 서 있다고 견인차를 전화로 불러 달라고 할 수밖에 없다는 생각이 들었다.

그때 불빛을 비추고 차가 한 대 다가왔다. 그들이 구원을 요청하러 길 가운데로 나가려 하고 있는데 벌써 길옆에 차를 세웠다. 허술한 작업복 차림의 젊은이였다. 뭐가 잘못되었느냐고 묻고 차를 들여다보더니 발동을 걸어 보라고 말했다. 엔진 위 전기선을 더듬어가며 만지는 솜씨가 보통이 아니었다. 이제는 자기 차에 가서 공구 박스를 가져오는 것이었다. 차를 고치는 엔지니어 같았다. 그는 이리저리 엉킨 점화 플러그 선의 가닥을 뒤져서 만져보고, 당기고 또 발동을 걸어 보라고 하곤 했다. 그러다가 무슨 변화를 감지했는지 허리를 굽히고 한 오 분 열심히 손을 놀리고 있었다. 그리고 허리를 펴며 다시 발동을 걸어 보라고 했다. 이상하게 발동이 걸리는 것이었다. 두려움이 기쁨으로 변하고 안도의 한숨이 나왔다. 그는 날이 밝으면 이 점화 플러그 선은 모두 교체하라고 말했다. 유 집사는 지갑을 뒤졌다. 20불짜리가 한 장 있을 뿐이었다. 그녀는 그 젊은이의 손에 돈을 쥐여주며 감사하다고 말했다. 감사의 표시는 돈으로 해야 한다는 것이 그녀의 고정관념이었다. 그러나 그는 놀래서 뿌리쳤다.

"이것은 내가 할 수 있는 일이고 내 기쁨입니다."

"그럼, 무슨 명함이라도 없습니까?"

"없습니다."

"혹 이름과 전화번호라도 이곳에 적어주고 가시면 안 됩니까?"

"친절을 공으로 받으면 안 됩니까?"

젊은이는 의아한 듯이 바라보더니 황급히 공구를 챙겨서 자기 차에 탔다. 그러면서 말했다. "먼저 출발하십시오."

그들에게 이 허술한 젊은이는 하나님께서 보내준 천사 같다는 생각을 하였다.

"혹 교회에 나가십니까?"

"아닙니다."

유 집사는 머뭇머뭇했다. 은과 금은 내게 없지만, 예수를 믿으십시오. 이 권고가 우리가 드릴 수 있는 감사의 보답입니다. 꼭 이렇게 말하고 싶었지만 그렇게 하지 못하고 차를 타고 출발하였다. 뒤를 돌아보니 그 사람이 계속 따라서 오고 있는 것이 보였다. 얼마나 왔을까? 언덕 몇을 지나고 나니 그는 사라지고 없었다. 이 감사함을 누구에게 돌려주어야 하는가? 그는 이 감사함을 다른 사람에게 돌려주라고 자기가 받지 않고 간 것이 분명했다.

5부

전도와 간증

푸른 초장의 어머니

:

    박 박사는 학위를 미치고 오랜만에 귀국해서 갑자기 자기 집이 없어진 것을 깨달았다. 포도밭이 있는 쪽으로 걸어 올라가면 채소와 딸기가 심긴 밭이 비스듬히 있었는데 그 언덕에 있던 자기 집이 어디로 사라져버리고 없었다. 대신 그곳에는 높은 담이 생기고 담에는 큰 대문이 붙어 있었는데 문고리도 없고 꽉 막혀서 어떻게 들어갈 수 있는 것인지 알 수가 없었다. 그 문에는 『열릴 때가 있고 닫힐 때가 있다』라고 기록되어 있었다. 박 박사는 멍청히 그 문 앞에 앉아 있었다. 도대체 어떻게 된 셈일까? 그런데 어머니의 목소리가 들리는 것 같았다.

    "네 집은 길 건너편에 있다."

    정말 길 건너에 박 박사의 문패가 붙은 단층집이 하나 있었다. 그리고 들어갔더니 거기 아내가 와 있었다.

    "어디 갔다 오시는 거예요. 많이 찾았잖아요"

    "당신, 어머님을 못 봤소?"

    "아들의 폐를 안 끼치겠다는 것이 평소 생각이었기 때문에 이 집을 마련해 놓고 미리 어디로 가신 것 같아요. 어머니는 그런 분 아니세요?"

    그는 꼭 꿈속에서 헤매는 것 같았다. 미국 유학을 떠날 때 중학교에 다니는 두 아들을 남겨 놓고 떠났었다. 그러면서 말했었다. 학위 마칠 때까지만 맡아 주세요.

그런데 벌써 15년이 지났다.

"어머니, 저는 하나님께 복을 많이 받은 것 같아요. 대학의 공부를 다 마쳤으며, 이제 논문만 남겨 놓았는데 한 시골 대학에서 날 교수로 써 주어서 얼마 동안 경제적으로 어려움도 없을 것 같아요. 다 어머님이 기도해 주신 덕이라고 생각합니다."

그것이 7년 전이었다. 그런 뒤 일 년 채 못 되어 또 편지를 썼다.

"어머님, 저를 이 대학에서 영주권을 받도록 주선해 주겠답니다. 그럼 이제 애들을 이곳 대학으로 옮길 생각입니다. 어머님, 조금만 참고 애들을 돌봐 주십시오. 또 이 일이 잘되도록 계속 기도해 주십시오."

영주권 절차가 잘되어 애들을 데려올 수 있게 되자 또 편지를 썼다.

"어머님, 애들이 다 이곳에 오면 어머님도 외로우실 것 같아 저희가 귀국하려 했는데 이 애들만 이곳에 남겨 놓고 떠날 수가 없습니다. 영어 공부도 더해야 하고 또 좋은 대학에 가려면 원서를 내고 기다려야 합니다. 어머님 기다린 김에 조금만 더 기다려 주십시오. 하지 못한 효도를 배로 하겠습니다. 어머님 우리가 빨리 만날 수 있도록 이 애들을 위해 새벽 기도하실 때마다 기도해 주십시오."

어머님은 일찍 남편을 여의고 아들을 위해 수절하시면서 선교사 댁에서 가정부 노릇을 하셨다. 천성이 정직하시고 순결하셔서 선교사의 신임을 얻게 되고 박 박사가 대학에까지 다니게 된 것은 섬기고 있던 선교사 덕이었다. 매일 새벽 기도를 거르지 않았고 성경을 열심히 읽어 성경 구절이 어디에 있었는지 알지 못할 때는 어머님께 물으면 알려 주시곤 했다. 병 고치는 은사는 없으셨지만 아플 때나 어려울 때는 많은 사람이 어머님의 기도를 받고 싶어 했다. 그 어려운 경우에 꼭 알맞은 하나님 약속의 말씀을 의지하여 간구했기 때문이었다.

어머니는 아들이 하고자 했던 것을 반대한 일이 없었다. 결혼도 하나님을 믿는 딸이냐 아니냐가 중요했지 다른 것은 문제가 되지 않았다.

유학 갈 때도, 애들을 어머니께 맡길 때도, 마누라를 미국으로 데려올 때도, 고등학교 대학교까지 애들을 맡길 때도, 영주권 수속한다고 귀국하지 않을 때도, 애들을 정착시킨다고 귀국을 미룰 때도 어머님은 조금도 불평하지 않으셨다. 씨 하나를 떨어뜨려 놓고 간 아버지 아들이 왜 그렇게 축복받았는지 알 수 없다고 기뻐하시며, 미국에서 도와주시는 하나님을 귀국할 때도 모시고 와라. 너희는 자손이 많아야 한다. 하나님께서 너희에게 주신 축복의 땅은 한국이다. 너희는 복의 근원이 되어야 한다. 라고 말씀하셨다.

그런데 막상 귀국해 보니 어머님이 안 계셨다. 귀국하자마자 그에게는 바쁜 일이 많이 생겼다. 논문을 써야 하고 책을 써서 내야 하고 이곳저곳 특강을 다녀야 하고 아침에 기도할 시간마저 없었으며 가끔 교회도 빠질 수밖에 없었다. 그런데 그의 뇌리를 떠나지 않은 것은 어머님의 모습이었다. 어머님은 분명 저 울타리 너머에 있는 것이 분명했다. 그런데 문을 열 도리가 없었다.

가끔 그는 문 앞에 앉아 문이 열리기를 기다리고 있곤 했다. 그럴 때마다 그를 찾는 핸드폰이 울리고 그는 또 뛰어가야만 했다. 오직 그가 어머니와 교통할 수 있는 것은 가끔 기도와 꿈속에서였다.

"어머니, 우리는 하나님의 축복을 너무 많이 받고 있습니다. 큰애가 보스턴에 아주 좋은 대학에 장학생으로 들어갔답니다. 둘째를 위해서도 기도해 주세요."

또

"어머님, 둘째도 보스턴의 좋은 대학에 장학금을 받고 들어갔답니다."

이렇게 하나님 믿고 복 받은 이야기와 세상에서 분주하게 뛰어다니며 일한 내용을 보고하는 것이 일상적인 일이 되고 있던 어느 날 갑자기 꿈속에서 어머님의 신음을 들었다.

"아들아, 인간의 연수가 70인데 내가 80까지 강건하게 살았다. 이제 83인데 내 명이 다한 것 같다. 하나님께서 나를 불러 가실 모양이다. 아들아, 천당이 그렇게 가까이 있는 것을 몰랐구나. 그저 평안할 뿐이다. 그런데 내가 너를 보지 못하고 떠나는구나."

그는 깜짝 놀라서 일어났다. 그럴 수가 없다! 나를 위해 평생 고생하며 사신 분인데, 그리고 내가 아무리 바쁘게 특강을 나다니고 논문을 쓴다고 할지라도 그것은 외로운 싸움이며 언제나 허전하여 어머님만이 위로의 근원이었는데 그냥 가시게 할 수 없다. 내가 언제 어머님의 손을 잡고 어머님 감사해요, 어머님 사랑해요 라는 말 한마디라도 한 적이 있었던가? 언제나 퉁명스럽게 쏘아붙이기만 하지 않았던가?

그는 맥이 빠지는 것 같아 막힌 담 사이에 있는 대문 앞에 가 앉았다. 그리고 어머님을 만나게 해 달라고 하나님께 기도했다. 또 핸드폰이 울렸다. 비서가 면담과 특강 스케줄을 알려 왔다. 그는 모든 것을 다 거절해 달라고 부탁하고 핸드폰을 껐다. 얼마 동안 기도하다 잠이 들었는데 비몽사몽 간에 대문이 스르르 열리는 것을 느꼈다. 거기에는 푸른 초장이 있었고 어머니가 성경을 머리맡에 둔 채 평안히 누워 있는 것이 보였다. 그는 어머니의 손을 얼싸안았다. 그런데 손이 싸늘했다.

"어머님, 저는 왜 하나님을 믿으면서 축복받는 것만 기뻐했는지 모르겠습니다. 내 연구와 특강이 어머니와 무슨 상관이 있습니까? 저는 계속 어머니에게서 멀어지는 일만 해 왔습니다. 하나님을 섬기는 어머님의 삶과 제 세상의 삶은 이 울타리로 갈라놓을 수밖에 없는 완전히 다른 세계였습니다. 왜 말씀 안 하셨습니까? 저는 어머니 곁에 있고 싶습니다. 이제 분주한 모든 것으로부터 자유로워지고 싶습니다."

그러나 어머니는 아무 대답이 없었다.

양말 속에 담긴 성탄 선물

∴

김 장로는 이번 크리스마스 계절에는 선교사 촌에 사는 리처드슨 씨 가정을 방문하자고 구역원들에게 제안했다. 외국 사람들은 어떻게 크리스마스를 보내는지 안목을 넓혀보자는 뜻이었다. 집 앞 정원의 큰 나무들이 안개등을 달고, 잔디에는 썰매를 끄는 순록이 있고, 나무 밑에는 구유에 누인 아기 예수와 성모 마리아가 장식된 그런 미국 풍경은 아니었지만, 리처드슨 씨는 한국에 있는 미국인치고는 크리스마스 때 실내 장식을 잘한다고 알려져 있었다. 그래서 멀리는 서울에 있는 친구들까지 구경을 오는 터였다. 김 장로의 교회는 교인들을 각 구역으로 나누어 매주 금요일마다 구역예배를 드리고 있었는데 이번 크리스마스 전 수요일에는 다 함께 교회에 모여 연합 구역예배를 보기로 되어 있었다. 이날 교회에서 연합 구역예배를 모이기 전 김 장로네 구역원들은 저녁을 일찍 먹고 6시 반에 리처드슨 씨 집을 방문하였다. 오랫동안 선교사들이 차지해서 살아온 선교사 마을이었기 때문에 아름드리나무가 늘어서고, 정원이 있고, 울타리 없는 단층집들이 띄엄띄엄 있어서 이국적인 정취를 느끼게 하는 곳이었다. 들어가는 입구는 반짝이는 안개등이 손님을 안내하고 방 유리창에는 밖에서 볼 수 있도록 천사들이 장식되어 있었다.

방안으로 들어서자 구역원들은 입을 벌리고 경탄하였다. 크리스마스트리의 장식도 대단했지만, 구석에 테이블을 놓고 꼬마 인형들과 꼬마 집으로 꾸며 놓은 아늑한 시골의 크리스마스의 겨울 풍경의 장식은 더 볼 만했다. 눈을 이고 있는 꼬마 집을 들어 올리고 그 안에 작은 상수리 모양의 향을 안에서 피우면 밖으로 굴뚝에서 연기와 함께 그윽한 향기가 풍기었다. 합창 지휘를 하는 세라믹으로 된 소형 지휘자가 있고 주변에는 여러 모양의 어린이들이 갖가지 모양의 깜찍한 표정들로 노래를 부르고 있었다.

벽에는 리처드슨 씨와 그의 한국 가족들이 모여서 찍은 사진이 있었다. 그것은 그가 양자로 맞아들인 한국인 학생의 가족이 리처드슨 씨의 회갑을 축하해 주면서 모여 찍은 사진이었다. 그의 양자는 시골 교회를 돕고 있는 전도사였다. 리처드슨 씨는 올해 들어 한국에 온 지 13년 째였다. 가끔 그에게 방학 동안 고향에 가지 않느냐고 물으면 그는 이곳이 고향이라고 대답하곤 했다. 그는 결혼도 하지 않고 총각으로 십여 년을 이곳에서 살면서 한국을 제2의 고향으로 느끼고 있는 것 같았다. 그런데 내년에는 이곳 대학과의 계약이 끝나서 귀국해야 할 처지였다. 그래서 그의 크리스마스 장식은 올해가 마지막이었다.

우리나라도 백화점에 가면 크리스마스트리와 장식품을 팔고 있다. 그뿐 아니라 백화점도 이맘때면 겉치장을 화려하게 하고 한 달 전부터 크리스마스 캐럴을 소리높이 울려대며 상혼을 부추긴다. 그러나 크리스마스가 지나면 술 취해서 들떴던 사람이 술에서 깨어나 혼란했던 감정의 찌꺼기를 정리하지 못한 흐리멍덩한 머릿속 때문에 짜증이 나는 것처럼 그렇게 끝나는 것이 크리스마스다. 언제부터 크리스마스 장식이 우리 풍속이 되었는가? 그래서 불신자는 이 장식을 역겨

위한다. 또한, 믿는 사람이라 할지라도 그런 서양 풍속은 싫어하는 사람이 많다.

그러나 김 장로의 구역원들은 할 수 있다면 크리스마스 장식을 집마다 하기로 했다. 어린이들에게 낭만적인 상상력을 심어주는 것은 좋은 일이다. 또한, 자녀들과 부모가 함께 크리스마스트리를 장식하는 것은 귀한 추억이다. 자녀들은 크리스마스 날 그들의 선물을 열어보는 기쁨을 맛볼 수 있다. 리처드슨 씨는 시인이었다. 그는 요정들이 마술봉을 흔들며 춤을 추는 것이나, 마술에 걸린 야수가 미녀를 사랑하는 것이나, 피노키오의 코가 커지는 것이나, 산타할아버지가 굴뚝을 타고 내려오는 것을 어린이들이 믿지 않는다면 그들이 커서 아름다운 세상을 꿈꿀 수도 없으며 아름다운 시를 쓸 수도 없다고 말했다.

구역원들이 놀란 것은 크리스마스트리 밑에 가득 쌓인 선물 꾸러미들이었다.

"저게 웬 선물들이지요?"

아름다운 장식에 취해 있던 구역원들이 새 정신이 든 듯이 물어보았다.

리처드슨 씨는 자기 양자가 교회 꼬마들을 데리고 찾아올 것인데 그때 나누어주려고 쌓아 놓은 것이라고 말했다.

"그런데 빨강 양말은 왜 저렇게 불룩해요?"

교회에서는 납작한 양말을 장식으로 달아 놓았을 뿐 그 속에 아무것도 넣은 적이 없었다. 리처드슨 씨는 웃으며 그 속에 있는 것들을 꺼내어 보여 주었다. 미국 지폐도 있었고 수표도 들어 있었다.

"이게 무슨 돈입니까?"

리처드슨 씨는 대답했다.

"이북에 있는 한국 동포들에게 줄 헌금입니다."

잘 바라보니 양말 겉에 CFK라고 쓰여 있었다. '한국을 돕는 기독교 친구들'이라는 단체로 보내서 이북에 있는 한국 동포들을 도울 것이라는 말을 했다. 이 단체는 특히 폐결핵 환자들을 의약품으로 돕고 있는 기구라고 설명까지 했다.

한국에 와 있는 몇 사람 안 되는 외국인은 한국 동포를 이처럼 사랑하는데……

그들은 충격으로 얼마 동안 말을 못 하고 있다가 돌아왔다.

연합 구역예배를 보려고 교회에 모였는데 교회에 장식된 크리스마스 장식이 이날 밤은 유난히 뼈만 앙상한 해골같이 보이는 것이었다. 나무 밑에는 아무 선물도 없었으며 빨강 양말은 납작한 채로 대롱거리고 있었다.

박 집사의 간증

:

박 집사가 새롭게 직장을 갖게 된 것을 축하하려고 송 목사 내외가 찾아왔다. 축하보다는 먼 곳으로 이사한 자기 교회 성도의 심방이었다. 멀어도 너무 먼 곳이었기 때문에 매주 교회 출석이 가능할지 모르는 그런 곳이었다. 운전해서 3시간 정도 걸리는 거리였다. 박 집사는 학생으로 학위과정 중에 있었는데 논문만 남겨 두고 있는 때여서 미국의 시골 대학에 전임 강사로 취직한 것이다. 미국은 시골 대학이라고 해도 역사가 긴 곳이 많다. 이곳도 역사가 100년이 넘은 침례교 대학이었다. 150년 전만 하더라도 인디언들이 침입해 와 힘든 고장이었는데 1986년 철도가 개통되자 마을이 커지고 바로 이어 침례교 목사가 주동하여 1890년에 이 대학을 세운 것이다.

박 집사는 자기의 삶이 참 이상하다고 생각했다. 한국에서 술친구들과 잘 어울려 사는데 한 번도 가보지 못한 도시의 기독교 학교로 옮겨 교편을 잡게 되었다. 그곳에서 겨우 정을 붙여 교회 생활도 잘하고 있는데 가족들을 시골 부모에게 맡기고 또 딴 도시에 가서 혼자서 2년이나 만학을 해야 했다. 겨우 대학을 마치고 가족이 합쳐져 지내게 되었는데 부모와 친구와 자녀들을 떼어놓고 미국으로 유학을 오게 되었다. 미국 내의 한인 교회에서 막 적응하여 살고 있는데 이제는 3시간이나 달려야 갈 수 있는 외진 대학에 직장을 갖게 된 것이다.

하나님이 그렇게 예정하신 것일까? 아니다. 그것은 모두 그가 원해서 자청한 것이었다. 가까운 친구들은 다 무모한 모험이라고 반대했었다. 그런데 스스로 원해서 이런 편력이 시작된 것이다. 그런데 하나님께서 이렇게 살도록 내몰았다고 굳이 생각하는 것은 무엇 때문일까? 그것은 자기가 원한 일이 아니어서 하나님께서 이렇게 인도하셨다고 생각한 것이다.

송 목사는 박 집사를 매우 사랑하였다. 이 먼 곳을 심방 온 것도 그렇지만 빈손으로 오지 않고 매튜헨리(Matthew Henry)의 성경 주석 전집 6권을 가지고 왔다. 그것은 터무니없이 비싸 보이는 책이었다. 박 집사가 성경 공부를 더 해야 한다고 생각해서이었을까?

그들은 집 밖으로 나가 피칸(호두) 나무가 우거진 뜰로 나갔다. 이 고장은 원래 피칸 계곡이라고 이름이 붙었을 만큼 이런 나무가 많은 곳이었다. 다람쥐가 여유 있게 나무 위를 오르락내리락하며 그들을 가끔 유심히 내려다보았다.

"좁은 아파트에 살다가 기분이 어때요?"

목사가 물었다. 오래된 도시만큼 허름한 집을 칭찬해서 하는 말은 아닐 것이었다.

"좋습니다. 방도 넓고, 이웃 사람 신경 쓸 것 없이 떠들어도 되고, 무엇보다도 집세를 안 내니 더욱 좋습니다."

"좀 심심하시겠어요. 교회는 멀어도 계속 우리 교회에 나오세요."

사모님이 한마디 했다. 이곳은 한국 사람이 없는 마을이었다. 학교를 돌아보고 집에 와서 저녁을 먹었다.

박 집사는 자기가 이 학교에 취직이 된 사정을 이야기했다.

"저는 지난 여름방학 때 이곳 침례교 대학의 부총장이라는 분이, 나를 면접하고 싶다고 전화로 연락해 와서 깜짝 놀랐습니다. 미국 전역의 20여 군데 대학에 가르치는 자리를 찾아 원서를 냈지만 아무 소식이 없는 때였습니다. 그래, 거의 포기하고 있었습니다. 안 되는 것이 당연하다고 생각했습니다. 첫째 저는 박사 학위가 없었고, 둘째 영주권이나 시민권을 갖고 있지 않았기 때문입니다. 그런데 전화 연락을 받은 것입니다. 그의 숙소에 가서 만났습니다. 그는 수학 교수를 찾고 있는데 올 수 있겠느냐는 것이었습니다. 전혀 예상하지 않던 질문이었기 때문에 나는 어리둥절하면서 2, 3일간만 여유를 주면 지도 교수와 상의해서 연락해 주겠다고 대답했습니다. 그는 지도 교수가 누구냐고 묻고 바로 연락해 주지 않으면 안 된다고 말하며 돌아갔습니다. 그렇게 간단한 면접으로 대학에 취직이 될 것은 생각하지도 못했습니다. 저는 미국에서 처음으로 고용계약서라는 것을 써 보았습니다. 내 이름이 적히고 수학과의 조교수로 8월부터 이듬해 5월까지 1년간 고용하겠다는 것이었습니다. 첫 연봉은 얼마 되지 않았습니다. 그러나 일 년에 만 불도 되지 않은 조교 봉급보다는 월등히 많은 것이었습니다. 그 밑으로는 13가지 조건이 나열되어 있었는데 이 학교는 기독교 사립대학이라는 것을 알고 이 대학이 추구하는 기독교 원리와 이상에 합당하게 개인적인, 그리고 공적인 품행을 유지해야 한다는 것도 들어 있었습니다. 처음으로 외국 대학에 고용이 되어 이런 조항들을 읽는 것이 너무 신기했습니다. 이에 동의할 때는 고용계약 제안 일로부터 15일 이내에 서명하여 회신해야 한다는 것이었습니다.

나는 다시 한번 '왜 나인가?' 하는 생각을 하였습니다. 이제는 내게 이 직장이 필요했던 것입니다. 하나님께서는 내가 필요한 것을 아셨고 그것을 채워주신 것입니다. 캠퍼스 가에 나이터 시설이 있는 테니스장 두 개가 놓여 있고 그곳에서 멀지 않은 곳에 피칸 나무가 우거진 뜰이 있는 집이 하나 보였는데 그것이 우리가 살 수 있는 학교 소유의 이 집이었습니다. 하나님께서는 우리에게 이런 직장과 집까지 주시었습니다. 고용계약서에 서명하여 제출하던 날 부총장은 어떻게 해서 내가 채용된 것인지 아느냐고 물었습니다. 고개를 내젓자 다음 학기를 위한 수학 교사 채용에 여섯 사람이 응모했는데 다 학위를 가진 미국 사람들이었다고 말했습니다. 그래서 채용 결정을 벌써 했는데 채용된 사람이 갑자기 다른 곳으로 가게 되어 다시 채용 광고를 낼까 아니면 지원자들을 다시 한번 접촉해 볼까 하고 있었는데 내 서류가 자기 책상 위에 놓여 있는 것을 발견했다는 것입니다. 먼저 나를 만나보고 다른 조처를 할 셈이었는데 그냥 마음에 들어 쓰게 되었다고 말했습니다. 그는 또 말했습니다. 영주권이 없는 자를 고용하는 것은 불법이기 때문에 영주권 절차를 밟으면 학교에서 도와주겠다고 말했습니다."

조용히 듣고 있던 목사 사모가 말했다.

"하나님께서 도우셨네요. 이것은 우리만 듣고 있기는 너무 아까워요. 다음에 교회에서 간증하세요."

간증하라는 말에 박 집사의 아내가 먼저 반대했다.

"낙타 무릎이 되기까지 기도해서 교회가 부흥했다든지, '예수 그리스도의 이름으로 명하노니 그에게서 나오라'하고 마귀를 쫓았다든지. 한 달에 백 명을 전도했다든지, 뭐 그런 거라야지, 어떻게 이것이 간증이 되겠어요?"

박 집사도 거절했다.

"저는 하나님의 일도, 선교도 하지 않고 다만 자기 공부만 하고 있다가 이렇게 된 것인데 그것이 무슨 간증이 되겠습니까? 교인들의 신앙에 보탬이 되거나 도전이 되는 것이 없잖아요?"

"그건 문제가 안 되지요."

송 목사가 말했다.

"하나님의 은혜는 선물입니다. 무슨 일을 한 대가가 아닙니다. 하나님의 일은 예수 그리스도를 잘 믿는 일입니다. '나는 한 일도 없는데 하나님께서 나를 사랑하셨다'라는 말도 덧붙이십시오"

"간증하고 싶지 않은 다른 이유가 또 있습니다."

박 집사의 말에 모두 그를 쳐다보았다.

"첫째 힘들게 신앙생활을 하는 분들이 많은데 제가 복 받은 것이 미안하구요, 둘째는 행여 제가 신앙이 모범이 된다고 생각해서 '잘 믿으면 복 받는다' 이렇게 생각할까 봐 두려워서 그렇습니다. 믿음으로 의롭게 되는 것이지 잘 믿어서 복 받는 것 아니잖아요?"

이렇게 박 집사의 간증은 송 목사 부부에게 한 것으로 끝이 났다.

북한 선교

⋮

언제나 미소를 띠고 있어 호감을 주는 이 목사는 키가 훤칠하게 크고 깡마른 미국인을 안내하여 당회장 실로 들어갔다. 미국인 선교사에게 탁자 앞의 소파에 앉으라고 손짓하며 그는 푹신한 팔걸이 의자에 앉았다. 이내 사무원이 차를 내오고 그 곁에 흰 봉투를 성경 뒤에 숨기고 엉거주춤 서 있는 여전도회 회장에게서 봉투를 받아 들더니 선교사에게 건넸다.

"이거 얼마 안 돼서 미안합니다. 요즘 북한 선교라고 해도 헌금들을 잘 안 합니다."

선교사가 어리둥절하고 있는데 목사는 선교사가 가지고 있는 성경책에 봉투를 꽂아 넣었다. 헌신예배 설교의 사례금을 드리는 것이었다.

"3월에 북한을 다녀오셨다고요? 그래 뭐가 좀 변했습데까?"

중년 목사였는데 살도 찌고 틀이 잡혀서 손님 다루는 솜씨가 능숙했다.

"너무 추웠어요. 황해북도와 남도에 있는 사리원, 해주, 개성 등의 결핵 병원을 돌았는데 너무 추워서 환자들이 추위를 못 이겨서 많이 퇴원해 버렸어요"

"난방이 안 되나 보지요?"

"난방이 뭡니까? 전기가 제대로 안 들어옵니다. 그래서 치료를 못

해요. 이번에는 방사선용 그리고 수술용 발전기를 3대쯤 사서 가려고 합니다."

"도대체 그렇게 어려우면서 왜 군사용 미사일은 개발하고 최신식 군사 무기를 사들입니까? 너무 미운 짓만 하니까 불쌍한 생각이 들다가도 그 생각이 싹 가십니다."

"땅을 보지 말고 하늘을 보십시오. 그러면 그들이 무슨 짓을 하느냐 하는 것은 보이지 않고 굶어 죽고, 얼어 죽고, 약이 없어 병으로 죽어 가는 사람들과 그들을 보고 측은히 여기시는 하나님만 보일 것입니다. 이번에도 너무 추울 것 같아 담요를 선적해서 보냈는데 우리가 오는 것을 기다리느라고 컨테이너가 평양 보건성 창고에 여태 들어있었습니다."

"미리 주면 안 되나요?"

"글쎄, 우리가 지난겨울에 방문할 예정이었는데 북쪽 사정으로 3월로 연기되었어요. 미리 배부해 달라는 연락을 했는데 행정 착오가 있었는지 지금까지 지연된 것이지요. 이렇게 어려운 사람들에게 제때제때 혜택을 못 주어 안타깝습니다."

"어떻게 이런 선교 활동을 시작하게 되셨습니까?"

이 목사는 화제를 바꾸었다.

"우리는 일제 시대부터 한국에서 선교 활동을 하고 있던 선교사들이나 그 후손들입니다. 지금 모두 은퇴했는데 우리가 선교하던 민족들이 이렇게 나뉘어 고통을 받는 것을 그냥 볼 수가 없었어요. 그래서 95년부터 활동을 시작했습니다. 그때 북한에는 대홍수가 나서 너무 가슴이 아팠습니다. 어린이와 노인들이 거의 얼어 죽고 굶어 죽었어요. 북한에는 지금도 노인들이 그리 많지 않습니다."

"홍수도 물론 천재지만 나무를 무차별로 베고 산을 허물어 밭을 만들었기 때문에 그런 것이 아닙니까? 들리는 바로는 산마다 김일성, 김정일 우상이 그렇게 많다고 그래요."

"예수를 십자가에 못 박을 때도 빌라도가 그리스도라 하는 예수를 놓아줄까, 살인자 바라바를 놓아줄까, 하고 물었을 때 바라바를 원했지 않아요? 우리 인간들은 의인과 같이 살지 않고 죄인들과 살기를 좋아하는 백성들이지요."

"목사님, 북한에 내는 돈은 창구도 애매하지만, 선교헌금이라는 이름을 붙이기가 더 모호합니다. 실제 선교가 아니고 구제거든요. 그리고 정말 어려운 사람들에게 그 돈이 전달되는 건지 그것도 매우 의심스럽습니다. 그래서 북한 선교헌금들은 더 잘 안 내는 것 같습니다. 그것보다는 중국에 거점을 두고 탈북자를 훈련해서 북한의 지하교회로 침투시키는 일이 더 효과적인 선교가 아닌가 생각해요."

이 목사의 지론을 듣고 미소만 짓고 있던 선교사는 말했다.

"북한에도 관용 종교단체가 있습니다. 조선그리스도교연맹 중앙위원회 같은 것이 그런 단체지요. 그런데 이 단체는 남한 사람들이 중국에서 이런 활동하는 것을 전쟁 포고만큼 싫어합니다. 그들은 복음화보다도 죽지 않고 사는 것이 급하거든요."

이 목사는 자기주장을 너무한 것 같아 좀 애처로운 표정을 지으면 말했다.

"피가 섞이지 않은 선교사님도 이렇게 애쓰시는데 피를 나눈 우리 동족을 돕는 일에 우리 교회가 협력을 못 해 드린 것이 안타깝습니다. 그런데 목사님, 이번에는 시기가 좋지 않았습니다."

선교사는 의아하다는 듯이 목사를 쳐다보았다. 이 목사는 계속했다.

"부시 행정부가 들어서면서부터 북한 미국 관계가 어려워지고, 또 남한의 경제 사정이 날로 어렵습니다. 우리도 어려운데 15만 톤씩 쌀을 받고도 욕한 놈들을 왜 돕느냐? 또 외화도 못 벌어들이는데 우리가 도와준 돈으로 무기 사들이는 것이 아니냐 이런 생각이 팽배해 있거든요."

"돕고 싶은 마음이 먼저입니다. 돈은 다음이지요. 사람들은 다 두 가지 반응을 합니다. 설교를 듣고 마음에 찔려도 한 사람은 어찌할꼬 하고 회개하고 또 한 사람은 귀를 막고 이를 가는 사람도 있습니다. 북한을 향해 마음을 열었느냐 닫았느냐가 문제입니다."

"맞습니다. 돈이 있는 사람이 더 협조하지 않는 것 같아요. 지금대로가 좋은데 왜 도와주면서 통일해야 하는지 알 수 없다는 생각을 하는 것 같거든요."

이 목사는 자기가 미국의 이민 교회를 다녔던 경험담을 말했다. 이민 교회에는 가난하고 어려운 사람들은 열심히 참석해서 신앙공동체로 살기를 원하는데 좀 오래 살고 부자가 되면 사람 만나는 것을 피하고 전화번호부에도 자기 이름을 노출하지 않으려고 한다는 말을 했다.

"저는 이 나라를 걱정합니다. 중국은 강한 나라가 되어 가고 있습니다. 소련도 옛 모습을 회복해 가고 있습니다. 일본은 강국입니다. 그 사이에서 한국은 두 동강이 나서 굶주리고 신음하고 있습니다. 이렇게 냉전이 계속되고 막대한 군사비를 지출하고 있으면 외국의 투자도 없어지고 어렵게 될 것입니다. 어떻게든 통일이 되었으면 좋겠다는 생각만 하고 있습니다."

이 목사는 자기의 새로운 아이디어를 내놓았다.

"목사님, 한국을 돕는 그 기구에 한국인 이사가 끼어 있습니까?"

"아닙니다. 우리는 한국에서 선교사로 활동했던 미국 사람들로 '한국의 기독교 친구(Christian Friend of Korea)'라는 기구가 있습니다."

"거기다 한국인을 하나 끼워 넣어 보세요. 모금이 훨씬 쉬워질 것입니다."

미국인 선교사는 어리둥절한지 멍하니 앉아 있었다. 한국 사람이 끼어 있어야 이 기구에 헌금한다는 이유를 잘 알 수가 없는 눈치였다. 한참 생각하더니 말했다.

"왜 그렇지요? 꼭 그래야 한다면 제가 미국에 가서 상의해 보겠습니다."

"목사님은 한국인의 생리를 잘 몰라서 그렇습니다. 자기 이름이 끼어 있지 않으면 협력을 잘 안 합니다."

"말씀 감사합니다. 그러나 그와 상관없이 하나님께서는 돕는 분을 보내주실 것입니다."

이 목사는 이 교회가 정말 북한 선교에 인색하지 않다는 것을 알려주고 싶은 것 같았다.

"사실 우리 교회는 몇 년 전부터 북한을 위해 기도하며 선교헌금은 적립해 오고 있습니다. 통일된 뒤 북한에 교회를 하나 세우기 위해서지요. 지금 적립 중입니다."

키가 큰 선교사는 기회를 보아 자리를 일어섰다. 인사를 하고 밖으로 나오는데 한 나이가 지긋한 자매가 어둠 속에서 선교사 가까이 다가와서 말했다.

"목사님, 말씀에 은혜가 많았습니다. 이것 좀 받아 주세요"

"뭔데요?"

"며칠 전 빌려준 돈을 받은 것인데 지금까지 제 빽에 들어 있네요. 헌금할 돈을 뒤지다가 이 돈이 지금까지 여기에 있는 것을 보고 깜짝 놀랐습니다. 하나님께서 선교사님께 드리라고 예비시키신 것 같아요."

그리고 봉투를 내밀었다.

"이걸 가져가면 안 되지요."

"아닙니다. 하나님께서는 이것을 드리도록 제게 말씀하셨습니다. 우리 동족들을 사랑해 주셔서 정말 감사해요."

그리고는 나이가 지긋한 자매는 황급히 사라져 갔다.

하나님의 입에서 나간 말

．
．
．

    박 장로 구역에 주성은이라는 여 집사가 있었는데 그녀는 성격이 조용하고 말보다는 행동을 먼저 하는, 그리고 옆에 있어도 없는 것 같은 여인이 있었다. 그녀는 수줍은 듯이 씽긋 웃을 뿐 소리 내어 웃지도 않았다. 그래서 교장으로 있었던 그녀의 시아버지 내외가 은퇴하고 그녀네 아파트에 같이 살게 되었다는 것도 그 집에서 구역 예배를 드리면서야 알게 되었다. 이 구역은 부인들이 일정한 직장이 없었고 또 나이 든 사람들이 많아 오후 3시에 구역 예배를 드리고 있었다. 그날 그녀의 시부모는 외출하고 없었고 그의 남편은 병원을 개업하고 있어 여느 때처럼 참석하지 않았었다. 시부모를 왜 교회에 모시고 나오지 않느냐고 물었더니 그분은 결코 교회에 나올 분이 아니라는 것이었다. 자기 내외가 교회에 나가는 것을 반대하지 않은 것만으로도 감사한 일이라면서. 그 말을 존중하여 얼마 동안 기도만 하고 있었는데 날이 갈수록 구역원들은 교장 선생 내외를 전도해야 한다는 생각에 압도되었다. 그래서 그분들을 위해 심방(尋訪)을 해주시도록 먼저 목사님께 알리자고 하였다. 그런데 주 집사가 펄쩍 뛰는 것이었다. 이분은 심방이나 전도 같은 것을 제일 싫어해서 그렇게 되면 영영 교회에 나올 기회를 박탈해 버리는 일이 된다는 것이었다. 자기들이 조금씩 마음을 돌려 보겠다고 했다.

김 교장은, 기독교인은 자기가 믿는 신만 참 신이고 다른 종교가 믿는 신은 신이 아니라고 하는 독선적인 집단이라고 싫어한다는 것이었다. 하나님께 드린다고 각종 명목으로 헌금을 거둬서 교회를 기업화하고 악덕 기업주만도 못하게 물질과 소속 교인의 위력을 과시한다는 것이었다. 또 부도 수표처럼 목사가 복을 뿌리고 다닌다는 것이었다. 집회가 있다면 가정을 버리고 쫓아다니는 광신자들이 많고, 듣기는 많이 하고 알기는 많이 하는데 자기 외에는 남을 사랑할 줄 모르고 믿는다면서 말만 무성하지 실천할 줄 모르는 집단들이라는 것이었다. 그래서 김 교장은 예수를 믿는 사람들은 상관하지 않겠지만 자기가 기독교인이 되거나 그렇게 되라고 설득당하는 것은 싫어한다는 이야기였다. 그런데 어떻게 알게 되었는지 교회의 전도 부장인 송 장로에게 이 말이 들어갔다. 그는 박 장로를 크게 꾸중하며 자기가 심방을 하겠다고 주장했다. 송 장로는 시내에서 무도관을 하는 사람으로 성격이 괄괄했다. 어린 학생들에게 태권도를 가르치고 있는데 그들을 가르치고 있으면 어린 영혼들이 예수를 모르고 있다는 것이 너무 안타까워진다고 했다. 그래서 예수를 믿으라고 전하며 기도로 그들을 가르쳤다. 그러자 부모들의 항의가 만만치 않았다. 불교 가정에서도 어린애들을 보내고 있었기 때문이었다. 그러나 그는 꾸준하게 전도를 했다. 그 때문에 그는 학생들을 많이 잃었다. "별꼴이야. 태권도만 가르치면 되지, 무슨 전도?" 그러면서 애들을 빼가고 또 그런 소문을 펼쳐서 학생을 못 가게 하는 것이었다.

"신앙과 체육을 별도로 취급하면 안 됩니까?"

어렵게 사는 것이 안타까워 그렇게 묻는 사람이 많았다. 그러나 그는 언제나 대답했다.

"나는 돈을 못 벌더라도 애들이 멸망의 자식이 되는 것은 볼 수 없습니다."

송 장로는 교회에서 제일 나이 어린 장로였다. 새벽 기도, 철야기도, 금식, 헌금, 전도, 무엇 하나 그를 따를 만한 사람이 없어서 일찍 장로가 되었다.

그는 전초전으로 전도사와 함께 날을 정하여 김 교장을 심방하기로 하고 그녀 구역 담당인 박 장로와 같이 가기로 했다. 여 전도사는 박 장로에게 전도 부장과 같이 가는 것이 괜찮겠냐고 물었다. 너무 공격적이어서 교장 선생이 놀라서 다시는 교회를 안 나오게 되는 것이 아닐지 모르겠다고 걱정했다. 심방하면 예배 순서는 생략하고 그냥 이쪽 이야기는 하지 말고 세상 이야기나 듣고 인사를 하고 나오는 것이 전초전의 효과가 아니겠냐고 묻기도 했다. 그러나 결과는 송 장로의 뜻대로 강력한 하나님의 말씀으로 권고하고, 찬송도 4절까지, 기도도 힘 있게 하는 것으로 끝이 났다. 김 교장은 상체를 꼿꼿이 세우고 눈을 지그시 감고 몸을 좌우로 흔들며 말을 듣고 있었다. 예배가 끝나자 전도 부장이 말을 시작했다.

"교장 선생님, 교장 선생님은 예수를 아십니까?"

"말만 들었습니다."

이 갑작스러운 질문에 분위기가 긴장되었으나 모두 말없이 듣고 있었다.

"예수를 믿고 구원을 얻으십시오. 사람을 누가 만들었는지 아십니까? 하나님이 만드셨습니다. 왜 만드셨습니까? 우리 사람들의 삶을 통해 하나님께서 영광을 받으시기 위해 만드셨습니다. 그런데 사람은 그렇게 살 수가 없습니다. 죄 가운데 있기 때문입니다. 늘 죄만 짓습니다. 그래서 하나님께서는 예수님을 이 세상에 보내 주셔서 십자가에 죽게 하심으로 우리 죗값을 치르셨습니다. 예수님을 믿으면 죄에서 해방될 수 있습니다. 그를 믿고 구원을 받으십시오. 한 번 죽으면 그것으로 끝나는 것이 아닙니다. 그 후에 심판이 있습니다. 우리는 교장 선생님이 구더기도 죽지 않고 불도 꺼지지 않은 지옥에 빠지기를 원하지 않습니다. 우리와 함께 구원을 얻고 영생의 길을 택하시기를 원합니다."

주 집사는 시아버지의 눈치를 살피며 땀을 뻘뻘 흘리고 있었다. 전도를 이렇게 저돌적으로 해도 될까? 이것은 마치 꼭지도 돌지 않은 감을 억지로 따려 하는 격이라는 생각을 박 장로는 하였다. 조금씩 조금씩 기독교 문화에 익숙하게 해서 차츰 예수가 친숙해지도록 해야 하는 것이 아닐까?

그날은 모두 긴장해서 땀을 흘리고 있다가 집을 나왔다. 전도 부장은 나오면서 교장에게 악수를 청했다.

"교장 선생님, 사랑합니다."

그의 표정에서 그것은 빈말이 아닌 것이 분명했다. 그의 손은 언제나 두툼하고 따뜻했다.

심방은 마쳤지만 꺼림칙하였다. 과연 잘한 일인지 알 수 없었기 때문이었다. 성령보다 앞서지 말라고 했는데 너무 서두른 것이 아니었을까 하는 생각이 들기도 했다.

주일이 되어 교회에서 주 집사를 만나면 시아버지의 반응이 어떠했는지 물으려 하고 있었는데 주 집사가 시부모와 함께 교회에 출석하는 것이 아닌가?

"교장 선생님, 너무 반갑습니다."

교장은 미소를 지으며 말했다.

"그 송 장로가 너무 당당하게 말해서 한 번 와 보고 싶었습니다."

박 장로는 성급히 송 장로를 만나서 이 기쁜 소식을 전했다.

"그 교장 선생이 오늘 교회에 나왔습니다."

"잘됐네요."

"아니, 놀랍지 않습니까?"

"놀랍지요. 장로님은 하나님의 입에서 나간 말이 헛되이 돌아오지 않는다는 말을 믿습니까?"

"그럼요."

"그 가정에 떨어진 하나님의 말씀은 하나님의 뜻을 이루며 열매를 맺고 이곳으로 돌아온 것입니다."

박 장로는 연소한 송 장로의 당당한 태도를 보며 오히려 자신이 부끄러워졌다.

전도와 신앙 간증

열차 안에서 책을 읽고 있는데 옆자리에 앉은 부인이 말을 걸어왔다.

"안경을 안 쓰고도 글씨가 보이나요?"

"예, 저는 근시여서 안경을 안 써야 글을 읽을 수가 있습니다."

"좋겠습니다. 저는 안경을 써도, 안 써도 글씨를 읽을 수가 없습니다."

나는 내 옆에 동승객이 앉아도 말을 잘 못 거는 숙맥이다. 흔히들 전도를 잘하는 사람은 모르는 사람이 옆에 앉으면 웬 떡이냐 하는 생각으로 고구마가 익었는지 안 익었는지 시험하듯 전도할 단계를 여기저기 찔러 살펴본 뒤 말을 시작한다는데 나는 그것을 못 한다. 바울이 "만일 복음을 전하지 않으면 내게 화가 있을 것"이라는 말을 한 것을 인용하며 복음 전하기를 권하는데 나는 몇십 년 동안 교회에 다녀도 그 일을 못 하니 부끄러운 일이다. 그러나 아무리 좋은 일이라도 나는 사생활에 간여하여 다른 이에게 어떤 일을 강요하지 못한다. 그가 깨달아서 돌아오기를 바랄 뿐이다.

얼마 있다가 그 부인은 다시 말을 걸어왔다.

"목사님이세요?"

나는 더운 여름인데도 검정 옷으로 정장하고 넥타이를 매고 있었기 때문에 그렇게 보인 모양이었다.

"아닙니다. 지금은 교회에 다니다가 오래전에 은퇴한 상태입니다."

얼마 만에 이제는 내가 더듬거리며 말을 걸었다.

"교회에 다니십니까?"

"성당에 나가는데 믿음이 없습니다."

"믿음이 없다는 말은 무슨 뜻입니까?"

"어려움이 있고 힘들 때는 성당에 나가 매달려 기도도 하고 성경을 몇 번씩 읽으며 외우기도 했는데 지금은 어려움도 해결되고 돈도 생기니 시들해졌습니다."

"어떤 어려움이 있었는데요?"

"암이었는데요. 육 개월 시한부 사망 선고도 받았습니다. 그런데 지금은 건강해져서 10년이 넘었는데 이렇게 아무렇지도 않습니다."

오 년에 한 번씩 암 재검을 하라고 했는데 이번에 두 번째 검사해도 아무 잘못이 없다고 판정이 나왔으며 애들도 잘되어 잘살고 있다는 것이었다.

"너무 큰 기적을 체험하셨군요. 그럼 더욱 천주님께 헌신해야 하는 것이 아닙니까?"

"그런데 저는 그것이 안 돼요."

"아니, 감사가 안 된다는 말입니까?"

"마음으로는 감사하지요. 그러나 저는 표현을 못 해요."

"진정 감사하고 있으면 말로는 표현을 못 해도 행동언어로 표현할 수 있는 것이 아닐까요? 예를 들면 구제를 한다든지, 선교를 돕는다든지, 간증으로 용기를 잃은 사람들을 권고한다든지…"

"저는 말을 못 하거든요. 그런데 성당에 나가면 자꾸 암을 정복한 간증을 하라는 권고를 해서 그것이 부담되어 지금은 성당에도 안 나간답니다."

"간증은 안 해도 성당은 나가야지요. 예수님을 사랑하고 베푸신 은혜에 감사한 마음으로 미사에 참여하면 말 없는 신체가 다른 신체에 언어로 자기가 느낀 감사를 전달한답니다."

"말을 잘하시네요. 저는 그것이 안 돼요."

나는 그 부인과 이야기를 나누는 동안 예수를 믿는다는 것이 무엇인지를 다시 생각하게 되었다. 암에 걸려 힘들 때는 교회에 나가 매달려 기도하고 성경을 읽고 외우기도 했는데 병이 낫고 생활에 여유가 생기자 교회 나가는 것이 시들해졌다는 이야기가 이해가 안 되었다.

(도대체 자기가 과거에도 죄인이었고 지금도 죄인이라는 것을 깨닫고 있기나 하는 것일까? 그녀가 죄인이라는 생각이 없었다면 죄를 용서받고 싶다는 생각을 했을 리가 없고 예수의 강림과 그의 십자가에서의 죽음은 자기에게 아무 유익이 없었을 것이 아닌가? 병자라는 것을 인정 못 하는데, 의사가 필요할까? 그렇다면 무엇이 잘못된 것인가? 교회로 그를 인도한 사람의 잘못인가? 아니면 기독교의 기본 원리를 제대로 가르치지 못한 교회가 잘못인가?)

나는 송명희 시인을 생각했다. 그녀는 장로인 아버지와 권사인 어머니 사이에 태어났는데 9개월 만에 세상에 나왔다. 의사의 잘못이라고도 하는데 어려서 뇌성 마비가 되어 건강하지 못했고, 가난하고, 배우지 못했다. 그는 하나님을 원망할 천 가지가 넘는 이유가 있었다. 그러나 그녀는 예수를 믿은 뒤 변화되었다. 그리고 그가 쓴 시에는 이 모든 것에도 불구하고 하나님은 공평하시다고, 고백하며 자기에게는 남이 없는 것을 주셨다고 말한다.

나, 남이 없는 것 있으니/ 나, 남이 못 본 것 보았고/ 나, 남이 듣지 못한 음성 들었고/ 나, 남이 받지 못한 사랑 받았고/ 나, 남이 모르는 것 깨달았네. 라고 노래하고 있다. 그녀는 완전히 가치관이 변한 것이다.

나는 이웃에 앉은 부인이 교회에서 간증하지 않은 것이 천만다행이라고 생각하게 되었다. 만일 시한부 사망 판정을 받은 자기가 주님께 매달려 기도했더니 암이 치유되었다고 간증한다면 청중들은 다 매달려 기도하는 외적인 행위만을 본받게 될 것이다. 그녀가 육체적으로 치유된 뒤의 변화된 삶을 보여 주지 않으면 말씀에 대한 진정한 간증이 될 수 없다. 기독교는 외적인 것이 아니고 내적이며 육체적인 것이 아니고 영적이기 때문이다. 그녀는 인간들에게 병의 치유를 받은 열성적인 신앙(?)을 칭찬받을 것이다. 그러나 그것은 인간들에게 받는 칭찬이요, 하나님이 기뻐하시는 일이 아니다. 우리는 이런 피상적인 간증과 잘못된 가르침을 얼마나 많이 듣고 있는지 알 수 없다. 과거 미국의 칠대 거부가 다 십일조 생활을 잘해서 부자가 되었다고 말하면 자기도 십일조를 잘해서 부자가 되고 싶다고 생각한다. 몽골의 한 교회에서 십일조를 잘 내서 축복을 받았다는 우스꽝스러운 예화를 했다는 말을 들은 적이 있다. 십일조는 꼭 돈만 내는 것이 아니라는 이야기를 들은 한 농부가 하루는 강대상에 큰 자루를 갖다 놓았다. 악취가 심했는데 그것은 몽골에서 최고의 땔감인 소똥을 바쳤기 때문이다. 그러나 목사는 이 충성심을 보고 그를 축복하시라고 하나님께 기도했더니 다음부터는 그 농부 집 앞을 지나는 소마다 머물러 서서 똥을 누고 갔기 때문에 큰 부자가 되었다는 이야기였다.

　나는 성당에 다녔다는 부인을 한참 쳐다보다가 내가 내릴 차례가 되어 용기를 내어 말했다.

　"남의 말 따라 절대 간증하지 마십시오. 그러나 성당에는 나가십시오. 천주님은 자매님을 사랑하십니다."

충격요법

· · ·

　예수님도 너무 말을 안 들으면 충격요법을 쓰시는 것 같다. 바울이 예수님을 박해하자 "네가 왜 나를 박해하느냐?"라고 직접 음성을 들려주시는 충격요법을 쓰셨다. 그러자 바울은 그때부터 예수님 박해를 그치고 주를 따르기 시작했다. 그 충격이 얼마나 컸는지 그는 사도행전에서만 자기가 개종한 사건을 세 번이나 언급했다.

　나는 아내에게 몇 번이나 지적을 받아도 고치지 못하는 버릇이 있었는데 그것은 화장실에 갔다 올 때 바지의 지퍼를 올리지 않는 것이다. 어떨 때는 교회에 가서 안내하는 권사님과 인사를 하고 예배당에 들어가려 할 때 이것을 알아차리기도 한다. 한번은 공항에서 집으로 오면서 짐을 끌고 체크인을 하러 가는데 며느리가 저를 붙들고 "아버지, 바지의 금지된 문(banned door)이 열려 있어요."라고 했다. 저는 얼굴이 홍당무가 되어 그것을 바로잡았는데 그것이 충격요법이 되었다.

　막내아들 집에서 내가 본 것은 손자들은 침실을 치우지 않고 너무 엉망으로 만들고 사는 일이다. 침대는 몸만 빠져나오고, 옷은 벗어놓은 대로 놓아두고 치우는 일이 없다. 아들은 직장에서 바빠서 며느리 혼자서는 애들 유치원에 보내고, 수영장에 데려가고, 여름학기 공부를 하는 딸을 먼 곳으로(기차로, 셔틀로 56km 되는 곳을 불편하게 통학

해야 함) 통학시키는 힘든 일을 하고 있다. 그런데 일을 마친 저녁에 흩어놓은 옷을 모아 세탁하고 말려서 개고 있어도 애들은 본체만체한다. 다 개서 올려놓으면 서랍에 넣는 정도다. 이들에게도 충격요법이 필요할 것 같다.

미국에 있는 제 친구는 한국에 나와 식사하고 나오다가 오랫동안 문지기 노릇을 했다고 말했다. 나오면서 뒤에 나오는 사람을 위해 문을 열어주고 있었는데 어린 학생이나 젊은이들이 거들어 보지도 않고 80 노인을 부려 먹어 할 수 없이 오래 문지기 노릇을 했다는 것이다.

한국에 있는 대형교회가 또 경매(526억원)에 넘겨졌다. 세상과 구별되어 거룩해야 할 교회가 영화관, 예식장, 카페 등처럼 호화로운 설비를 갖추고 세상 속에 묻혀 허우적거리다가 빚에 시달려 이렇게 세상에 팔리는 신세가 된 것이다.

한국인들은 자기가 얼마나 잘 사는 나라의 국민인지를 모르고, 자기가 얼마나 위험한 안보 상황에 놓여 있는지를 모르고, 이웃의 일본이나 중국이 얼마나 힘있는 나라인지도 모르고 깔보며 사는 사람들이라고 한다.

다 충격요법이 필요하다. 아니면 예수님처럼 권위 있는 말씀을 들려주는 종교 지도자가 있어야 한다. 예수님께서는 십자가에 돌아가시기 전 그가 돌아가시는 것을 보려고 온 요한에게 "자, 이분이 네 어머니시다."라고만 말씀하셨는데 요한은 마리아를 마지막 때까지 모셨다.

충격요법이란 소리가 큰 거나 매를 들어야 하는 요법이 아니다. 마음이 열린 사람에게 들려주는 하늘의 음성이다.

내게는 왜 기적이 일어나지 않는가

⋮

　독일 출신의 한 신학 교수가 송별 예배를 드리며 설교할 때에 자기는 세계대전이 일어나기 전 신학교에서 유학할 때 룸메이트가 있었는데 그 룸메이트는 공부하다 지치면 꼭 시를 낭송했는데 그러면 마음이 가벼워지고 정신이 맑아진다고 했다는 것이다. 그 친구는 유대인으로 그 시는 히브리어로 된 시편 23편이었다. 그 교수도 차차 히브리어를 배우며 시편을 히브리어로 낭송하기 시작했다. 두 사람은 공부하다 지치면 같이 시편을 낭송했다. 전쟁으로 독일의 나치군이 유대인을 잡아갈 때 그 룸메이트는 피신해 있었는데 한 번은 나치 비밀경찰이 들이닥쳐 자기를 잡아가고 있다는 긴급 전화가 와서 이 교수는 자전거를 타고 찾아갔더니 벌써 납치 차량이 떠나고 있었다. 그때 차 옆 포장이 열리며 친구의 얼굴이 보였는데 그는 "여호와는 나의 목자시니 네게 부족함이 없으리로다."라는 시편을 히브리어로 낭송하고 있었다. 그는 사지로 끌려가면서도 평안한 얼굴을 하고 있어 오래도록 그것이 마음에 남아 있었다. 그런데 전쟁이 심해지자 이 교수가 독일군에 끌려가 싸우게 되었는데 전세가 역전되어 이제는 독일군이 연합군에게 포로로 붙들리게 되어 사형을 당하게 되었다. 형장에서 그는 형 집행관에게 마지막 소원이 있다고 말하며 시편 23편을 히브리어로 크게 낭송했다. 그러자 연합군 장교도 시편을 따라 낭송하였다. 그는 유대인이었다. 이렇게 해서 그는 생명을 유지했다는 간증의 설교였다.

하나님께서는 이런 기적을 다른 사람들에게는 행하시고 귀한 간증을 하게 하는데 왜 나에게는 이런 기적이 일어나지 않은 것일까 하고 나는 궁금했다. 그런데 최근 나는 내게 하나님께서 매일 너무 많은 기적으로 나를 돕고 계신다는 것을 깨닫게 되었다. 매일 교통사고와 살인 사건과 노인들을 향한 사기, 절도들이 빈번하게 발생하는데 이런 험한 세상에서 탈 없이 보호해 주신 것도 큰 이적이라는 생각을 하게 된 것이다.

며칠 전 미국의 자녀들을 방문하고 한 달 반 만에 왔더니 주차해 놓은 승용차의 배터리가 다 방전이 되어 시동이 걸리지 않았다. 그렇게 방전된 것은 적어도 충전 후 한 시간 이상은 차를 움직여 주어야 한다고 해서 점심 전에 보험회사 긴급출동의 도움을 받아 충전하고 되도록 먼 거리를 운전하려고 공주 쪽으로 2, 30분 달려 외식을 했다. 귀갓길에는 주유하고 세차를 했는데 세차를 돕는 나이 든 아저씨가 차바퀴에 바람이 빠진 것 같다고 했다. 요즘 들어, 내 감각이 둔해진 것인지 운전하면서 바퀴가 펑크 난 것을 느끼지 못한다. 몇 달 전에도 교회에 가는데 옆길을 달리고 있던 운전자가 내 차를 가리키며 바퀴에 바람이 빠졌다는 것이다. 그래서 교회에서 펑크를 때운 일이 있었다. 그런데 이번에는 다른 분이 이것을 지적해 준 것이다. 정비소에 갔더니 토요일이라 사람이 많아 주인이 직접 나와 조사해 보더니 바람은 빠졌는데 아무리 찾아도 펑크 난 곳을 찾을 수가 없다고 타이어 뱅크에 가보라는 것이었다. 타이어 뱅크에서 아내와 함께 사무실에서 기다리고 있었더니 20여 분만에 주인이 와서 타이어의 옆구리에 펑크가 나서 타이어 교환을 해야겠다는 것이었다. 바람이 빠진 타이어를 오래 타고 다녀서 옆구리가 닳아서 펑크가 났다는 것이다. 아마 오래전에 펑크가 났을 때 그것을 모르고 바람이 나간 타이어를 끌고 다녀서 그렇게 된 모양이었다. 그것도 한쪽만 바꾸면 균형이 맞지 않기 때문에 두 개를 바꾸라는 것이다. 아내는 운전자가 차가 가라앉아 무겁고 둔한 것도 모르고 그렇게 달릴 수가 있었느냐고 핀잔을 주었지만, 같이 타고 다닌 자기는 왜 몰랐었느냐고 따질 수도 없는 일이었다. 거금 32만 원을 들여 두 시간 만에 나오게 되었다. 토요일이라 사람이 밀리기도 했고, 뒷바퀴를 앞바퀴로 바꾸고 또 휠 얼라인먼트를 하느라 늦어졌지만, 아내는 허리가 아파 힘들었다.

아내는 그날 나에 대한 불만이 많았지만 얼마 전 비 오는 날 TV의 뉴스 시간에 차의 타이어가 마모되어 산(패인 홈)이 없어졌을 때 급정차를 하면 차가 돌면서 사고를 내는 장면을 보았다고 말했다. 그러면서 아내는 타이어를 바꾸어 주신 것은 하나님의 은혜라고 말했다.

나는 깜짝 놀랐다. "내게는 왜 기적이 일어나지 않는가?" 가 아니라 매일 내게 기적이 일어나고 있었다.

남편 전도

∙
∙
∙

윤 집사는 어머니 주일 예배를 드릴 때는 언제나 울었다. 찬송할 때도, 그리고 설교를 들을 때도 눈물이 쏟아졌다. 그래서 교회에 나갈 때 미리 손수건을 챙겨서 가지고 갔다. 어머니가 운명하시던 마지막 순간에 남편인 박 서방의 손을 잡고 희미한 목소리로 교회에 나가라고 당부하셨다. 그는 그때는 '예'라고 대답했지만, 교회는 출석하지 않았다. 그러나 돌아가신 첫 주일에는 교회에 참석했다. 그때 기념으로 관주(冠註) 톰슨성경과 해설 찬송가를 사주었다. 그는 음악에 소질이 있어서 어느 찬송이나 잘 불렀다. 그래서 찬송가 책은 낡았으나 성경책은 쓰지 않아 말끔한 새 책으로 책상 위에 놓여 있었다. 성경책은 일 년에 꼭 한 번 교회에 나갈 때 들고 갔는데 그것은 어머니 주일 때였다. 이날만은 아내의 권유를 거절하지 않았다. 윤 집사는 그것이 더 슬펐다. 남편의 손을 잡고 교회에 나가라고 하던 어머니의 음성이 귀에 쟁쟁한데 가신 지 5년이 되어도 남편을 전도하여 교회에 나오게 하지 못한 것이다. 안 믿는 남편과 결혼하겠다고 날뛰며 어머니 가슴에, 못 박았던 것이 가슴 아팠다. 꼭 전도하고 구원받게 하겠다고 약속하고 결혼했는데 교회 나가는 사위를 못 보고 떠나시게 한 것이 죄스러웠고 유언으로 남기신 어머니의 말을 듣지 않는 남편이 원망스러웠다. 남편은 임종하던 날의 장모를 생각하여 어머니 주일에

만 교회에 나와 주는 것이었다.

남편은 아내와 딸들이 교회에 나가는 것을 반대하지 않았다. 오히려 도와주고 늦을 때는 자기가 저녁도 하고 설거지도 거들 곤 했다.

(나는 네가 교회 나가는 것을 반대하지 않는다. 마찬가지로 내가 교회 안 나가는 것을 너는 허용해라. 나는 과학도. 식물이 어떻게 땅에서 수분을 빨아 올리며 태양 에너지를 받아 성장하는지 과학적으로 식물의 성장을 설명할 것이고 너는 하나님이 식물을 기르신다고 말할 것이다. 너에게는 그것이 옳다. 마찬가지로 너는 내 과학적인 설명을 옳다고 인정해야 한다. 식물의 성장을 보는 두 가지 관점이 있다는 것을 인정해야 한다. 우리의 생각은 높이가 다른 고도로 공중을 나는 비행기처럼 충돌 없이 자유자재 나는 것이지 서로 배타적인 관계가 아니다. 과학은 신앙의 원수가 아니다. 과학 없이는 우주의 질서를 설명할 길이 없다.)

이것이 남편의 변론이었다. 윤 집사는 그의 생각이 잘못이라고 생각하지는 않았다. 그는 세상의 질서를 보고 자기는 천국의 질서를 보고 있기 때문이다. 그러나 윤 집사는 남편의 외고집에 진력이 났다. 좀 멍청하게 믿고 따를 수는 없는가?

"세상에는 과학으로 설명할 수 없는 일이 많지 않아요?"

"그래서 탈이야. 과학으로 설명할 수 없는 부분은 다 신비한 하나님의 영역이라고 믿어왔거든. 그러기 때문에 과학이 그 베일을 벗겨내면 하나님의 영역이 줄어졌다고 말하고 하나님이 구석에 몰리게 되는 것이야."

어머니날이었다. 윤 집사는 목사님이 일 년에 한 번만 출석하는 남편에게 그를 변화시켜줄 만한 메시지를 전해 주었으면 좋겠다고 생각했다. 이날 설교는 '아들을 변화시킨 어머니의 기도'라는 제목이었다.

미국에 짐이라는 젊은이가 있었는데 늘 홀로 된 어머니가 새벽마다 아들을 위해서 드리는 기도 소리를 듣고 자랐다. 그런데 그가 제일 듣기 싫어하는 말은 주일에 교회 나가자는 말이었다. 그는 그 소리를 듣다못해 가출하여 선원이 되었다. 그러나 선원 생활을 하던 중 그는 무서운 풍랑 속에서 자기 생명을 구해준 친구가 있었다. 그 후 그 친구의 권유로 그렇게 싫어하던 교회에 나가게 되고, 거기서 어머니의 기도를 기억하고 집으로 돌아오게 되었다. 그때는 짐의 어머니는 벌써 세상을 떠난 뒤의 일이었다.

이 이야기를 하면서 목사님은 여러 번 목메어 설교를 계속하지 못했다. 이것은 바로 자기 남편에게 꼭 맞는 설교였다. 그때 짐이 지은 찬송이 333장 '날마다 주와 버성겨…'라는 것인데 모두 함께 부르자고 했다. 윤 집사는 너무나 감격했다. '어머니 기도 못 잊어 새사람 되어 살려고 나 집에 돌아갑니다.'라는 구절을 부를 때에는 이 말이 남편의 마음에 사무치기를 빌며 불렀는데 윤 집사는 결국 목이 메어 흐느끼느라 찬송을 다 마치지 못하였다. 이 설교로 남편이 돌아온다면 얼마나 좋을까?

정월 초하루 0시 예배 때가 생각났다. 이때 다가오는 새해에 바라는 소원을 두고 한목소리로 모든 교인이 기도하는 순서가 있었다. 윤 집사는 남편이 돌아오게 해 달라고 간절히 기도한 뒤 같이 따라 나온 딸에게 아빠가 하나님 앞에 나오게 해 달라고 너도 기도했느냐고 물었었다. 그때 딸은 갑자기 흐느껴 울기 시작했었다. 당황하여 왜 그러느냐고 물었다. 딸은 지난해에도 그렇게 기도했었는데 하나님께서 안 들어주시지 않았느냐고 말하며 올해에 또 안 들어주시면 하나님과 아버지를 원망해야 하는데 너무 속상하다고 말한 것이 생각났다.

아, 이번만큼은 남편이 하나님 앞으로 돌아와 준다면….

예배가 끝나고 집으로 오는 차 속에서 윤 집사가 물었다.

"오늘 설교 어땠어? 난 너무 은혜스러웠는데."

"아, 그 333장?"

"그래. '나 집에 돌아갑니다.'라는 구절에서 나는 너무 눈물이 나서 계속 부를 수가 없었어. 당신, 어머니 앞에 약속했던 것 올해에는 지킬 수 있어?"

그녀는 남편의 눈치를 보며 말했었다. 그러나 그는 거의 감격이 없었던 것 같았다. 예수를 영접하지 않은 사람에게는 모든 것이 허망한 것일 수밖에 없다.

"그 찬송 짐이라는 사람이 지은 것이 아니고, 리지에 데아몬드라는 여자가 지은 것이야."

"그걸 어떻게 알았어?"

"찬송가 해설에 다 쓰여 있지 않아?"

윤 집사는 피가 거꾸로 도는 것 같았다. 그리고 마구 속이 뒤틀렸다.

"짐이면 어떻고 여자면 어때? 어머니께 돌아왔다는 것이 중요한 것 아니야? 찬송은 안 부르고 그런 해설이나 읽고 따지고 있으니까 은혜가 안 되는 거 아니에요?"

"틀린 것을 어물어물 적당히 믿어버리면 진리이신 하나님은 못 믿고 잘못된 허상을 믿는 것이 되는 거야."

"아무튼, 당신은 틀렸어요. 너무 알면 은혜가 안 돼. 좀 과학의 세계를 버리고 믿음의 세계로 들어오면 안 돼?"

"과학을 버리면 안 되지. 과학의 세계를 아우르는 더 큰 세계라면 모르지만."

"맞아 더 큰 세계야. 그것이 천국이야."

"그 천국이 교화라고? 그래서 나더러 교회에 나오라고 하는 거야?"

"맞아 교회가 이 세상에 있는 작은 천국이지."

윤 집사는 의기양양하여 말했다. 그러자 남편은 어이없다는 듯이 윤 잠사를 쳐다보았다.

"당신은 뭘 제대로 알고서 믿는 거야? 세상 모든 사람에게 길을 막고 물어봐. 교회가 천국인지. 이런 천국은 아무도 가고 싶지 않을 걸."

남편 전도는 역시 어렵다고 윤 집사는 생각했다.

부록

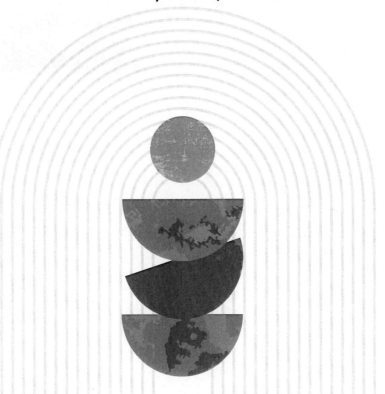

작가 연보

1933년 5월 18일생. 전남 담양군 대전면 대치공립보통학교 교장 관사에서 아버지 오유길(吳有吉)과 어머니 곽앵순(郭鶯順)의 5남 2녀 중 장남으로 태어남. 2년 뒤 장성군으로 옮김.

1940(7세)

교편을 잡고 있던 아버지를 따라 함평 심상 소학교(함평 대화국민학교, 함평소학교)로 옮김. 거기서 2학년에 편입.

1942(9세)

초등학생 상대로 발간된 소국민신문(小國民新聞)에 '부채가 만들어질 때까지'라는 글이 실림.

1946(13세)

함평에서 초등학교를 마치고 광주 사범학교 1학년에 입학.

1947(14세)

해방 후 광주 학생들의 소란한 좌우 학생 데모 때문에 부친의 권고로 강진 농업학교 2학년에 편입. 부친은 이 해에 강진 군동 초등학교 교장으로 계셨음.

1953(20세)

전남대학교 부설 문교부 중등교사 양성소 1학년에 입학. 김현승 교수에게 국어 과목 수강 학점 1학년 1학기 65점, 2학년 2학기 85점.

1954(21세)

전남대학생 박춘상, 김중배 등과 함께 '월요 동인회'를 갖고 활동.

1955(22세)

졸업과 동시 전남대학교 문과대학 화학과 3학년에 편입. 6월에 열린 전남대학교 개교 기념 제1회 전국 대학생 작품 현상모집에 단편이 가작으로 당선됨. 학기 도중 학도병 1기생으로 소집 입대하여 제3항만사령부에서 근무.

1957(24세)

육군 보병학교 군사 영어반 3개월 수료. 이 해 말 만기 제대.

1958(25세)

조선대학교 부속 중학 국어 강사로 채용되어 작문 지도를 함

1959(26세)

한국일보 신춘문예 소설에 '제3부두'로 당선됨. 문수원과 결혼

1960(27세)

전주 기전여중에 수학교사로 취직. 현대문학에 처음으로 '해고'가 발표됨.
예수병원에서 큰딸 지희 출산.

1961(28세)

'2차적 공작'(사상계) 발표. 장남 철 출산. 문교부 유학시험 합격.

1962(29세)

'사색 주변'(현대문학) 발표, 둘째 아들 오석 출산.

1964(30세)

기전 학교를 퇴직하고 대전대학 3학년으로 편입.

1965(32세)

대전대학 졸업, 전주 기전 학교에 다시 취직.

1967(34세)

1966.06.~1967. 09.까지 동서문화센터(EWC) 연수

1969(36세)

대전대학 전임 강사로 취직.

1971(38세)

64년부터 '프레시먼의 회고'(현대문
학), '아시아 제'(현대문학), '일제 맛'
(월간문학), '대성리 교회'(현대문학),
'제일교회'(현대문학), '포옹'(월간문
학), '노란 고양이 눈'(현대문학) 등 발
표. 이들을 묶어 단편집 『아시아제』 출판. 대전대학이 숭실대학과 통합하
여 숭전대학이 됨. 최초의 통합신문 '숭전대학신문' 초대 신문사 주간.

1975(42세)

1972년부터 3년간 2~4대 대전 남선교회 연합회 회장. 각 교회를 순방하며 '남 평신도회' 회원 가입 독려.

1976(43세)

73년부터 '루시의 방한기'(현대문학), '신 없는 신 앞에'(현대문학), '무료한 승부'(한국문학), '음 괘와 양 괘'(현대문학), '건축헌금'(한국문학), '화접기'(현대문학) 등 발표. 7월 충남대학교에서 석사학위 취득 후 미시간대학으로 미국 유학 떠남.

1978(45세)

미시간 주립대(MSU)에서 석사를 마치고 북텍사스 주립대(UNT)로 옮김.

1981(48세)

하워드페인 침례교 대학(Howard Payne U)에 전임 강사로 취직.

1983(50세)

숭전대학이 분리되어 대전은 『한남대학』이 됨. 1982년 말 UNT에서 박사학위 취득, 댈러스 한인 장로교회 장로 장립 후, 한남대학 부교수로 복직. 대학 중앙도서관장.

1985(52세)

한남대학이 종합대학이 됨. 오정교회 장로. 장남 철 결혼.

1986(53세)

장녀 지희 결혼.

1988(54세)

차남 석 결혼

1990(57세)

1989년 대학 교수협의 회장을 거쳐 대학원장이 됨. 충청 수학회 부회장, 대학 행정 등으로 거의 작품활동을 하지 못함.

1992(58세)

오정교회 교육관 건축위원장으로 교회 창립 40주년 기념 교육관 기공식을 올림. 청주 기독교방송 「상상칼럼」 매주 1회 일 년간 방송.

1993(60세)

충청 수학회 회장. 막내 현 결혼.

1998(65세)

한남대학교 은퇴.

2000(67세)

1999년부터 한국 장로신문에 콩트를 발표하기 시작한 걸 모아 『개구리 왕국』이라는 콩트 집 출판. 제1회 남북 이산가족 상봉, 이북에 생존해 있던 동생 오영재 개관 시안을 만남.

2003(71세)

오정교회 50년사 편찬 위원장. 교회 선교위원장으로 마닐라 오정교회 개척. 오정교회 장로 은퇴.

2005(72세)

두 번째 단편집 출판, 『신 없는 신 앞에』 출판. 한국문학 비평가협회 문학상 수상.

2010(77세)

호남 신학교 학장 부명광(George Thompson Brown)이 저술한 '한국 선교 이야기(Mission to Korea)' 공동번역서 출판.

2012(79세)

대전대 학장, 인돈(William Alderman Linton)의 전기 '지지 않은 태양 인돈' 출판.

2014(81세)

단편집 『급매물 교회』 출판.

2019(86세)

단편집 『요단강 건너가 만나리』 출판. 제16회 창조문예 문학상 수상.

2020(87세)

남북 분단 79년을 맞아 논픽션 『분단의 아픔』 출판, 한국 장로신문에 자전적 논픽션 '뒤돌아본 삶의 현장' 연재 시작.

작품 연보

해고(『현대문학』, 1960.01.)

오후(『현대문학』, 1960.06.)

이차적 공작(『사상계』, 1961.07.)

사색주변(『현대문학』, 1962.08.)

프레쉬먼의 회고(『현대문학』, 1964.04.)

L 형에게(『문학춘추』, 1964.09.)

기도(『현대문학』, 1954.11.)

아시아제(『현대문학』, 1968.10.)

△+□=○(『현대문학』,1969.07.)

일제 맛(『월간문학』, 1970.01.)

대성리 교회(『현대문학』, 1970.09)

제일 교회(『현대문학』, 1971.01)

포옹(『월간문학』, 1971.06)

노란 고양이 눈(『현대문학』, 1971.08)

식모(『한국종교문학전집1』, 1972.04)

취생몽사(『월간문학』, 1972.08)

루시의 방한기(『현대문학』, 1973.06)

신 없는 신 앞에(『현대문학』, 1973.07)

무료한 승부(『한국문학』, 1974.03)

음쾌와 양쾌(『현대문학』, 1974.09)

건축헌금(『한국문학』, 1975.10)

화접기(『현대문학』, 1976.06)

바치고 싶은 마음(『호서문학』, 1986.12)

덕칠이와 자가용(『호서문학』, 1988.12)

성령의 불길을 일으키라(『목회와 신학』, 1991.11)

너나 새사람 되어라(『호서문학』, 1993.11)

행복(『한남문학』창간,1998.07.01)

자원봉사(장로신문, 1998.11.28.)

내 새끼(장로신문, 1999.01.16)

십자가(장로신문, 1999.04.24)

한 마리 양(장로신문, 1999.06.19.)

내가 진 십자가(장로신문, 1999.09.25.)

두 주인(장로신문, 1999.10.23.)

주기도문과 딸꾹질(장로신문, 2000.05.13.)

교회를 찾은 여인(『장로문학』, 2000.05.)

권사가 된다고(장로신문, 2000.07.01)

푸른 초장(장로신문, 2000.07.27.)

오직 은혜(장로신문, 2000.09.23.)

주의 종(장로신문, 2000.10.06.)

오래 살면 뭘 해(장로신문, 2000.10.21)

내가 심했나 (장로신문, 2001.01.20.)

작정기도회(장로신문, 2001.03.10.)

나는 십일조를 안 내(장로신문, 2001.03.17.)

정직하게 살게 하소서(장로신문, 2001.03.24.)

북한선교(장로신문, 2001.04.07.)

얘 때문에 속상해요(장로신문, 2001.04.21.)

그 목사 가짜 아니야(장로신문, 2001.05.19.)

장로수련회와 운동화(장로신문, 2001.06.23.)

나중에 할 게(장로신문, 2001.08.18.)

40일 금식 기도(장로신문, 2001.08.25.)

어떻게 담배를 끊었는가(장로신문, 2001.09.01.)

내일 교회 갈 거야(장로신문, 2001.09.08.)

칵테일 파티에서 일어난 일(장로신문, 2001.10.13.)

감사주간 밤 이야기(장로신문, 2001.11.10.)

딸에게 배필을(장로신문, 2001.11.24.)

내 사랑스러운 쌘타모(장로신문, 2002.01.05.)

새벽기도(장로신문, 2002.01.19.)

선교헌금(장로신문, 2002.02.09.)

구정선물(장로신문, 2002.02.23.)

영을 파는 상점(장로신문, 2002.03.02.)

박 집사의 간증(장로신문, 2002.04.13.)

예쁘게 온 치매(장로신문, 2002.05.30.)

낙태는 안 돼요(장로신문, 2002.06.29.)

자가용 공해(장로신문, 2202.07.27.)

하나님의 입에서 나간 말(장로신문, 2002.08.17.)

남성호르몬(장로신문, 2002.08.24.)

삼천포로 빠졌네(장로신문, 2002.08.31.)

보통 사람의 기도 응답(장로신문, 2003.01.18.)

하나님의 음성을 들었어(『기독교문학』,2003.02)

내 손으로 밥을 지어주고 싶다(『기독교문학』, 2006.4.)

마지막 설교(『장로문학』, 2006.4.)

알고 살았나(『기독교문학』, 2007.4.)

방언기도와 아멘(『창조문예』, 2009.2.)

낙원을 다녀온 이야기(『창조문예』, 2009.3.)

부인을 돕는 배필(『장로문학』, 2009.4.)

공동 코뮤니케(『기독교문학』, 2009.4.)

홍 장로의 새벽기도(『신앙세계』, 2009.6)

치간 칫솔이 주는 교훈(장로신문, 2009.07.25.)

제사장과의 대화(『기독교문학』, 2010.4.)

급매물 교회(『기독교문학』, 2011.5.)

말썽 많은 며느리(『호서문학』, 2011.5.)

장로 노이로제(『말씀과 문학』, 2011.12.)

외계인 전도(『기독교문학』, 2012.5.)

임종예배(『장로문학』, 2012.5.)

홀로 서기(『말씀과 문학』, (2012.6.)

지옥은 만원인가(『기독교문학』, 2013.5.23.)

전도와 신앙 간증(『장로문학』, 2013.5.23.)

암 덩어리(『기독교문학』, 2014.5.)

한 마리 양(『한국인 문학』, 2014.9.)

교회에도 수문장이 있다(『기독교문학』, 2018.3.)

요단강 건너가 만나리(『창조문예』, 2018.4.)

박 교수와 김삼순 선교사(『창조문예』, 2018.10.)

기다림(『기독교사상』, 2019.10.)

믿음의 유산(『기독교문학』, 2021.01)

여자가 된 남자(『창조문예산문선 001호)』, 2001. 01)